Narratori Feltrinelli

Valerio Callieri
Le furie

Prima edizione ne "I Narratori" aprile 2021

Stampa Grafica Veneta S.p.A. di Trebaseleghe - PD

ISBN 978-88-07-03444-2

FSC
www.fsc.org
MISTO
Carta
da fonti gestite in
maniera responsabile
FSC® C021883

Personaggi e fatti narrati sono d'invenzione e ogni somiglianza con la realtà è puramente casuale.

Le furie

A mia figlia Atena.

E ancora vi ordino: custodite nel cuore della città ciò che fa tremare.

ESCHILO, *Le Eumenidi*

Cosa è la vendetta

0

Il Caos generò la Terra e la Terra generò il Cielo. Era una notte perenne: il Cielo si accoppiava incessantemente con la Terra e la luce non trovava spazio tra loro. Soprattutto, i figli della loro unione non potevano uscire dal grembo della Terra. Così la Terra estrasse l'acciaio dalle sue viscere, ne fece un falcetto affilato e pregò i suoi figli di liberarla. Tuttavia essi rimasero in silenzio, terrorizzati dal Cielo. Tra loro, solo Crono promise di ribellarsi al padre: in agguato nel ventre della Terra, afferrò e tagliò con un colpo netto i genitali del Cielo. In questo modo separò i genitori; la luce trovò spazio e il tempo iniziò a scorrere. Le gocce di sangue cadute dal membro virile del Cielo impregnarono la Terra e generarono le Furie: divinità della vendetta, custodi della memoria di ogni crimine, meticolosamente dedite alla punizione del colpevole.

Non ricordavo nulla dei miti greci. Ora che ho riletto le tragedie, i poemi e le teogonie, posso dire che la segreta saggezza dei classici si rivela quando li affrontiamo nell'ultimo tratto della nostra vita. L'ho fatto perché non avevo un altro modo per capire quello che è successo. Perché – dopo aver trascritto ogni ricordo, rintracciato gli articoli di giornale dell'epoca e, perfino, riletto la trascrizione dell'interrogatorio – continuava a sfuggirmi il cuore della storia: la giustizia. Anche se, lo confesso, prima della morte di mio figlio non avevo mai pronunciato questa parola senza l'imbarazzo che mi trasmettono i concetti astratti e retorici.

Eppure, quando credevo di aver concluso il racconto ho buttato via tutto quello che avevo scritto e ho cominciato daccapo. È successo in seguito all'improvviso arrivo di un manoscritto nella mia nuova casa: lei mi rivelava cosa aveva provato in tutti questi anni. E involontariamente mi mostrava che non ero il protagonista e che non esistevano solo le mie emozioni. Ero solamente uno dei personaggi della storia. Quindi, non ho più scritto "io". E osservarmi da lontano – "lui, quello là" – mi ha aiutato a riconoscere le mie parti inconfessabili e a comprendere la natura delle mie azioni.

Nonostante non sia mai stato all'altezza dell'ideale di mio figlio, raccontare la verità mi ha permesso di onorare la giustizia in cui credeva. Vorrei tanto che fosse qui. Anche per chiedergli cosa è la vendetta: le Furie sono le tremende forze pronte a sgretolare le mura della civiltà o le profonde radici da cui nasce la giustizia?

Le finestre erano chiuse

1

La terra accoglieva il caldo umido di settembre e il cielo nascondeva il suo colore dietro nuvole voluminose ma, tutto sommato, indulgenti. La Piccola Città era cambiata molto dal giorno freddo di sessant'anni prima in cui era nata Clementina. Un albero che aveva perso le sue radici contadine e, quasi con rabbia, estendeva in orizzontale i suoi rami di plastica e bitume. Adesso c'erano un supermercato, una pista da bowling, parcheggi a pagamento, nuove palazzine sgraziate e un ristorante cinese.

All'interno del Drago Dorato, Leonardo sbocconcellava un raviolo di gamberi seduto da solo al tavolo che correva lungo la vetrina e si affacciava sulla strada. Lian, la cameriera, si stupì non solo dell'avida abilità con cui l'anziano signore mantenne metà raviolo pressato tra le due bacchette, ma anche del fatto che avesse continuato a masticare dopo che un corpo umano aveva urtato violentemente contro la vetrina del ristorante. Sulla strada c'era un parapiglia di persone e automobili, nel ristorante vuoto si sentiva solo lo scalpiccio tra le mandibole di Leonardo.

Questa storia parla del corpo umano che urtò contro la vetrina e di tutte le persone che furono raggiunte e avviluppate dalla tela di ragno che continuò a estendersi nel vetro colpito.

E, naturalmente, la storia parla delle Furie.

Poco prima, Clementina con la sua Golf bianca aveva imboccato la discesa che termina al semaforo all'angolo del ristorante. Stringeva il volante oltre il necessario e poggiava leggermente il piede nudo sulla frizione per scalare marcia e rallentare con il freno motore. Si era voltata verso Matteo e aveva detto: "E comunque, non ti sei scocciato di questi ragazzini?".

"Pensa quanto saranno felici se andiamo in finale!" Matteo aveva dato tre colpi sul cruscotto usandolo come un tamburo.

"Ti dovresti essere scocciato. Questi allenamenti ti levano tempo. Poi ti alzi a fatica e, diamine, arrivi stanco al lavoro."

"Mamma, è *molto* rosso!" Matteo aveva puntato l'indice in avanti.

"L'ho visto," aveva sbuffato Clementina.

"Io mi sono scocciato dei consigli." Matteo aveva continuato a battere il palmo sul cruscotto, ribadendo il ritmo.

"Tu sei nato scocciato, mi sa. Io non ero così. Ho preso tanti abbagli, ma non ero mai scocciata," aveva detto Clementina, e poi aveva premuto l'acceleratore.

"Quali abbagli. Tu dici 'ho preso tanti abbagli' ma non sai dire quali. Lo dici tanto per... oooh, mamma!"

Lo scooter fu il primo ad attraversare l'incrocio e Clementina lo colpì in pieno.

La macchina frenò solo dopo l'impatto e le gomme troppo lisce slittarono sull'asfalto facendola ruotare sul proprio asse.

Matteo e Clementina immobili nell'abitacolo.

Lei stringeva ancora il volante. Ancora più forte. Appena prima dell'impatto: aveva visto la luce bianca del mondo solo su di lui, seduto dietro la vetrina del cinese. Aveva sentito un silenzio assoluto. Il suo cuore aveva smesso di rintoccare. Quasi trent'anni che Clementina non vedeva Leonardo.

Per qualche secondo rimase a guardare la ragazza, che si rialzò da terra, vacillò e si rimise a sedere.

Le persone in soccorso ostruivano la visuale del ristorante. Clementina ripartì sgommando via. Matteo se ne accorse decine di metri dopo, come se stesse dormendo e lo avessero svegliato con un secchio d'acqua: "Mamma che cazzo fai? Devi tornare indietro! Mamma che cazzo fai! Mamma—".

Lo schiaffo di Clementina gli arrivò in piena faccia. Lo assestò con il dorso della mano destra mentre maneggiava il volante in una curva.

"Mi fai scendere, almeno?" disse Matteo, un'espressione di stupore e la voce di un'insicurezza nasale che sbucava dall'infanzia. "Tu sei pazza."

Clementina continuava a guidare; oltre il parabrezza della Golf, i suoi occhi immobili puntavano un orizzonte che non c'era più da quando avevano costruito il bowling-supermercato nella Piccola Città. E chi se ne fregava dell'orizzonte se si poteva andare al supermercato. Aveva ancora il volantino delle offerte in borsa? Certo che sì, l'aveva portato apposta.

"Mamma... ma tu, veramente, vuoi ancora fare la spesa?"

Clementina entrò nello spiazzo e parcheggiò. Infilò le scarpe e scese dalla macchina con le buste vuote in mano. Si piazzò di fronte al muso della macchina, si chinò a osservare più da vicino, poi raddrizzò le gambe e fece un movimento con le spalle con cui sembrò scrollare via ogni preoccupazione. Matteo era ancora sul sedile del passeggero. Clementina gli mostrò pochi centimetri di una riga immaginaria tra indice e pollice. Poi con gli occhi ruvidi disse: "Diamine, vieni".

"Mamma, ma dove cazzo vuoi andare?"

"Riesci a proferire una frase senza parolacce?" disse Clementina.

Matteo scese sbattendo la portiera e si allontanò a piedi, lasciandola sola.

"Dove vai, e secondo te chi me le porta le confezioni dell'acqua fino alla macchina?"

2

Clementina prese il pacco di biscotti dallo scaffale. Quindi infilò lo sguardo nella corsia: era una lunga fetta di pavimento divisa in quadratoni color paglia. Sugli scaffali, macchie di colore irreggimentate dalle quali emergevano etichette gialle con le offerte speciali. Emergevano come i suoni di poco prima: il tonfo metallico, la raschiata dello scooter sull'asfalto, la stropicciatura sulla vetrina della ragazza volata dalla parte opposta della strada, lo squittio della ragazza o di qualcuno che passava, un clacson lontano e il *nooo* preoccupato e accompagnato da bestemmia di un villano.

I biscotti le scivolarono in terra. Clementina si domandò se li avrebbe dovuti comprare lo stesso.

"Tutto bene?" chiese un anziano grinzoso, le mani sporche di terra, una camicia a quadri e gli occhi grandi.

"Li rimetto a posto. Nessuno può sapere se si sono frantumati dentro il pacco."

L'anziano mosse le labbra come una mucca. Non si capiva se approvasse o meno.

"Io tutto bene, ma lei gli affari suoi, no?" continuò quindi Clementina.

L'anziano indicò il viso di Clementina con l'unghia dell'indice vistosamente ripiena di terriccio. Fece quasi per toccarla e disse: "Sangue".

Clementina si toccò le labbra, le sentì gonfie. Sui polpastrelli un velo rossastro.

Aveva colpito il volante con il mento. La cintura le aveva strizzato il seno mentre la testa tornava in posizione come un elastico. Sì, tutto bene.

"Vai nonno, grazie."

"Dovere, signora. Se ha bisogno sono qui," disse l'anziano, e le passò un fazzoletto di stoffa spiegazzato.

"Vai nonno, vai a lavarti."

L'anziano rimase con il fazzoletto a mezz'aria. Lo ritirò rapidamente. Se lo mise in tasca e le labbra iniziarono a vibrargli evidenziando una peluria giallastra: "Sa che le dico? Ha fatto proprio bene, suo marito...", e se ne andò con il suo cestino della spesa ancora vuoto, a parte una busta di arance.

Clementina afferrò di nuovo i biscotti, poi si fermò e iniziò involontariamente ad agitare il pacco. Che cosa facevi nella Piccola Città? Io ho poggiato leggermente il piede sul freno e la macchina ha rallentato. Alle spalle hanno iniziato a suonare. Ma io rimanevo ferma. La tua giacca avana di lino si spostava dentro il ristorante. Sono passati trent'anni, Leonardo. Il nome me lo ricordo. Le tue scarpe si sono fermate e hai guardato verso di me. Mi hai visto? Tutta la luce del mondo si è versata sul tuo viso. E il silenzio. Mi hai visto prima di afferrare un altro boccone con la forchetta, o forse erano bacchette? Ho poggiato il piede sull'acceleratore. Ma era diventato nuovamente rosso e ho colpito lo scooter. E sono andata via da là. E mio figlio non capiva mentre nello specchietto osservavo il ristorante e la tua giacca avana diventare piccoli piccoli.

Clementina si prese del tempo per indagare da lontano l'anziano in camicia a quadri. Tirava giù le cose dagli scaffali senza leggere le etichette. Lo seguì senza farsi vedere. Aveva già riempito il cestino a metà, würstel, zucchero bianco, sottilette, merendine, sostanzialmente un tumore ripartito in piccoli pezzi. Lo affiancò e con destrezza infilò il pacco di biscotti rotti nel suo cestino.

Fuori dal supermercato, chiese al ragazzo africano di portarle in macchina le confezioni dell'acqua. Gli diede un euro di mancia per infilarle nel portabagagli.

Alla radio stavano intervistando un assessore che usava la locuzione *lavoratrici sessuali* per riferirsi alle prostitute che sostavano nello stradone che univa la Piccola Città alla Grande Città. La nuova moda delle parole sbiadite. Clementina era ferma al semaforo. Pensava alla ragazza, a Leonardo e alle unghie terrose del vecchio. E che l'assessore si faceva bello con le parole ma alle prostitute non fregava nulla di essere chiamate in un altro modo fino a quando non sarebbe cambiato il modo di *usarle*.

Comunque la pensiate, converrete con me che l'animo umano a volte diventa un prato pieno di erbacce e palloni di cuoio sgonfi.

3

Questo Paese del Mediterraneo è sempre stato un letto sfatto. Vittoriose civiltà si sono levate e hanno conquistato l'Europa, l'Africa e l'Asia. Un letto di pietre diventate chiesa che ha diffuso per il mondo una bontà molto acuminata. Un letto occupato da amanti a volte civili, altre sporchi e vendicativi. I capi dell'ultimo secolo furono il Dittatore, il Ragioniere, il Mafioso, il Clown, il Portaborse. Molti avevano provato, qualcuno era riuscito, eppure – nonostante i tentativi di rivolta, riforma, rivoluzione – tutto sembrava rimasto com'era nel racconto dei nonni di Giulia che durante l'epoca del Dittatore erano arrivati bambini nella Grande Città. Sembrava che tutti dormissero nelle stesse lenzuola da millenni e si alzassero con lo stesso sospiro arreso prima di arrabattarsi per un caffè.

Giulia era nata una domenica di luglio con il vento caldo che spruzzava sabbia e grandi insetti. I genitori avevano progetti decorosi per lei: giornalista, dottoressa o commissario di polizia. Durante gli ultimi due anni in un rinomato liceo della Grande Città, Giulia decise che doveva cambiare il mondo. Aveva diciassette anni nel momento in cui sentì questa fitta che non si può spiegare senza essere accusati di atteggiamento-sommamente-ridicolo da un sorriso che si alza sguincio e piega una guancia lasciando l'altra intatta. O almeno così fece Tonino, il padre, quando a cena sentì pronunciare "cambiare il mondo" prima che entrambi iniziassero nuovamente a urlare di fronte al telegiornale e alle bistecche ormai fredde in una guazza verdina.

Dieci anni dopo, mentre volava contro la vetrina del ristorante cinese dentro cui Leonardo stava masticando il suo raviolo di gamberi, Giulia rivide quel sorriso. E anche il plotone compatto di poliziotti che avanzava dandosi il ritmo battendo il manganello sugli scudi, lei e la sua amica Aurora asfissiate dal panico. E la Ford Fiesta grigia e baluginante che dopo la laurea aveva trovato sotto casa avvolta in un orrido fiocco dorato. E lo sguardo quasi viola di delusione che le aveva lanciato mamma Rita dopo un abbraccio spigoloso all'aeroporto. Infine Rudolf, il medico tedesco con cui aveva convissuto per tre anni nella sede nigeriana della Right Helmets, l'associazione non governativa americana dove aveva iniziato a lavorare dopo la laurea in sociologia.

Non pensò invece al giorno in cui Rita e Tonino erano venuti all'aeroporto della Grande Città con la Ford Fiesta meno baluginante e i sorrisi esigenti di fronte alla sua faccia arresa. Alla visita nella vecchia tabaccheria di famiglia, finalmente ristrutturata, dove avrebbe dovuto imparare a gestire i clienti dietro una cassa. E all'incontro fortuito con Aurora, la sua amica del collettivo di sociologia con cui, prima di partire per la Nigeria, aveva avuto una discussione feroce sulla necessità di fare politica sul proprio territorio. Eppure, al suo ritorno nel Paese era stata Aurora a salvarla dagli scontrini con la proposta di un lavoro come operatrice sociale. Nonché l'ultima persona con cui aveva parlato, nervosamente, prima di volare via dalla sella.

Aurora gestiva la Breakfree, un'associazione piccola che aveva sedi in poche città del Paese e si occupava di casi di violenza contro le donne e della tratta delle prostitute. Era stato qui che Giulia si era affezionata a Blessing e a Mabel, due donne nigeriane originarie della provincia di Benin City – la città in cui l'anno precedente si era separata da Rudolf –, arrestate perché senza documenti durante una retata allo stradone. Le prime vittime di tratta che Giulia aveva aiutato. Tuttavia, dopo sei mesi dall'inizio del percorso di inserimento, una sera Blessing e Mabel non erano rientrate nella sede dell'associazione. Né lo avevano fatto nei giorni successivi. E, a tre mesi dalla loro scomparsa, Giulia aveva sognato Blessing con il corpo di un'aquila reale e un'ala mutilata, i suoi occhi feroci evitavano di guardarla mentre, in mezzo a un'autostrada deserta, muoveva con frenesia le zampe sull'asfalto bollente. Quando si era tirata giù dal letto e trascinata fino al tavolo del suo bilocale per la colazione, alla televisione appena accesa il conduttore del telegiornale nazionale aveva detto che la polizia riteneva che l'assassino fosse un cliente abituale: quella mattina un cacciatore aveva trovato il cadavere di Blessing sepolto in maniera grossolana nel boschetto a metà strada fra la Piccola e la Grande Città.

In seguito a quella notizia Giulia aveva smesso di uscire di sera, e di notte tentava di dormire con capsule da cinque mg di Valium. Nonostante Aurora le avesse spiegato che poteva accadere – gli sfruttatori le rintracciavano, oppure le donne stesse scappavano dai centri antitratta in seguito a qualche ricatto –, Giulia continuava a sentirsi responsabile per la morte di Blessing. Fino a quando Aurora, di fronte all'ennesimo angosciato mea culpa, le aveva detto piccata:

"Il tuo dolore è quasi arrogante. Non gira tutto attorno a te. E le ragazze hanno una testa per decidere".

"Ma ancora non sono in grado."

"Invece tu, che tutti i giorni vai al boschetto dopo il lavoro, sei in grado?"

Una mezz'ora dopo, in effetti, quella sarebbe stata la sua meta se nella Piccola Città il suo scooter non fosse stato centrato da una macchina sotto l'insegna del Drago Dorato. Durante il volo Giulia vide fugacemente gli ideogrammi rossi smozzicati dal tempo. Mentre la benzina fuoriusciva in un rivolo scuro, riuscì a tirarsi in piedi. Però, dopo un lieve capogiro, si mise a sedere. Davanti a sé una selva di gambe che le chiedevano "come stai". Dentro la testa una zuppa che sobbolliva. Si tolse il casco. Vide la signora alla guida, la vide accelerare via dentro la sua macchina bianca. Sull'asfalto il calpestio di una rincorsa generosa ma vana. Soprattutto, da una distanza millenaria, una cantilena inascoltata annunciava il ritorno di forze antiche.

Il giorno successivo si presentò alla sede della Breakfree della Grande Città un gigante alto un metro e novanta. Si chiamava Matteo. Disse che voleva scusarsi per l'incidente provocato da sua madre. Le mostrò il CID compilato e firmato. Le chiese se poteva evitare di denunciarla. "Per cosa?" chiese Giulia. "Per omissione di soccorso," disse lui, e si scusò ancora. Lei sorrise come se fosse stata un'impiegata abituata alle rimostranze aggressive di utenti vagamente analfabeti e appiccicosi. Firmò il CID, lasciò il suo numero di cellulare e pronunciò qualche frase di circostanza volta a minimizzare l'accaduto. Matteo le chiese se si era fatta male, pensava di trovarla in ospedale. Lei continuò ad atteggiare le labbra in un sorriso finto e disse che andava veramente tutto bene, a parte la paura iniziale, nonostante lo schianto sulla vetrina all'ospedale le avevano detto che tutti gli esami di controllo avevano dato esito negativo.

4

A proposito di Rudolf, io lo so benissimo com'è che succede. Quando perdi qualcuno, il dolore iniziale è poca cosa. Ci sono metafore romantiche come quelle della ferita, ma sono inefficaci. Non c'è nulla che si cicatrizzi veramente. È più esatto vederlo come la perdita improvvisa di un braccio: svegliarsi ogni mattina e ogni mattina scoprire nuovamente che tirarsi in piedi sarà un lavoro.

Un anno dopo Giulia viveva la sua mancanza ancora come un'amputazione. La sua prima storia importante le sembrava un cielo nero che, quando lo guardi in solitudine, ti scaglia addosso le stelle e ti abbaglia. Dove sarebbe andato a finire tutto? Dove erano andati a finire i fenicotteri rosa, gli scogli schiaffeggiati dal mare e il vento africano mentre facevano l'amore? Dove la colazione al bar con la vecchietta che li aveva eletti la coppia più bella e che aveva regalato loro dei fiori? Dove andranno a finire gli occhi di Rudolf? Finiranno entrambi a ricordare i ricordi, a trattenerli sul bordo scivoloso di qualcosa che inghiotte tutto, o forse no, forse qualcosa rimane e non è vero che le cose avvenute muoiono quando ne muore il ricordo, magari sono come animali che vanno a morire da soli e quindi nessuno li vede e chissà che – invece, in qualche maniera, in fondo non si trovano mai dopo – sopravvivano.

Dopo l'incidente di fronte al Drago Dorato i genitori avevano supplicato Giulia di farsi vedere, l'avevano invitata a pranzo per controllare se si trattava veramente solo di "una piccola abrasione sulla mano destra e qualche livido sull'avambraccio". Giulia ritornò nel quartiere in cui era nata, una schiera di palazzine liberty in una zona semi-centrale della Grande Città, e osservò lungo i marciapiedi la vita scorrere docile: i professionisti si affrettavano accigliati e gli adolescenti si adeguavano alla decorosa regolarità emanata da quella manciata di isolati impiegatizi e bottegai. Tutt'intorno il quartiere della moda diventava sempre più esclusivo, il centro storico era stato riqualificato (per i critici dell'operazione: gentrificato) solo a metà a causa dell'esaurimento dei fondi europei, il quartiere dell'antico mercato accoglieva nuovi studenti e vecchi artisti e più in là i quartieri popolari restavano luoghi di arte autoprodotta e divertimento mercificato. I residenti si spostavano sempre più all'esterno, quasi al confine con la Piccola Città, spazio che era sempre stato abitato da contadini, o almeno così si riteneva nella Grande Città. A parte un boschetto, l'asfalto ormai univa i due mondi e dall'alto tutto assomigliava a un grande gomitolo che si sfilacciava e ricompattava.

Parcheggiò lo scooter ammaccato nel cortile condominiale come quando aveva ancora quattordici anni e guidava il suo primo motorino viola con il portachiavi agghindato di ciuccetti colorati, immaginò Tonino e Rita a controllare il minuto e impastare punizioni, spense la sigaretta prima del portone e la infilò nel suo posacenere portatile, salì le scale perché, come allora, non voleva annunciare il suo arrivo con il rumore dell'ascensore. Eccoli lì i genitori, un po' più bianchi, spalleggiati dal telegiornale in salotto e dall'odore di spigola e patate arrosto che si insinuava dal forno socchiuso. Accompagnati dalle novità lavorative dei figli dei condòmini e dei colleghi, da un limbo di decoro in pantofole e trucco iridescente, dalle rughe che nascondevano a tutti il significato di una gioventù raccontata secondo i luoghi comuni della spensieratezza, della forza, del rischio, ma – Giulia ne era sicura – incastonata ancora nel fondo di loro stessi, forse mai vissuta.

Li rassicurò, mostrò loro la piccola abrasione sul palmo della mano e la tac dell'ospedale. Insomma, nulla di cui preoccuparsi. Ma loro, come stavano? Bene, la tabaccheria riceveva i complimenti dei clienti per il controsoffitto e le nuove luci calde. Sì, ma loro, erano felici? Certo che lo erano, Rita mostrava i denti bianchissimi mentre sfornava la spigola con i guanti senza macchie, e Tonino sottolineava che erano felici-che-fosse-tornata. La cena scorreva via. La madre commentava l'abbigliamento dei politici che spettegolavano di ripresa economica, il padre puntava la forchetta contro lo schermo per inveire, la vecchia macelleria stava chiudendo e l'inverno non sarebbe stato più freddo del solito. E, come ogni volta, l'ombra di Giulia levitava, raggiungeva il soffitto dove percepiva i fumi densi e caldi del forno e vedeva dall'alto loro tre che parlavano illuminati dalla plafoniera senza polvere e dagli scatti di colore della televisione, lontani. Gli spigoli del tavolo da lassù sembravano acuminati e impossibili da scavalcare, si passavano il sale e l'insalatiera e rimanevano sconosciuti ai loro posti, e Giulia osservava il presente e il passato, vedeva se stessa volare dallo scooter contro la vetrina e la sua adolescenza di capelli blu e soffi di rabbia, vedeva se stessa accanto al cadavere di Blessing e i genitori lontani, come erano sempre stati, impauriti da un semplice "come stai?", da un "oggi mi sento così", incapaci di un affetto che non fosse di bestia, di orso a proteggere e di iena a strappare gli avanzi più corposi del banchetto. A loro insaputa Giulia aveva iniziato ad apprezzare lo spiraglio di aria fredda che, all'apertura della porta blindata, le suggeriva la gradevole strada del ritorno a casa. In realtà avrebbe apprezzato qualsiasi strada non fosse liscia e inodore come le emozioni dei suoi genitori.

In questo senso, il gruppo di autocoscienza femminile rappresentava un meraviglioso momento in cui riusciva finalmente a riconoscersi e a riflettere sul suo bisogno di toccarsi emotivamente con il sesso maschile dopo aver vissuto in quella famiglia anecoica (come aveva rivelato raccontando quella gita liceale con Aurora in cui erano entrate in una stanza completamente priva di suoni, la camera anecoica appunto): non era mai riuscita a viversi storielline senza importanza per il terrore che la relazione diventasse senza eco, senza rumore, eppure duratura. Le altre, quasi tutte, le avevano consigliato di sperimentare e lasciar perdere per un poco il ricordo del trombone di Rudolf. Era stato anche grazie a questi suggerimenti che, qualche giorno dopo l'incidente, era avvenuto il primo incrocio nella tela di ragno sulla vetrina.

Il lunedì successivo Giulia era immersa nelle ricerche per capire come presentare il bando al Comune per ottenere alcuni finanziamenti per la Breakfree. Ricevette il messaggio da un numero sconosciuto, *Ti va se beviamo una cosa insieme quando finisci?*, e immaginò che Rudolf le avesse fatto una sorpresa. Non rispose al messaggio, ma quando finì di lavorare scese le scale con un'emozione bambina. Spalancò il portone e si trovò davanti Matteo, il gigante figlio della matta con la Golf bianca. Le propose di passeggiare per i vicoli del centro storico e lei sorrise lievemente, come se avesse paura di sporcare i lineamenti del viso, e s'incamminò.

"Quindi non ho capito, scusa, tu lavori per le associazioni di cui vediamo le pubblicità in tv, giusto?" fu una delle frasi che pronunciò Matteo mostrando subito una capacità diplomatica di livello infimo.

"La Right Helmets sì, è internazionale. La Breakfree invece non ha quella portata," disse Giulia.

"Praticamente quelle che ti spingono a pagare qualche soldo per aiutare gli ultimi di questo mondo," disse Matteo.

"Non è una gara e c'è chi è arrivato *ultimo* nel mondo. C'è un problema di distribuzione ineguale di risorse, di colonialismo economico. Ci sono persone che vengono sfruttate per il fatto di essere nate in un territorio sottomesso, non perché sono arrivate ultime."

"Però ci sono anche prostitute che hanno scelto di fare le prostitute. Soldati che hanno scelto la guerra. Disoccupati che passano la giornata di fronte alle slot."

"E anche figli che chiedono di non denunciare la propria madre per omissione di soccorso. Ci sono un sacco di categorie."

Matteo aveva le spalle enormi strette dentro il suo completo grigio, e un borsone da palestra che si trascinava sulla schiena. Tossì in maniera enfatica. Quindi fece il movimento di uno che viene colpito da uno sparo: "Affondato," disse, e sorrise.

Giulia si stupì: anche se si sforzava di evitare il suo sguardo, non era riuscita a trattenere un sorriso per quella cretinata. Per un attimo sentì i suoi passi scorrere più leggeri sull'acciottolato del centro storico. Ma subito dopo si voltò indietro, come se Rudolf fosse veramente atterrato nella Grande Città, le avesse mandato il messaggio e poi avesse fatto tardi e solo in quel momento arrivasse di corsa con una rosa gialla in mano. Quindi pensò che il borsone sportivo di Matteo suggeriva una stupida palestra dove andava a sparare stupidaggini con altri stupidi palestrati che facevano finta di ascoltare occhieggiando i rispettivi muscoli umidi allo specchio. Matteo sembrava il classico entusiasta di molte cose futili. Nonostante la mole, Giulia riteneva di poterlo sollevare con due dita sotto la camicia e gettarlo via come un vestito troppo sgargiante.

Matteo si intestardì in battutine un po' forzate sulle associazioni umanitarie e su quelli che volevano fare i simpatici facendo battutine sulle associazioni umanitarie. Sull'incredibile provvidenzialità di certi incidenti e su quelli che persino in un incidente cercavano segni positivi. Aveva un'ironia che si divorava da sola. Le sue frasi svanivano nell'aria quando venivano messe in dubbio. A Giulia sembrava di avere davanti una scala con il primo gradino che crollava ogni volta che tentava di poggiare il piede. Così, quando sentì l'ennesimo guizzo di simpatia autofaga – sulle prostitute e su quelli che erano talmente codardi da prendere in giro gli ultimi, anzi gli sfruttati – e gli vide in faccia un sorrisetto, spiegò che gli sfruttatori manipolavano la famiglia delle vittime. Matteo lo sapeva? Sapeva che le organizzazioni della tratta andavano nei villaggi poveri della Nigeria, tipo Uromi e Ekpoma vicino a Benin City, e promettevano alle ragazze un posto di lavoro come baby-sitter in Europa? Spiegò che dopo essere arrivate in Europa scoprivano che il debito da ripagare era altissimo: venivano quindi costrette alla prostituzione e gestite da alcune Madame, donne nigeriane complici della tratta, che le picchiavano e, se particolarmente *bambine*, le facevano stuprare per diversi giorni dagli uomini dell'organizzazione per avviarle al lavoro. E sapeva che se rimanevano incinte venivano fatte abortire con uno strano intruglio di alcol e farmaci?

Matteo la ascoltò in silenzio facendo lievi cenni di assenso. Ma non ritenne di dover modificare la luce dei propri occhi. Giulia non capiva se erano limpidi perché respingevano tutte le asperità del mondo o perché non volevano mostrare turbamento. Quindi disse che aveva un impegno con una ragazza e Matteo diede una pacca sul suo borsone da palestra, anche lui doveva vedere dei *ragazzacci*. Mentre montava sullo scooter pensò che sulla questione amorosa non doveva dare retta alle donne del gruppo di autocoscienza. Eppure sentiva ancora uno strano calore dopo il bacio sulla guancia del gigante.

Qualche giorno dopo, l'autunno arrossava già le foglie e lei decise di fare l'ennesima passeggiata nel boschetto in cui era stato ritrovato il corpo. Tuttavia non riuscì a scendere dallo scooter e rimase seduta sul sellino ad ascoltare il fruscio delle foglie e del vento. Blessing era stata la prima a chiederle aiuto da quando aveva iniziato a lavorare con la Breakfree. Aveva venticinque anni e un disegno infantile – una casa sotto il sole – marchiato a fuoco sulla schiena. Lo stesso di Mabel che chissà dov'era. Blessing aveva deciso di denunciare gli sfruttatori dopo che Giulia le aveva promesso protezione e un percorso di inserimento. In cambio Blessing doveva consegnare la sua scheda SIM, seguire i corsi proposti e rientrare ogni notte a dormire nel centro della Breakfree. All'inizio la ragazza l'aveva guardata con indifferenza, poi – quando Giulia, parlando di sé per instaurare un contatto informale, le aveva detto che aveva vissuto in Nigeria nelle case per bianchi ricchi – con disprezzo. Era rimasta in un silenzio ostile, Giulia pensava di non essere in grado. Aurora le aveva spiegato: "È normale che non ti fidi, dopo che ti trattano come una cosa". E poi: "Tu non hai iniziato benissimo, con quella cosa del tuo appartamento nigeriano..." aveva sorriso, e le aveva suggerito di lasciarsi andare, non inchiodarle a una narrazione di vittime, scherzare se possibile, e anche se a Giulia sembrava impossibile *scherzare*, pian piano era riuscita a diventare intima, e poco prima che venisse probabilmente rintracciata e rispedita sulla strada, Blessing le aveva raccontato il suo desiderio di trovarsi un lavoro nella Grande Città e la sua paura di tornare in Nigeria, dove sarebbe stata etichettata come indegna dalla famiglia e dalla comunità.

Il vento insidioso proveniente dal boschetto la spinse via da lì con un presagio di strani rumori. Giulia fece ripartire lo scooter e puntò verso il fiume che costeggiava la Piccola Città. Quando arrivò vide gli alberi piegare le fronde e l'acqua correre come spinta da un nubifragio di montagna. Sentiva l'atmosfera umida e fredda penetrarle i vestiti. Si fermò quando notò la Golf bianca parcheggiata. Era la macchina che l'aveva investita? Scese e iniziò a passeggiare. Poco dopo vide una donna giù nel greto pietroso. Immobile, le mani in tasca, una giacca viola troppo leggera per quel freddo e gli occhi caparbi verso il punto in cui il fiume si frangeva su un piccolo scoglio. Improvvisamente ne ricordò i lineamenti: era proprio lei, la madre di Matteo. La vide resistere al vento, immobile, prima di inoltrarsi verso la campagna costeggiando la riva.

Giulia dimenticò quell'episodio e il caldo della guancia baciata da Matteo fino al giorno dei Morti: il 2 novembre infatti scoprì che l'assicurazione ancora non aveva effettuato il bonifico a suo nome e dopo aver chiamato il suo agente capì che c'era stato un problema con la compilazione del CID e che lui l'aveva già chiamata e che sarebbe stato meglio fare daccapo il CID, stavolta in presenza dell'altro guidatore per evitare eccetera eccetera. Dovette sentire Matteo, lui le rispose che ovviamente la madre avrebbe compilato di nuovo la sua parte.

Il giorno successivo, nella Piccola Città, Matteo accompagnava Giulia da Clementina attraverso cancelli arrugginiti, casette sghembe, praticelli abbandonati, balconi con ringhiere di metallo dipinte di arancione e rosso e azzurro, alberi da frutto, ombre di graffiti cancellati e il rumore di telegiornale e posate che annunciava la cena da qualche finestra semiaperta che scambiava l'odore dei soffritti con l'aria gelida di quella sera. Giulia stava per rivelargli che due settimane prima aveva visto la madre al fiume, ma Matteo l'anticipò suggerendo che finalmente avrebbe conosciuto il *pilota*, e atteggiò le mani strette a pugno intorno a un volante immaginario che si muoveva a scatti come in Formula 1. La luce giallognola dei lampioni illuminò un accenno di sorriso di Giulia.

Quando fece girare la chiave Matteo capì che non c'era nessuno. Le luci del salone e della cucina erano spente, a parte la spia rossa del televisore e l'orologio del forno. Disse che Costantino, il padre, probabilmente era andato al bar Centrale a vedere la partita di Champions League. Ma Clementina? Strano che non fosse a preparare la cena.

"Cos'è, uno scherzo?" disse Giulia, la voce un po' in allarme.

Entrambi si irrigidirono quando sentirono la cantilena.

Matteo accese la luce e percorse il corridoio. Aprì la stanza da letto dei suoi e vide la madre sdraiata supina sotto diversi strati di coperte: Clementina guardava il soffitto con determinazione. Il piccolo abat-jour rivelava gocce di sudore e capelli appiccicati alle tempie. Il metro quadro che divideva il bordo del letto dalla soglia della porta aperta sembrava un abisso tra due mondi. Le coperte rigonfie solo a sinistra avevano qualcosa di sinistro e alieno. Erano gli occhi di Clementina – simili a quelli di una bambola, luminosi e fissi – a creare quello stato inquietante. I passi di Giulia alle spalle di Matteo erano stati morbidi e ora si erano fermati. Quando si voltò, lei fece un cenno con la testa per chiedere cosa era successo. Matteo le fece segno di aspettare e poi all'improvviso la voce della madre ripartì, come una radio che trasmette un'omelia: "È tornato ai bordi, il Demone. Durante una passeggiata. Un sentiero di montagna, Costantino dietro e felice con il bastone in mano, Matteo forse dieci anni, il Demone è tornato ai bordi di me. Mi seguiva ma rimaneva ai bordi. Quanti anni. Mi attraversava come le nervature la foglia. Ai bordi, dietro tutti gli alberi del sentiero. Il Demone è silenzioso come il muschio. Come nella favola. Ho continuato a passeggiare—".

"Mamma?"

5

Credo che la ragnatela che si formò sul vetro del ristorante cinese non unì le persone solo in orizzontale, per così dire, ma anche in profondità, credo che quel colpo smosse anche la struttura profonda del materiale di cui sono composti gli esseri umani.

Alcune anse del fiume mantenevano intatto il tempo in cui Clementina e il padre Nello trascorrevano avventure pietrose e limacciose, piene di elfi e mostriciattoli per nulla spaventosi. Clementina non conosceva bene il motivo per cui di tanto in tanto sentiva l'esigenza di andare al fiume, però sapeva esattamente in che momento tornare verso la macchina: quando il cervello iniziava a impelagarsi nella memoria dei decenni trascorsi. Eppure dopo l'incidente si era fermata a ripercorrere, senza particolare gioia, la sua gioventù durante l'epoca del Mafioso, l'epoca in cui la Piccola Città era ancora verde e dalla finestra di casa osservava la Grande Città: distava trenta chilometri apparecchiati in un declivio di casupole in mezzo ai campi coltivati e attraversati da una strada sconnessa che la corriera tentava di coprire in tre quarti d'ora. Ricordava l'odore di varechina insieme all'immagine di sua madre Piera, adagiata sul divano, gli occhi chiusi e i capelli raccolti in una crocchia disordinata, una vestaglietta a fiori e le mani sopra il viso, scure e lise. Quando Clementina provava ad aprire la finestra, la madre diceva, mantenendo gli occhi chiusi: "Entra la polvere!". A volte avrebbe voluto colpirla con il battipanni e farla ruzzolare in terra. All'università erano più di dieci anni che non si faceva altro, non si parlava d'altro – rovesciare l'autorità! –, ma lì, nella Piccola Città, il tempo era inciampato nei fossi che circondavano i campi, nelle galline di guardia, nelle soglie irregolari delle case abusive e si era invischiato nella terra che riempiva le unghie. Seduta al tavolaccio della sua camera, studiava per gli esami di lettere classiche e davanti ai libri sentiva finalmente il potere di oltrepassare i fossi e di lasciarsi dietro la terra antica e arata della Piccola Città. E non di comprarla a ettari come Gualtiero, il fratello maggiore, che aveva deciso di avviare un'azienda agricola con un gruppo di compaesani, anch'essi figli di contadini. Clementina ricordava che era stato in quegli anni confusi e onnipotenti che aveva scritto sul muro di un'aula: SOLO QUANDO TI RIBELLI, QUALCUNO FA CASO A TE, IL RESTO SONO FORMULE DI CORTESIA... TI STANNO RINGRAZIANDO PERCHÉ NON HAI SPORCATO, COME SI FA CON UN CANE.

Adesso la voce di suo figlio la chiamava da lontano, ma Clementina si dibatteva tra i suoi fantasmi e i trentanove gradi di temperatura corporea. Forse era stato a causa di un colpo di freddo sul fiume, il malessere che era calato su di lei come una tempesta infuocata e improvvisa? Quel cretino aveva fatto entrare una ragazza. Non si accorgeva che aveva la pelle unta di sudore e il pigiama scolorito? Matteo era rimasto sulla soglia e gli stipiti contenevano a fatica la sua figura. Il colpo della porta blindata annunciò il ritorno di Costantino dalla farmacia. Matteo si voltò e andò a parlare con il padre. Il figlio lasciò gli stipiti vuoti. La scimunita ne prese il posto, entrò nella stanza e si sedette sul bordo del letto, i jeans pieni di batteri pronti a sbarcare sulle lenzuola. Sorrise e disse di chiamarsi Giulia e non disse di essere quella volata dallo scooter. Le chiese se c'era qualcosa che l'aveva turbata. Gli occhi di Clementina la ignorarono e perlustrarono il soffitto: si fermarono su una piccola crepa che stava lì dalla sua infanzia, dall'epoca del Dittatore. Era stata stuccata e ridipinta più volte, eppure la riga nera frastagliata tornava sempre. Dalla cucina arrivavano le voci degli uomini e il tramestio di pentole. Poi qualcosa si frantumò sul pavimento. Matteo con un urlo rassicurò che lui e il padre avrebbero subito rifatto la tisana.

Giulia accarezzò la mano di Clementina sulla coperta,

quindi la strinse morbidamente. Clementina perse delle lacrime mentre il volto rimaneva fermo. Un vaso che traboccò e si rovesciò. Giulia si alzò, chiuse la porta e tornò a sedersi sul letto. Clementina le prese la mano – stavolta lei per prima – e la chiuse tra le sue mentre si spostava appoggiandosi su un fianco. Disse: "Mamma, senti," e le strinse la mano, le dita ossute e mobili come tasti di pianoforte, "le parole adesso, sentile adesso, perché mi vergogno di loro. Le parole stanno ai bordi anche loro. Come gli alberi nel sentiero di montagna. Ti ricordi se eri già morta il giorno della gita, mamma? Costantino indietro con il bastone in mano e all'improvviso l'urlo di Matteo: aveva visto un cinghiale o un orso dietro un albero, in fondo. Volevo rassicurare Matteo, mamma, così sono andata avanti verso il punto che indicava. I bordi vibravano e il tramonto mi ficcava i raggi del sole negli occhi. Una silhouette scura dietro l'albero. Poi ho messo a fuoco. Si trattava di un piccolo tronco morto appoggiato a un altro albero; effettivamente dalla nostra prospettiva sembrava un orso che sbirciava, non un cinghiale però. È arrivato Costantino, ci abbiamo riso su e abbiamo proseguito lungo il sentiero. Poi mi sono voltata. Ho visto il sole che batteva sulla terra, si schiantava sui sassolini, sul terriccio, sui fili d'erba. Divideva esattamente il colore, i margini, la dimensione, era il classico lavoro che la luce fa con le cose. In quel momento ho sentito che non ero sola. Ai bordi di me percepivo il Demone. Avevo paura che il tronco si alzasse e camminasse e ingoiasse luce. Ho fatto accelerare il passo a tutti con la scusa di una possibile pioggia e siamo tornati alla baita. Tu eri morta mamma, spero che eri morta perché almeno questo te lo dovevo raccontare e non l'ho mai fatto. Anche se, le parole. Sono guardiani, non messaggeri, le parole. Le parole proteggono come gli alberi sulla montagna. Le parole proteggono dalle frane dei ricordi. Anche adesso non so dirtelo, mamma, ma hai capito? Non ti fanno passare e non fanno passare nemmeno le cose che devono arrivare a te. L'ho anche scritto nella favola: il Demone mangia le parole. E ancora mi segue: una silhouette scura che si muove al bordo dei miei pensieri. Volevo parlarti, mamma. Ma adesso vedo che gli assomigli, al Demone. Anche papà, lo vedo simile. Spero che sei morta adesso, mamma, così posso far evadere qualche parola. Raccontare di Matteo, di Mario, di Leonardo...". Clementina si fermò quando sentì cigolare la maniglia della porta. Matteo disse che la tisana era pronta e ridendo sottolineò che il padre l'avrebbe ributtata per terra nel giro di pochi secondi senza un punto d'appoggio. Giulia prese un vecchio libro dal comodino e lo appoggiò sulla cassettiera, troppo in ombra perché riuscisse a leggerne il titolo. Matteo porse un bicchiere d'acqua e una tachipirina che Clementina ingoiò subito. Costantino si chinò e sussurrò sottovoce di bere la tisana finché era calda, ma Clementina rimase supina muovendo appena le iridi verso la voce del marito. Per un momento Giulia aspettò che i due uomini uscissero dalla stanza, come fossero stati loro gli estranei, poi, con un'agitazione che la pungeva al confine tra il petto e il collo, decise di congedarsi, rammaricata che Clementina non le avesse più rivolto uno sguardo.

Quando uscì, Clementina affondò la faccia nel cuscino mostrando un collo imperlato di sudore su cui i capelli si impantanavano e abbandonavano un po' di tinta rossiccia. La tisana rimase sul comodino e il vapore, illuminato dall'abat-jour, si dissolse pian piano nel buio.

Trascorse una settimana a letto con la febbre alta. Di notte tremava, piangeva e abbracciava Costantino steso supino nel sonno profondo. La luce della mattina disperdeva un po' di febbre. Si alzava barcollando e singhiozzava quando dalla finestra riusciva a intravedere il suo piccolo orto. Il dottore usciva dalla stanza perplesso dopo aver preso atto che il paracetamolo non abbassava la febbre. Clementina andava in bagno cingendo la spalla di Costantino e si stupiva dei confini del corpo ancora intatti. Diceva: "Diamine, non sono ancora sciolta". Dopo una doccia tornava nel letto e si rompeva di nuovo in mille specchi di sogni storti. Si rompeva e aveva paura del buio sotto le coperte e delle cose che andavano a male in frigo e dell'aria della camera da letto lattiginosa di batteri sconosciuti. Tuttavia, nella caligine di quelle giornate la sua memoria ritrovò il momento scintillante della sua gioventù. Il momento in cui aveva rinunciato definitivamente – almeno così credeva all'epoca – al rancore silenzioso dei genitori e non si accontentò più dei resti della festa: l'aria tiepida di una sera di primavera in una terrazza del centro storico della Grande Città, tante persone diverse confluite dopo un corteo, si beveva vino mediterraneo, si fumava hashish nepalese, si stava dalla parte giusta della Storia, contro il Mafioso, i suoi accoliti e il neocapitalismo.

In quel periodo Clementina era fidanzata con Mario, il capo di una banda di quartiere della Grande Città, i tendini nervosi e i muscoli implacabili dei muratori, i capelli ricci e neri, i baffi che andavano di moda a metà degli anni settanta. Lei entrava e usciva dalle conversazioni con agilità, parlava di austerity, di eroina, dei primi licenziamenti di massa e dei primi giubbetti di pelle nera. Quando diventò un po' troppo brilla si mise di fronte a Mario e assunse una posizione da combattimento, con i pugni davanti alla faccia che ondeggiavano velocemente come in un film muto. E risero insieme. Quasi tutta la terrazza rideva in quel frangente, tranne *lui*. Si ricordava di averlo intravisto in facoltà, ma chi era? Non era parte del gruppo politico universitario, né di quello dei militanti rudi del servizio d'ordine, né tantomeno del gruppo dei teatranti in sandali che discuteva dello scricchiolamento del Living Theatre. Leonardo si accese una sigaretta con uno zippo d'argento mentre chiacchierava con le sue amiche Carla e Laila di fronte al tavolo su cui erano posate bottiglie di vino e birra. La guardò. Clementina aveva gli occhi nitidi, e – in quella piccola folla lo percepiva – possedeva il potere d'attrazione del mistero che si trova nel fuoco, nel mare e nella luna. Una forza stupida e necessaria, dettata dalla gioventù e dall'inganno delle infinite possibilità che promette. Un'arma che gli attori bravi devono studiare a fondo per ottenere: ostentare disinvoltura e disinteresse per il mondo quando sanno benissimo che il mondo li sta guardando.

All'improvviso uno schianto di vetro salì dalla strada: Mario, appoggiato sul davanzale del terrazzo, aveva lanciato un bicchiere di sotto. Si sentì qualche urlo da basso, ma Mario strillò sopra che i motociclisti non si dovevano più far vedere lì in giro. Clementina non gli prestò attenzione perché osservava *lui*: molto alto, giacca di lino avana, camicia blu, pantaloni di stoffa morbida che gli facevano troppe pieghe alle caviglie e poi gli occhiali infilati nella V aperta della camicia sul petto. Osservava i suoi occhi grandi come laghi, le sue labbra carnose che proclamavano:

"Le cose a cui siamo stati abituati stanno per finire, ma non ce ne accorgeremo presto perché, quando le cose finiscono, spesso all'esterno rimangono uguali, come un vecchio edificio che cambia proprietà. Perfino dopo anni, quando lo osservi dalla strada, non sai se dentro è stato ristrutturato e come".

"Filosofo?" s'intromise nella conversazione Clementina.

"Sceneggiatore, quello che scrive i film," disse Carla.

"Lo so come si chiama chi scrive i film," disse Clementina.

"Però anche filosofo va bene," disse Leonardo ammiccando verso di lei.

Leonardo era ancora un ricercatore, ma ormai stava abbandonando l'università per dedicarsi alla sceneggiatura a tempo pieno. E non aveva paura della forza stupida e necessaria, della luna abbagliante che era Clementina. Di colpo atterrarono sulla terrazza due grosse pietre. Una piegò il tavolo al centro facendo crollare le bottiglie a terra. Un'altra sfiorò la caviglia di Clementina, di sbieco, lei alzò di scatto la gamba, rimase in piedi per un secondo come un fenicottero. Il pavimento della terrazza adesso gracchiava sotto le pietre che rotolavano. Un teatrante fu colpito al braccio e iniziò a sanguinare. Ci fu il parapiglia perché Mario strillò a tutti di rientrare subito in casa mentre gettava in strada, senza mirare, due bottiglie di vino ancora chiuse. Di sotto erano in quattro e prendevano da un bustone grossi sassi raccolti da una massicciata là vicino, li lanciavano contro la terrazza e accompagnavano ogni tiro con un *froci*, *pompinare* o *figlidi*, una violenza ordinata bene: lancio, sospiro, insulto, e così via. Un drappello della terrazza cominciò a lanciare in risposta, durò qualche minuto tra vetri, insalatiere, patatine e salse che sembravano limo sul pavimento. Poi Mario emise un verso ferino e si girò mostrando agli altri i pugni alzati verso il cielo. Ne aveva colpito uno in faccia, sul naso probabilmente, il ragazzo rotolava tra lo scalino del marciapiede e la strada con le mani strette sul viso. Perdeva sangue. Mario e gli altri del suo gruppo decisero di scendere. Clementina osservava tutto in una sorta di estasi fredda. Vide lo zippo d'argento in terra in mezzo alla poltiglia. Finì il bicchiere di rum con un sorso e si affacciò al davanzale per nascondere il sorriso. Osservava Mario e la sua banda in strada mentre gli altri, i motociclisti, provavano a trascinare via il ferito con foga, strusciandogli le scarpe in terra, fino a quando non lo abbandonarono e scapparono dopo aver visto che Mario e il suo gruppo erano il triplo e armati di bastoni, bottiglie e (ma perché?) una lampada da tavolo. Finì come finiva a quei tempi: qualcuno rimase sdraiato con qualcosa di rotto dentro. Quando arrivò, la polizia fece alcune domande ai passanti. L'ambulanza si caricò via il ferito. Clementina ancora immobile sul davanzale fu notata da un poliziotto, uno gobbo, panciuto e brizzolato che le disse: "Ma cosa diavolo ride! Le piace il sangue, signorina?". Si ritrasse subito con il volto sguarnito, si sentì scoperta e tornò dagli altri.

Clementina aveva sempre avuto il timore che qualcuno scoprisse chi era. Era abilissima a ingraziarsi le amiche facendo complimenti mirati e invitandole ad aprirsi; affermava, soprattutto con i compagni di corso più ricchi (cioè più o meno tutti), che non esistevano problemi stupidi e che non si dovevano sentire in colpa di vivere nel benessere, era in grado di prevedere le reazioni degli altri che la consideravano la ragazza generosa e altruista proveniente da una famiglia contadina. Li blandiva. Lei stessa non si lamentava mai della disparità sociale, anzi aveva il coraggio di dire che, al di là delle variabili del contesto, ciò che contava era l'impegno che una persona profondeva nelle cose, e lo faceva ben sapendo di essere attorniata da studenti attentissimi alle variabili che lei minimizzava. Sapeva come ritagliarsi un'immagine di se stessa. Nessuno le conferiva una capacità di strategia nelle relazioni; era altrettanto efficace quando ascoltava i cosiddetti militanti e annuiva ai loro problemi individuali ed elargiva frasi quali "ne uccide più la depressione che la repressione", astutamente calcolate per farsi percepire parte di una stessa comunità ma in grado di cullare problematiche interiori, problematiche di cui a lei importava poco, come dell'evoluzione politica in fondo. Studiava lettere ma forse cercava un'altra comunità da quella di provenienza, e non l'aveva ancora trovata. Cercava di volare via. E insieme al timore c'era anche la speranza che qualcuno scoprisse chi era davvero, perché lei, probabilmente, ancora non lo sapeva.

Dopo mezz'ora la piccola festa venne dichiarata conclusa. Mentre in strada tutti si salutavano, lei tirò fuori dalla tasca lo zippo d'argento e si accese l'avanzo di uno spinello d'hashish. La fiamma accompagnava i lineamenti del viso e il fumo velava i suoi occhi neri. Leonardo lo riconobbe, lei glielo porse, ma quando lui stava per afferrarlo ritrasse il braccio e poi, teatralmente, gli fece indovinare tra due pugni chiusi dove fosse, lui sbagliò, lei sorrise e disse: "La prossima volta". Lui, concedendo il primo sorriso della serata, le diede il suo biglietto da visita: *Leonardo Garbi, sceneggiatore*. Lei, mentre era seduta sul sedile posteriore della macchina di Carla, ne saggiò la carta granulosa e piegò più volte il biglietto tra le dita formando diversi tipi di luna.

6

Da dietro la vetrina del Drago Dorato Leonardo aveva visto tutta la scena.

Durante le settimane successive i particolari erano tornati a schiaffeggiarlo: la ragazza sullo scooter si era avvitata in una piroetta nell'aria, come avesse sudato anni di allenamento per eseguirla, il corpo atterrava lento sulla strada, il casco faceva un rumore metallico improbabile – ma era così che ricordava di aver sentito da dietro la vetrina – e tutto prendeva velocità. La donna in macchina era Clementina. Le persone uscite dai bar, dalle macchine, dai negozi, disposte in cerchio intorno al corpo. Lui no, era rimasto seduto all'interno del ristorante, aveva continuato a guardare attraverso la tela di ragno del vetro rotto: il nugolo di persone si era aggrumato e la ragazza si era alzata all'improvviso, come se stesse fiorendo. Andava verso Clementina – le persone dietro di lei, api al seguito della regina –, ma all'improvviso aveva rallentato e si era messa a sedere proprio sulla riga tratteggiata in mezzo alla strada. Si era sfilata il casco, aveva poggiato la testa sulle mani, i capelli ricci le strusciavano sulle gambe e tremava, tremava tutta. Una donna le aveva passato una bottiglietta d'acqua e lei ne aveva bevuto un sorso. Lo scooter in terra con il bauletto aperto. Un uomo dalla barba bionda aveva preso in braccio il figlio che si era chinato vicino alla pozzanghera di benzina. Clementina aveva rimesso in moto la Golf ed era andata via. In quel momento Leonardo aveva visto il ragazzo sul sedile del passeggero. Poi le mani alzate di tutti. Un uomo sovrappeso in scarpe da ginnastica aveva provato a correre appresso alla Golf. L'aveva raggiunta, aveva colpito il finestrino con il palmo aperto, aveva cercato di aprire la portiera, ma Clementina si era fermata, era andata in retromarcia e poi aveva inserito la prima di colpo. L'uomo era rimasto a barcollare sulle ginocchia fragili come un ubriaco. Clementina a quel punto aveva accelerato lasciandosi tutto alle spalle. Il ragazzo sul sedile accanto gesticolava e le urlava qualcosa, era il figlio, probabilmente era il figlio. Leonardo aveva continuato a guardare fuori – le bacchette a mezz'aria strette sul raviolo – e a masticare. Non sapeva quanto tempo fosse passato quando Lian gli aveva dato un colpetto sulla spalla per chiedergli se andava tutto bene e, più verosimilmente, per *svegliarlo* da un incanto misterioso. Subito dopo il proprietario del ristorante era arrivato all'improvviso e aveva inveito in cinese contro Lian – qualcosa di molto offensivo a giudicare dallo sguardo della ragazza – e si era quindi scusato con Leonardo per l'invadenza della cameriera, mentre lei prendeva una scopa per rimuovere minuscoli frammenti di vetro dal pavimento del locale.

Da tre anni Leonardo non metteva il naso fuori casa. Si faceva portare la spesa, i piatti pronti e i libri nella sua villa fuori dalla Piccola Città. L'unico posto in cui andava era il Drago Dorato. Per tenere a bada alcuni ricordi. Quando tornò là, una settimana dopo l'incidente, notò che i cinesi avevano sostituito la vetrina.

Lian da dietro la cassa gli chiese: "Desidera qualcosa, signore?".

Con lei Leonardo non aveva mai oltrepassato la barriera della formalità, né d'altronde la ragazza era sembrata interessata a farlo. Le disse: "Dammi un menu da compilare, per favore".

"Certo, signore."

"Lo vedi il cane? Vieni, guarda." Leonardo indicò un punto indefinito oltre il vetro pulitissimo e privo di incrinature.

Ma Lian rimaneva dov'era.

"Qui fuori c'è un piccolo randagio eccitato. Annusa gli altri cani al guinzaglio e i padroni lo spostano con l'interno della scarpa. Lo vedi? Ora è fermo a fissare la macchia di benzina, una pozzanghera senza riflessi. Lo sai che penso? Se il cane ci si lancia dentro, precipita in un pozzo magico che lo porta nel paradiso dei cani curiosi."

"Ecco il menu, signore."

"In realtà quel posto magico non è fatto solo per la specie canina ma anche per quella felina e ovina. Questo particolare suscita non pochi dissidi ed è rivelatore del fatto che il suddetto paradiso è soltanto un ulteriore test prima della ripartizione definitiva nel paradiso *reale*."

"Può essere, signore."

"Ma ci credete al paradiso, voi cinesi?"

"Io sono nata nella Grande Città, signore."

"Va bene, la cultura cinese allora, concepisce il paradiso?" disse con un sospiro.

"Non lo so, signore. La Cina è un mondo. Il taoismo, il

buddhismo, il confucianesimo. Io però ho letto Dante Alighieri. E vedo la Bbc."

"Che poi, dico 'paradiso' ma potrei dire 'provvidenza'. La ragazza volata contro la vostra vetrina non si è fatta niente..."

"Sì, lo so. Sono contenta. Ma credo ci sia una spiegazione più pertinente della provvidenza."

Leonardo tirò fuori la foto dalla tasca interna del cappotto di montone e la appoggiò sul tavolo: "E invece ti ricordi di aver mai fatto consegne a domicilio a quest'altra persona?".

"Lei è della polizia, signore?" chiese Lian.

"Macché. Non ti ricordi? Vengo qui ogni settimana, mi hai mai visto in divisa? No, che non sono un poliziotto." Poi puntò e picchiettò l'indice sulla foto: "Frequenta il posto? Sai dove abita almeno?".

"No, non ricordo."

"Non fa niente. C'è il tuo capo?"

"Arriva dopo, signore."

Leonardo si guardò intorno. Quindi finì di completare il menu barrando l'ultima crocetta accanto alla riga "riso alla cantonese". Riprese la foto e spinse in avanti sul bancone il menu compilato. Quando la mano della ragazza provò a tirarlo a sé, Leonardo premette tutte le dita sul bordo del foglio e lo bloccò: "Vattene. Quanti anni avrai? Diciotto, venti? Vattene, sei giovane. Il tuo capo è uno stronzo. Ti tratta male. Cerca un altro lavoro".

"Il mio capo è mio zio, signore."

"Vattene lo stesso," concluse lui accennando un sorriso e lasciando andare il foglio.

Lian prese l'ordine e si diresse in cucina.

Al suo ritorno Leonardo le disse: "Lo sai qual è il mio grande terrore, ragazza? È una barzelletta. In Cina avete le barzellette?". Lian aprì le mani in un gesto interrogativo molto poco cinese, senza sorridere. "Ok, nella *cultura cinese*... sono sicuro che ce le avete. E ovviamente avete anche il servizio militare. Mi segui? Una barzelletta che ho sentito al militare, immagina: fine anni sessanta del secolo scorso. Ero nel cortile della caserma insieme al mio commilitone, Giulio, ancora mi ricordo il nome dopo quarant'anni. Tutti e due con il borsone verde e gonfio poggiato vicino ai piedi. In attesa di essere chiamati per firmare il congedo, avevamo lo sguardo di trionfo sulle foglie che ingombravano già il terreno autunnale. Le avevamo spazzate inutilmente fino a quel momento. Giulio mi stava raccontando una barzelletta su un uomo in sedia a rotelle che rimane incastrato cercando di attraversare un binario. L'uomo in lontananza vede lo sbuffo del treno in arrivo e inizia a urlare come un forsennato: 'Casellante! Aiuto, casellante!'. Il treno a un chilometro: nessuna risposta. 'Casellante! Aiuto, casellante!' Treno a cinquecento metri: nessuna risposta. Treno a duecento metri, e a quel punto il mio amico Giulio venne chiamato per firmare il congedo. Con un gesto rapido si mise a tracolla il borsone e scattò verso lo stanzone dei permessi. Io aspettai che tornasse ma non lo rividi più. Quando anche io completai le pratiche e uscii all'esterno, sullo stradone desolato che costeggiava la caserma, Giulio non c'era: solo una fermata con gli orari dell'autobus su una plastica corrosa dal sole e dai teppisti. Solamente da poco, tre anni fa, ho capito che quello è il quadro della mia vita, il mio terrore: non riuscire ad ascoltare le parole ultime, rimanere seduto su una panca in mezzo al nulla e aspettare un autobus che ormai fa tutto un altro giro."

"Ho capito, signore. Mi dispiace."

"Hai capito?"

"Tre anni fa è morto qualcuno. Mi dispiace, signore."

Leonardo si allontanò di un passo dalla cassa. Lian aveva gli occhi di carbone. L'utilizzo industriale del carbone costituisce un problema ambientale gravissimo in Cina. Intere città sono invisibili per l'inquinamento. Londra è un eremo di montagna, a confronto. Ma gli eremi non esistono. Anche la Piccola Città ormai è diventata un viavai. La sala ristorante è troppo grande e troppo vuota. Una caverna. Che ne pensano di Platone in Cina? Forse il nostro problema è aver edificato tutto sulle idee. Sulla purezza immateriale. Quindi, una sala vuota ci sembra un posto che evoca solitudine. Perché c'è l'idea della solitudine e quindi anche l'immagine. Idea e video hanno la stessa radice. Per questo fa freddo qui dentro, anche se è caldo. Forse sarebbe dovuto rimanere a Londra? Disse: "Puoi dire in cucina che me lo confezionino da portar via?".

"Mi fa vedere di nuovo la foto, signore?"

7

Adesso sono in grado di capire l'obiettivo che si era posto Leonardo. E la tranquillità con cui Giulia fuggì dalla solitudine. Riesco a vedere che Matteo non aveva mai il coraggio necessario per andare fino in fondo. E il tremore di Clementina quando si affacciò sull'altra metà dei suoi ricordi. Era così logico, perché non lo hai visto arrivare?, dirà qualcuno. Vorrei tanto aver previsto quando hanno tentato di uccidermi. Se riuscissimo a vedere la fine che arriva, saremmo autorizzati a cambiare il corso degli eventi? Non lo so. Per ora siamo ancora tutti fratelli.

Quel giorno grigio topo di novembre sarebbe dovuto essere identico a tutti gli altri, se non fosse stato per dei leggerissimi filacci di neve che avevano iniziato a scendere sul campo di calcio. Matteo ci ripensò in seguito come a quelle coincidenze che racconti e alle quali, lo sai, molto probabilmente nessuno crederà. Nei pressi del cancello verde e arrugginito che delimitava l'uscita della polisportiva in cui allenava, spiegava ad alcuni genitori che era troppo presto ragionare di *gegenpressing* o di *juego de posición* con i loro figli. I piccoli per prima cosa dovevano divertirsi con la palla tra i piedi.

Poco dopo, mentre con il borsone a tracolla, andava verso la stazione e si ripeteva in testa la parola "divertimento" fino a farla capitombolare in più forme – timentordive, dentimortive, vertidimento, montitiverde –, sentì la voce: "Matteo!".

Si girò e vide un uomo con il cappotto di montone attraversare la strada. Adesso anche i nonni venivano a chiedere delucidazioni tattiche?

L'uomo si avvicinò e tirò fuori uno zippo dorato per accendersi una sigaretta. E disse di essere il suo *vero* padre. Sulla guancia si stagliava un piccolo tondo di pelle su cui non cresceva la curata barba bianca. Parlò per circa un minuto, balbettante e confuso dal fumo della sua sigaretta.

Matteo lo oltrepassò e lo lasciò sul posto. Camminò veloce sbattendo i talloni sul marciapiede. Imprimeva tutta la forza possibile e a ogni passo si fermava una frazione di secondo per percepire l'aderenza della suola. Timoroso che il sottile strato di neve lo facesse scivolare. Una falcata da robot indeciso. Non si girava per vedere se il vecchio lo stesse seguendo. Quanto tempo passò prima che la Jeep si accostasse al marciapiede e l'uomo aprisse il finestrino?

"Guardi, non è aria. Non è il momento. E io devo andare a casa," disse Matteo senza fermarsi.

"Ti accompagno io."

"Ho l'abbonamento del treno." Matteo continuò a camminare.

"Voglio solo aiutarti," disse l'uomo, scese giù dalla macchina e lo raggiunse con passi goffi. Con il dorso della mano si spazzolò immediatamente il cappotto dal nevischio che scendeva lentissimo dal cielo. Allargò le mani aperte davanti a sé come a dire *ehi, sono innocuo*.

"Non ho bisogno di aiuto," disse Matteo, e si fermò con gli occhi al cielo e un sospiro stizzito.

"Mi chiamo Leonardo. E mi piacerebbe sapere di cosa hai bisogno."

Matteo si espresse in una smorfia generica alzando le spalle. Poi guardò l'orologio senza guardarlo davvero.

"Mi piacerebbe, sul serio." Leonardo spalancò gli occhi e cercò quelli renitenti di Matteo.

Lo sguardo era spigoloso: "Trent'anni fa non era curioso?".

"Tu per me sei nato tre mesi fa, te lo ripeto. Quando ti ho visto seduto accanto a tua madre." A Leonardo sfuggì una lacrima, velocissima a solcare la guancia prima di perdersi tra la barba.

"E perché mia madre non mi ha mai detto nulla?"

"Questa è una bella domanda."
"Sta piangendo?"
"Mi piacerebbe accompagnarti a casa. O devi andare da qualche altra parte?"
"Senta, mi dispiace. Io un padre già ce l'ho. Lei un figlio da interrogare ce l'ha?"
"È tardi, lo so. Ma credimi, non dipende da me. E io non voglio sostituirmi a nessuno."
"Vuole solo aiutarmi."
"Sì."
"Per andare a casa?"
"No, questo non è un aiuto. Questo è perché ti sto facendo perdere il treno." A Leonardo sfuggì un sorriso.
Matteo lo guardò con occhi più stretti, come se volesse ridurre la luce esterna e capire cosa non andava nella figura di quell'uomo alto quasi quanto lui.
Leonardo proseguì: "Hai detto tu che hai l'abbonamento. Ma perché non mi dai del tu, sono così vecchio?".
"Non ti conosco. Non è chiaro che non ti conosco? Mai visto. Nemmeno in foto," disse Matteo a voce più alta.
"Però lo hai visto anche tu che siamo uguali," disse Leonardo, e si passò la punta delle dita dove non cresceva la barba. "E il naso, l'hai visto qui, il bozzetto al centro? E siamo alti." Leonardo allargò le braccia come un gioviale venditore di padelle davanti al meglio della sua mercanzia.
"Conosci mio padre?"
"No, conoscevo tua madre fino al giorno in cui è partita per il Nord. Dove, credo, sei nato tu. Ma abitavo qua... cioè, non proprio qua, nella Grande Città. Scrivevo per il cinema."
"Sei bravo con le storie, quindi," disse Matteo.
"Tua madre era più brava." Leonardo aggrottò le sopracciglia e guardò alle spalle di Matteo. La palizzata, il marciapiede, la Jeep iniziavano a tingersi di un bianco sottile.
"Non ha mai scritto niente, lei."
"È partita. Chissà perché."
"Non lo sai tu il perché?"
"Non si dovrebbe sprecare il talento. Questo so."

"Sei andato da lei in questo periodo?"
"Non voglio rovinarle la vita. Ha scelto altro."
"Invece con me hai scelto tu."
"Hai tutti i capelli bianchi con questo nevischio. Andiamo," disse Leonardo e glieli scompigliò morbidamente con la mano.
Matteo indietreggiò con occhi stupiti più che arrabbiati. Si guardò intorno nel freddo opaco del pomeriggio. Quindi ammise: "In realtà, quando da bimbo mi alzavo per fare colazione, la tavola era già apparecchiata ma sul piano della cucina c'era sempre un blocco di fogli e una penna".
"Si vede che ha continuato a scrivere," disse Leonardo.
"E tu che genere di film scrivi?"
"Non scrivo più da decenni."
Matteo si passò le dita tra i capelli. Si pettinò con estrema lentezza. Come se fosse solo e di fronte a uno specchio. Quindi disse: "Sai come arrivare?".
Leonardo abbozzò un sorriso nascosto nel cenno d'assenso: "Andiamo".
"Andiamo," ripeté Matteo. Mentre entrava in macchina aggiunse: "Andiamo, ma non mi toccare mai".

8

Il giorno dei Morti, a causa della febbre, Clementina non aveva potuto onorare la madre Piera al cimitero. Eppure non si premurò di andarci nei giorni successivi. Nonostante Matteo e Costantino avessero provato a dissuaderla, tornò al lavoro con la febbre ancora a trentasette e mezzo. Quando mescolò la varechina nell'acqua provò una nausea che attribuì alla perdita dell'abitudine. Poggiò il secchio con l'acqua e infilò lo strofinaccio nel tascone della salopette. Il salone della famiglia Scoppola era grandissimo: un divano con pouf annesso da spostare, un lungo tavolo di noce su cui rovesciare le sedie, però nessun tappeto, tavolino, giocattolo, sgabello, a intralciare il passaggio. Passò l'aspirapolvere per tirare via il grosso e poi s'inginocchiò preparandosi a usare il panno sulle scanalature e i battiscopa. Poco dopo si fermò e si rese conto che non riusciva a muoversi dalla posizione canina. Mentre riprendeva fiato, con le ginocchia e le mani puntate a terra, ascoltò alla radio quello che tutti già sapevano e per cui nessuno aveva una soluzione: il Paese era entrato da diversi anni in una Crisi Economica Permanente. Mordeva sempre più persone che si vergognavano di mostrare le ferite perché non erano state abituate alle ferite come i loro nonni. I giovani invidiavano la stabilità economica dei genitori, i vecchi invidiavano le libertà dei giovani, i politici inventavano promesse sempre meno raffinate e tutte le generazioni non alzavano mai la testa verso l'orizzonte. Fino a che la discussione non si spostò sull'africana trovata morta nel boschetto della Piccola Città durante l'estate, evidentemente un argomento ancora interessante. Clementina si alzò con un gemito e spense la radio. Lasciò perdere le pulizie.

Tirò fuori il raschietto dal portabagagli e con estrema fatica tolse la crosta di neve ghiacciata dal parabrezza della Golf.

Quando rientrò in casa Costantino la accolse immerso nel divano, appisolato con la testa reclinata mentre la televisione continuava il suo chiacchiericcio. Matteo invece era appoggiato a braccia conserte sullo stipite della cucina: "Hai ancora la febbre?".

Clementina lo guardò: "Che fai, ti massaggi la schiena come gli orsi?".

"Sei rientrata prima."

"Sono rientrata prima," disse Clementina, e aspettò che Matteo si scansasse per entrare in cucina e bere un bicchiere d'acqua. Costantino iniziava a russare con tono grave contendendo alla pubblicità l'impero sonoro. "Che succede, ti massaggi la schiena e fai la guardia a tuo padre?" continuò Clementina riempiendosi un altro bicchiere.

"Meglio che dorme adesso," disse Matteo puntando il suo manone spalancato verso il divano. "Leonardo chi sarebbe?"

Clementina mostrò gli occhi sguarniti. Quindi recuperò i suoi lineamenti duri, le rughe come trincee sulla faccia:

"Dimmelo tu. Chi sarebbe". Posò il bicchiere e si appoggiò al piano di cottura.

"Chi sarebbe l'uomo che è venuto a trovarmi, l'uomo che ha la faccia che avrò io tra quarant'anni?" Matteo vide che la madre lo fronteggiava diritta e immobile come una guardia reale e sospirò. Poi alzò la voce: "Lo sai che ha fatto? Ha inclinato leggermente la faccia di lato e si è passato un dito in un punto della barba, qui sulla mandibola, e mi ha detto 'vedi che anche a te non cresce in questo punto?'. E poi ha passato il polpastrello sulla *mia* faccia. E io non l'ho fermato, e lui tremava".

"Ti piace perdere tempo. E io sono spossata."

"'Dove sei stato tutto questo tempo?' mi ha detto. E poi ha iniziato a piangere. Chi è Leonardo, perché—"

"Lascia perdere," disse Clementina e, meticolosamente, tirò fuori dal frigo una cipolla, due carote, un gambo di sedano. Prese un coltello e lo appoggiò accanto al tagliere. "Forza, falli a pezzetti. Dammi una mano per la cena."

Matteo rimase immobile, con la faccia di chi decodifica un messaggio complesso. Poi si avvicinò al tagliere guardando Clementina. Dispose le due carote una accanto all'altra. Afferrò il coltello e iniziò a colpirle dal ciuffo verde fino alla punta, *bam bam bam*: un martello che a ogni colpo produceva rondelle arancioni che gironzolavano per il tavolo e, a volte, raggiungevano il pavimento.

Clementina si avventò su di lui e provò a bloccargli il braccio enorme con due mani, ma Matteo la tenne a distanza.

"Ehi! Che succede?" Costantino si tirò su dal divano e quando arrivò in cucina vide Clementina che riempiva di schiaffi il braccio del figlio, che a sua volta vibrava coltellate a caso alle verdure straziate sul tagliere.

"Chi è Leonardo?" chiese Matteo.

"Chi è?" Costantino atteggiava il viso a una smorfia sonnolenta, nessuno stupore negli occhi.

Dalla televisione arrivava la polemica tra una badante e un anziano accudito, si lanciavano accuse su chi avesse cominciato a molestare l'altro e il pubblico diceva la sua. Matteo posò il coltello.

"Cos'è questo chiasso..." disse ancora Costantino, si piegò, raccolse una rondella di carota e la poggiò sul tavolo.

"Buttala. Che poi ce ne dimentichiamo e la mangiamo," disse Clementina.

"Senti papà, devi sentire questa cosa. Ho incontrato—"

"È il tuo padre biologico. Abbiamo avuto una storia prima di conoscere tuo padre," disse Clementina.

"E perché non ne so niente?" disse Matteo.

"Perché non esiste un padre che aspetta trent'anni per vedere il figlio. È una storia vecchia come il mondo. L'uomo che scappa senza prendersi la responsabilità."

"Quindi è mio padre," disse Matteo, e posò il coltello sul tagliere.

"Quindi è scappato."

"Mi risulta che all'epoca siamo stati noi ad andare al Nord."

"Siamo andati a Nord perché il tuo padre *vero*," Clementina indicò Costantino con un indice enfatico, "voleva che abitassimo nella sua città. Diglielo!"

Costantino rimase in silenzio. Diede uno sguardo rapido a Clementina e fece un lieve cenno di assenso con la testa. Matteo notò quel colpo d'occhio, come se il padre le stesse dando un'assoluzione, o meglio, come se stesse riferendo a Clementina che non era d'accordo con quella menzogna ma che comunque avrebbe tenuto il punto.

Clementina proseguì: "Ti piace perdere tempo. Se continui con questa storia, ti spiego come va. Questa diventa la storia del figlio che spera di avere un genitore meraviglioso che non ha mai conosciuto e dopo tanto tempo perso scopre che era un fellone, proprio come diceva la madre".

"*Fellone*. Ma come cazzo parli, mamma?"

"Stiamo calmi, va bene?" disse Costantino.

"Papà! Non mi avete mai detto la verità. Non me la state dicendo neanche adesso. Come faccio a non incazzarmi?"

"Le parolacce, almeno?" disse Clementina.

"Sentite, a me non fregava niente, va bene? Non capisco perché sparate cazzate. Perché uno dovrebbe scappare e poi, dopo avermi visto per caso durante un incidente, precipitarsi da me? Se non lo sapete voi, qualcuno me lo dirà. E non me ne fregava niente, va bene? Pensavo: guarda 'sto vecchio che si crede dentro una trasmissione televisiva... ma che vuole da me. Invece vedo i miei genitori in panico. Perché?"

"Perché è una storia del passato. E non si disturba il passato per fregole personali. Questo signore ha delle fregole. Queste fregole ti faranno male."

"Grazie. Ho capito, è una storia del passato."

"Ti ha chiesto di me?" disse Clementina.

Matteo scosse la testa. La guardò dall'alto con le labbra atteggiate a una smorfia di disgusto: "Quindi è per quello che abbiamo avuto l'incidente? Per una fregola quasi ammazzi una ragazza".

"Non l'ho più visto. Non sapevo nemmeno fosse vivo."

"Ma durante l'incidente l'hai visto?"

"No, non l'ho visto."

"Mamma è stanca. Non vedi che ha la febbre? Ne possiamo parlare a cena?" disse Costantino.

"Certo, papà. Tu torna a dormire, eh," disse Matteo, e attraversò la cucina a passi da soldato. Aprì il portone e uscì.

Clementina trascorse la serata in una nebbiolina di pensieri ancora febbricitanti. Anche lei avrebbe voluto uscire, prendere la Golf e sentire ancora la zigrinatura dei pedali sotto la pianta dei piedi nudi; era uno dei piaceri sensuali che più apprezzava con la vecchiaia. Percorrere il mondo delimitato dalle strade. Il mondo placido in cui i confini erano spessi e invalicabili come la sagoma disegnata con il gessetto sull'asfalto intorno a un morto. Ormai li rispettava sempre, senza chiedere nemmeno il motivo. Per questo amava guidare, protetta dai marciapiedi di confine, dai colori che ti dicono *vai-aspetta*, recintata da righe bianche che non doveva pensare o interpretare.

9

Il cielo di novembre era un'incudine sulla Grande Città. Giulia faticava a distinguerlo dal colore delle reti metalliche alte cinque metri che circondavano il centro di identificazione ed espulsione. Ogni settimana andava là dentro, si piazzava a un tavolo vicino alla macchinetta del caffè e tentava di parlare con le donne arrestate. Quando dimostravano di essere vittime di tratta proponeva loro un percorso di inserimento. La Breakfree le aiutava a ottenere il permesso di soggiorno, offriva uno screening sanitario, laboratori di sartoria, di manicure e corsi di lingua del Paese.

La ragazza rumena uscì dalla stanza e raggiunse le altre mentre Aurora ricontrollava i suoi appunti.

"Non ti serve a niente andare nel boschetto," disse Aurora.

"Non riesco—"

"Non troverai niente laggiù. E non troverai niente nemmeno se ci pensi tutti i giorni. Cavolo, te lo hanno detto anche le altre del gruppo."

"Che c'entra l'autocoscienza adesso?" chiese Giulia.

"Stai sempre a vivisezionare il passato. E secondo me non cambia tanto se il passato si chiama Rudolf o Blessing."

"Gli errori del passato si ripetono non perché lo scordiamo..."

"Ma perché non lo capiamo. Certo, lo so. E so anche che il tuo lavoro in contesti socialmente drammatici è nato come una protesta inconscia contro i valori materialisti dei tuoi. E il fatto che Rudolf ti abbia tradita e non abbia voluto parlarne è una spia della freddezza mai affrontata che ha accumulato in adolescenza. E hai ragione, eh," disse Aurora con un sospiro di sussiego.

"Ho ragione, però mi fai il verso con una cantilena."

"Hai riflettuto anche sul motivo che ti ha fatto abbandonare il nostro vecchio percorso politico per andare in Nigeria?"

"Parliamone," disse Giulia, che a Benin City aveva analizzato con focus group e questionari la percezione della povertà tra l'emergente classe media di un Paese che aveva la più grande forbice economica del mondo. Nondimeno doveva ammettere che nell'ufficio della Right Helmets c'era un'aria condizionata abbastanza funzionante e, a parte qualche gigantesco scarafaggio nella tazza del bagno e un tremendo scippo a mano armata di machete, non aveva mai visto gli orrori che aveva sentito descrivere.

"Siamo andate avanti, ormai." Aurora si alzò dal tavolo.

"Quindi?" Giulia raccolse i documenti e li infilò nella borsa.

Uscirono in cortile e passarono di fronte alle ragazze che sfruttavano il loro turno settimanale sul campetto rincorrendo un pallone piuttosto malconcio. Salutarono il poliziotto con un cenno svogliato e uscirono dalla struttura.

Aurora riprese il discorso: "Quindi, all'epoca hai fatto una scelta. E adesso siamo di nuovo insieme, perché dopo ne hai fatta ancora un'altra. Ma che importa tornarci sopra? Non è meglio pensare alla scelta di domani?".

"E come si applica questo aforisma con Blessing?"

"Non è stata colpa tua. E al boschetto non troverai niente, ecco—"

"L'accendino!" esclamò Giulia, e tornò sui suoi passi. Bussò al vetro e mostrò una sigaretta al poliziotto. Il ragazzo le passò l'accendino e sorrise chiedendole se voleva anche gli altri mille che aveva dimenticato di riprendersi dopo il metal detector. Giulia non rispose, lo afferrò e mosse appena il mento per salutarlo di nuovo.

Aurora, che aveva osservato la scena, le disse: "Mica ti mangia, eh".

Giulia la ignorò: "Intendevo qual è la scelta di *domani* per Blessing?".

"Trovare l'assassino," disse Aurora, accigliata e vagamente epica, come se da mesi aspettasse quella domanda.

Attraversarono il parcheggio in silenzio.

Giulia aprì il bauletto dello scooter, tirò fuori un casco e lo porse all'amica: "E come?".

Aurora se lo infilò. Quindi fece di no muovendo la testa. Sembrava un palombaro che avesse perso ossigeno. Poi alzò la visiera: "Ancora non lo so. Però tu guarda avanti," disse a metà tra l'esistenzialismo e la scuola guida.

Giulia avviò il motore e attese che l'amica sedesse dietro di lei. La accompagnò alla Breakfree a lasciare i documenti. La sede era una palazzina scalcinata nella parte del centro storico che non era ancora stata riqualificata. Le botteghe artigiane, le ceste calate con la cordicella e le anziane sedute fuori dalla porta resistevano come souvenir all'avanzata dei bed&breakfast, delle catene alimentari bio e delle sale di co-working dagli arredi minimalisti. Alla Breakfree temevano che con l'avanzare della gentrificazione il Comune avrebbe chiesto un affitto più alto. Paradossalmente, era stato all'interno di queste mura che Giulia aveva visto da vicino la violenza: affossava gli occhi, illuminava i lineamenti e rendeva veloci le strette di mano. Corpi fragili e rabbiosi prendevano il posto delle vittime indefinite con cui non aveva mai parlato in Nigeria.

Salutò Aurora e andò verso casa, nel quartiere dell'antico mercato. Quando fu sola ebbe l'impressione che nemmeno Aurora avesse superato la morte di Blessing, così come la scomparsa di Mabel. Voleva rassicurarla, e forse "guardare avanti" era un'esortazione che rivolgeva anche a se stessa. Invece, per quanto riguardava Rudolf, Aurora era stata la prima del gruppo di autocoscienza a spronarla perché dopo la loro separazione, nell'ultimo anno quindi, non aveva avuto rapporti con nessuno.

Entrò nel suo bilocale particolarmente stanca. Appoggiò il casco in terra e si lasciò cadere sul divano. Tra i cuscini ritrovò il telecomando. Un documentario malinconico su Pompei s'impadronì dei suoi occhi. Mostrava i corpi intatti dopo migliaia di anni. La cenere del vulcano aveva preservato l'ultimo gesto prima della fine. Forse i corpi conservavano ancora l'anima che non era potuta volare via a causa della prigione senza pori del magma? Il delirio metafisico del commentatore la infastidiva e allo stesso tempo la teneva avvinghiata. Era affascinata dalle civiltà millenarie e si chiedeva spesso come gli storici potessero ricostruire non tanto le grandi battaglie ma gli eventi minimi della quotidianità; più precisamente, riteneva che barassero: come potevano conoscere le sfumature che avvenivano durante una conversazione al mercato, un corteggiamento o l'educazione di una bambina di migliaia di anni fa? Al massimo potevano ipotizzare, tentativo che faceva anche lei per fini privati. Cosa sarebbe successo tra lei e Rudolf se appunto fossero vissuti ai tempi dell'Impero romano, e cosa succedeva a chi uccideva le prostitute nella Cina sotto la dinastia Yuan?

Adesso, di fronte allo spettacolo di Pompei immacolata, sentiva di respirare un'aria fumosa. Come se i corpi morti abbracciati sotto la lava si fossero scrollati di dosso i millenni. Come se quella coppia di innamorati inquadrati lungo la via principale potesse sciogliersi dall'abbraccio e alzarsi in piedi, le scaglie grigie di lava in terra, la cenere in aria a inquinare il mondo e le sue narici. Adesso, nonostante l'alacrità della sua vivisezione emotiva, Giulia era disperata: non *capiva* perché. Mandò un messaggio al numero sconosciuto che non era più sconosciuto. Quindi si portò un plaid sul divano e si addormentò con la televisione accesa.

10

A me non è mai capitato che uno sconosciuto, anche piuttosto alto di statura, rivelasse di essere il mio *vero* padre. Siamo caverne, e quando ci succedono cose simili nel petto si accendono fuochi antichi. Abbiamo reso il mondo totalmente illuminato e amministrato, eppure dentro di noi funziona tutto in altra maniera.

In cucina, durante le cene a tre, era planato un silenzio gravido, interrotto da gesti involontariamente bruschi che scheggiavano bicchieri, facevano cadere posate e rovesciavano acqua sulla tovaglia. L'inverno entrava dagli spifferi degli infissi e dalle toppe delle porte e stendeva la sua foschia nelle stanze. Matteo immaginava che il freddo che invadeva la casa fosse frutto del soffio gelato di Clementina. La madre alternava una furia incendiaria a un silenzio artico e a volte sembrava in grado di sospendere il battito del proprio cuore. Era una specie di igiene. Si ricordò di come, quando era appena adolescente ed era stato sospeso per aver fatto a pezzetti il registro di classe, lei gli avesse detto che a volte bisognava fare uno spazio pieno di neve dentro di sé, per rimanere liberi, o meglio per non diventare schiavi di desideri troppo forti. La libertà non si perdeva a scuola, al lavoro o in prigione, ma là dentro, se non si riusciva a rendere incontaminato e freddissimo quello spazio. Matteo e Clementina non avevano più parlato di Leonardo.

Accadde tra il primo e il secondo tempo della partita. Mentre lo stadio indugiava in cori senza forza, Costantino gli confessò di aver incontrato Clementina quando era già incinta; lei non aveva voluto rivelargli nulla di Leonardo. Costantino credeva fosse un diritto di Matteo conoscerlo e capire cosa fosse successo. Matteo sorrise domandandosi ad alta voce cosa avesse mai trovato il padre in Clementina, perché, insomma, l'avesse sposata. Costantino si strinse nelle spalle e fece il suo sorrisino imbelle in cui Matteo riconosceva un uomo incapace di contrastare le forze del mondo. All'improvviso, dalla fila di posti superiori calò una mano sulla spalla di Matteo. Dietro di loro un uomo aveva evidentemente sentito la conversazione: un anziano robusto, barba grigiastra, la sciarpa, il berretto della squadra e occhiali da sole, quasi una mascotte, a osservarlo bene. Affermò, con la solennità di chi sbocconcella un panino gonfio di frittata, che "amore" è una parola ambigua, e il matrimonio il terreno fertile di quell'ambiguità. Matteo disse che non aveva capito niente. L'uomo mascotte lo ignorò e si rivolse poi a Costantino mostrando l'ultimo brandello di panino rimastogli: "Eh, ma il ragazzo ancora ne deve mangiare di pane duro...". Infine ritrasse la mano e addentò il pane con ferocia.

Matteo disse: "Eeeh, è proprio vero che l'esperienza porta *coscienza*. Buon uomo".

L'uomo percepì il tono velenoso: "Oh, hai qualche problema, ragazzino?", e per la concitazione sputò un lapillo di frittata verso le file in basso.

Matteo si alzò dal seggiolino mostrando la sua mole. Incrociò le braccia e guardò dall'alto il tizio che lo aveva appena etichettato "ragazzino".

"Lo scusi, eh. È un momento particolare," disse Costantino.

"Non ti devi scusare, papà. Non ti devi sempre scusare con tutti."

"Deve imparare l'educazione," continuò l'uomo mascotte.

"Disse il saggio sputa-frittata della fiaba," ribatté Matteo.

"Andiamo, spostiamoci," disse Costantino.

"Certo. Sennò ci fa i capelli biondi."

Mentre si spostavano, l'anziano lanciò un pezzo di frittata verso Matteo: "Spilungone imbecille!".

Matteo andava a lavorare prendendo il treno dalla stazione della Piccola Città e durante i giorni successivi, ogni mattina, di fronte al finestrino ancora umido di brina che offriva la vista di case accatastate su strade strette e porzioni di bosco nero, pensava all'uomo chiamato Leonardo. Entrava nell'ufficio comunale, si sedeva al pc e iniziava a lavorare sui loghi per alcune campagne contro il fumo, sull'aggiornamento delle grafiche del sito del Comune, sul montaggio di alcuni video istituzionali. Nel Paese della Crisi Permanente, dei lavoratori precari, a progetto, senza garanzie, Matteo era uno dei pochi fortunati con il posto fisso, ottenuto grazie ai maneggi materni di anni prima con alcuni dirigenti comunali a cui puliva la casa. In breve, il pensiero di Leonardo irrompeva nella sua quotidianità di noia ben amministrata. Sebbene quasi tutti, come ogni mattina, lo aspettassero sul terrazzino delle sigarette o nella saletta del caffè per ascoltare le sue barzellette, in quei giorni Matteo rimaneva in silenzio. Era preso da una rabbia nuova perché ogni mattina prometteva a se stesso che quella successiva non ci avrebbe pensato. Anche se diceva a se stesso di saper gestire quella rivelazione, era costantemente vigile, si guardava alle spalle, non rispondeva alle chiamate di numeri sconosciuti temendo di sentire la voce del vecchio con il suo stesso buco sulla barba. Fu solo per pura fortuna che non cancellò l'inatteso messaggio di Giulia.

11

Il vento rese trasparenti le sue intenzioni. La cenere di Pompei si dissolse piano dall'orizzonte di Giulia. I primi passi furono di un naufrago: cadde in acqua come un sasso e fu sommersa dall'oscurità liquida. Poi si staccò dal mare come una goccia si stacca da una goccia più grande. Atterrò sull'erba e inspirò a pieni polmoni. Uscì dalla camera anecoica e guardò avanti.

Non capisco mai fino in fondo perché Giulia abbia usato tutte queste metafore arzigogolate per descrivere ciò che le successe. Intuisco a malapena che non riusciva a comprendere appieno il cambiamento che stava attraversando. Di chiaro c'è che iniziò a frequentare Matteo; si vedevano ogni tre, quattro giorni. Era quasi a disagio accanto al corpo enorme del figlio della matta, tuttavia doveva ammettere di sentirsi contagiata dal suo modo di scherzare, dalla maniera in cui sembrava riuscire a mettere in pausa il mondo. Sullo scooter, Matteo si divertiva a ondeggiare alle sue spalle dirottandolo con il peso quasi a suo piacimento. Ridevano e l'incidente sembrava lontano lontano. La Grande Città diventava una metropoli dalle mille possibilità, la Piccola Città tornava a essere il paesino autentico, quasi incontaminato dalle novità. I loro occhi disegnavano nuovamente tutto, lo ingrandivano, lo distorcevano e lo facevano accomodare nei loro discorsi color pastello.

Eppure, nonostante fosse molto diverso da Rudolf, Giulia riteneva che anche Matteo fosse affetto da *stipsi* emotiva. Inoltre, a pensarci bene, non erano così un po' tutti gli uomini? Era una domanda che aveva spesso risuonato negli incontri del gruppo di autocoscienza. Franca, una studentessa universitaria molto determinata, sosteneva che se non avessero mai parlato sarebbe stato addirittura meglio. Joy, la mediatrice nigeriana della polizia, mostrava ogni volta un gigantesco sorriso di approvazione. Invece Grazia, una vecchia signora dalle sciarpe colorate, la voce forbita e il passato battagliero, la pensava così: gli uomini semplicemente non avevano dovuto sviluppare alcuna abilità di relazione ulteriore poiché ogni loro vagito-richiesta era stato riconosciuto dalle società, mentre le donne – relegate in posizione subordinata senza accesso allo studio, alla parola, a cariche sociali – loro malgrado avevano trovato strumenti emotivi di natura sotterranea per comunicare tra loro, e a volte perfino comandare nelle relazioni di coppia, una sorta di governo ombra emotivo che gestiva la famiglia e la teneva unita. Tesi che, anche in quel giorno di inizio dicembre, suscitò un notevole dibattito intorno alle tazze di tè, i libri sdruciti, i biscotti e i rimasugli di tabacco secco.

Fino a che non arrivò Joy, in ritardo, interruppe il dibattito e il gruppo di autocoscienza prese una strada imprevista. La mediatrice mostrò il pollice in alto a Giulia, gesto che nessuna comprese prima della fine del discorso. Poi rivelò ciò che aveva appreso da un poliziotto con cui collaborava nelle intercettazioni ai danni della mafia nigeriana. L'investigatore stava lavorando sull'organizzazione che aveva sfruttato Blessing e Mabel, e personalmente era sicuro che l'omicidio non fosse stato una ritorsione: dall'ascolto delle telefonate si intuiva che i criminali non sapevano nulla della denuncia di Blessing. D'altronde, ammetteva che i colleghi della omicidi stavano abbandonando la ricerca dell'assassino. Era vero che non avevano trovato la spranga (o un attrezzo simile) con cui aveva ucciso, però secondo lui sarebbe stato utile indagare comunque su una lista di persone. A questo punto del racconto, Joy fece una pausa e si tolse finalmente il cappotto. Appoggiò la borsa sul tavolo e ne trasse fuori una stampata: erano tutti gli uomini denunciati per abusi sessuali nella Piccola e nella Grande Città. Joy disse infine che non avrebbe rivelato come l'aveva ottenuta, ma che Giulia le aveva dato un'ottima idea.

Fu a quel punto che Aurora e le altre si voltarono verso di

lei. Disse che, se fossero state tutte d'accordo, avrebbero indagato sui social network cercando per prima cosa immagini recenti degli uomini in questione. Magari sarebbero riuscite a scavare nelle loro vite, a trovare qualche dettaglio che li collegasse a Blessing, qualcosa in grado di avviare ulteriori indagini. Le altre del gruppo, dopo una discussione sulla violazione della privacy e sui rischi che correva Joy, accettarono la proposta. Aurora le sorrise con gli occhi illuminati dalla sorpresa.

Quando si videro nuovamente alla Breakfree, Giulia spiegò all'amica che, prima di convincere Joy a rimediare quella lista, si era rivolta anche alla sua vecchia associazione, la Right Helmets, ed era stata ricevuta nella sede della Grande Città dal Financial and Human Resources Manager Mino Cipollotti, che aveva detto: "È lodevole sporcarsi le mani. Noi siamo abitanti del mondo e sappiamo che senza giustizia la legge è un concetto arido. Ho coccolato la sua proposta per diversi giorni. Ammiro la sua passione, ma il nostro sentiero si apre a piccoli passi".

Il tentativo di convincere l'organizzazione per cui aveva lavorato in Nigeria a finanziare le ricerche dell'assassino di Blessing era fallito.

"Certo, loro si occupano di aiutare gli esclusi. Mica di andare alla radice dell'esclusione. O di trovare i responsabili," disse Aurora.

"Non mi sembra poco," rispose Giulia.

Aurora scosse la testa come fosse di fronte a una bimba. Quindi disse: "Ma poi, tu pensi veramente che quando collegheremo le foto ai nomi dei denunciati andremo da qualche parte?".

"È un tentativo. Perché stai sempre là, con il dito puntato?"

"Perché mi sembra un tentativo, appunto. Nobile, pulito. Nessun uomo sarà arrestato e nessuna di noi si sporcherà le mani, a parte Joy. E ci racconteremo che ci stiamo provando," disse Aurora.

"Invece?"

"Ce le hai le prime foto di prova che abbiamo stampato?"

Quando finirono il turno all'associazione andarono lungo lo stradone con qualche faccia maschile nello zaino e alcune domande da fare. Furono immediatamente affrontate da due individui dagli occhi scuri. Stringevano mazze di ferro arrugginito e le lasciavano ciondolare lungo il corpo mentre spiegavano loro che le *amiche della notte* dovevano lavorare. Gli sgherri e il freddo quasi asfissiante delle prime sere di dicembre non le fecero desistere. E, dopo alcuni tentativi, riuscirono a scoprire che Mabel era uscita da poco dall'ospedale e adesso stava in carcere in un paesino sperduto del Nord. Dopo essere fuggita dalla Breakfree aveva incontrato dei connazionali che le avevano offerto una discreta somma di denaro – l'equivalente di sei mesi di quello che rimediava sulla strada – in cambio di un viaggio in treno a fare il mulo: purtroppo i succhi gastrici avevano perforato la plastica e la cocaina era entrata in circolo gettando Mabel in un panico di schiuma alla bocca e convulsioni fino all'arresto cardiaco nella stazione capolinea. In conclusione: né lei né Blessing erano state rintracciate, ma erano scappate insieme dalla Breakfree. Lo avevano fatto per motivi diversi. Mabel era stata più volte rimproverata dalla famiglia di Uromi perché non aveva più inviato soldi ed esortata caldamente a ricominciare a lavorare. Blessing invece era venuta a sapere dalla madre che in Nigeria il fratello più piccolo era stato quasi ridotto in fin di vita a causa della sua decisione di denunciare gli sfruttatori (e questo contrastava con la teoria del poliziotto amico di Joy): quindi si era presentata nuovamente dai suoi aguzzini. Blessing era stata rimessa sullo stradone per qualche giorno (quanti?) fino a che aveva incontrato il cliente assassino (su questo le ipotesi delle ragazze coincidevano con la teoria del poliziotto). Una volta, di ritorno da un tentativo di contatto con le ragazze, Aurora e Giulia trovarono un grosso coltello conficcato nel sedile dello scooter e tutti i fanali spaccati; era chiaro che i papponi le avrebbero presto aggredite fisicamente se avessero proseguito con quelle intrusioni. Tuttavia, proprio in quel giorno di metà dicembre dal freddo quasi offensivo avevano conosciuto Lotte, una ragazza dello stradone, aveva promesso loro che avrebbe parlato in un luogo sicuro.

Quando Aurora e Giulia si presentarono all'appuntamento, lei era già seduta nella brutta sala da tè nel quartiere dell'antico mercato. Lotte aveva gli occhi verdi con punte violacee, e si muoveva come un gatto fiero. Quando provarono a stringerle la mano per presentarsi, lei disse: "Solo la mano sinistra", e fece una smorfia furba come se fosse il primo anello della catena alimentare. Mostrava il colluttorio con il suo sorriso sgarbato, appuntito, e lo chiamava il-nostro-migliore-amico. Comunicò a Giulia e ad Aurora che aveva sentito parlare della Breakfree ma non voleva averci a che fare, a lei sarebbe piaciuto proteggere le ragazze, forse aprire un bordello. "La sfruttatrice..." disse Giulia, ma si fermò intuendo che era una provocazione. Lotte alzò il pollice con il suo sorrisino strafottente. Aurora le disse che avevano foto di uomini denunciati per violenze, se voleva *proteggere* poteva iniziare anche subito. E Lotte decise di partecipare al gruppo. Capirono che non era una professoressa, non era una femminista, né una studentessa; frequentava mondi più taglienti e freddi, ma solo dopo che ebbe raccontato la sua storia sullo stradone capirono bene il significato di "tagliente" e "freddo". Nessuna comunque riuscì mai a capire da dove provenisse, né da quanto tempo fosse emigrata nel Paese. Venne a quasi tutte le riunioni e – d'accordo con Joy che si sarebbe accollata personalmente la responsabilità dell'uscita di dati sensibili dal database della polizia – propose di verificare le foto raccolte dal gruppo anche con alcune colleghe fidate dello stradone.

12

Clementina non aveva mai creduto profondamente nella legge, nella possibilità che la legge difendesse chi ne aveva bisogno e impedisse al *male* di manifestarsi. Nella Piccola Città di un tempo, gli avvocati, i giudici, i giornalisti erano visti come persone sospette, mani lisce con cui scrivevano parole ostili per connotare gli altri, occhialini con cui inventavano cavilli per privarli di terra e lavoro, gesti in grado di armare la polizia contro contadini e muratori. Clementina non smise mai di covare quelle convinzioni dentro di sé e non si fece il minimo scrupolo legale di fronte al ritorno definitivo dell'uomo che un tempo era stato la porta d'ingresso nel mondo che voleva abitare: un mondo di scrittura, di cinema, di discorsi complessi, un mondo – per dirla tutta – abitato da persone con mani molto lisce.

Nella Grande Città, un notaio rovinò giù dalle scale del suo studio. Avevano cosparso d'olio i gradini. Quando provò a rialzarsi vide che c'era qualcuno ad aspettarlo davanti al portone, due persone con occhiali da sole e bandana: si dileguarono appena videro rientrare la sua segretaria che, per una fortunata coincidenza, aveva dimenticato gli auricolari del cellulare sulla scrivania. Il notaio si ruppe un polso. Ho controllato più volte in emeroteca: questa è stata la prima delle aggressioni che da quel momento hanno imperversato a lungo nella Piccola e nella Grande Città. Il giornale locale la associava ai giochi estremi di una banda di adolescenti della periferia, senza dar troppo conto all'ipotesi di rapina ventilata dalla Federnotai. Dopo aver terminato di pulire una casa, nel primo pomeriggio Clementina avviò il motore della sua Golf bianca, si tolse le scarpe e sorrise quando sentì la notizia su una radio locale mentre viaggiava verso il quartiere commerciale della Grande Città.

Parcheggiò in doppia fila lasciando accese le quattro frecce e varcò la soglia dell'armeria chiedendo all'uomo dietro al bancone di poter valutare i *prodotti*. Quando il venditore le chiese se prediligesse un'arma lunga o una corta, Clementina rispose che avrebbe preferito una pistola. Quindi l'uomo le apparecchiò davanti una Glock 43, una Kimber K6s e una Beretta APX, tutte in offerta speciale in quel periodo. Tuttavia specificò che, se voleva regalarla, aveva bisogno del nulla osta e dell'idoneità al maneggio della persona alla quale era destinata, oltre che dei documenti d'identità. Clementina afferrò la

Beretta: "È per me. Quant'è?". Quando l'uomo spiegò che comunque avrebbe dovuto mostrargli i certificati, Clementina rispose che glieli avrebbe portati, e aggiunse piccata che se lei fosse stata un uomo non glieli avrebbe mai chiesti e che quello era veramente il genere di *bottega*, gestita da commessi sgarbati e amici solamente dei loro amici, che sarebbe stata giustamente divorata dalle grandi catene. Mentre parlava sventolava la pistola, come se stesse cercando di mantenere l'ordine di fronte a una folla aggressiva. Il commesso le rispose molto delicatamente che non era difficile ottenere l'idoneità e che la prossima volta, qualunque data fosse, avrebbe mantenuto lo sconto di quella pistola solo per lei, e che quel negozio era *già* parte di una grande catena.

Nel frattempo gli altri clienti che gironzolavano per il negozio si erano incuriositi e sorrisero quando Clementina promise di riportarla nel giro di qualche giorno, diamine, anche per il prestito c'era bisogno dell'idoneità? Quando si convinse – dopo aver chiesto a un cliente di farle usare la sua licenza e dopo la minaccia da parte del commesso di chiamare la polizia – che non sarebbe stato possibile uscire armata a dovere dal negozio, Clementina chiese all'uomo che alternativa avesse. Proprio allora il clacson di una macchina che da un po' insisteva dalla strada si tramutò in un quarantenne brizzolato e panciuto che entrò nel negozio a chiedere se qualcuno avesse a che fare con una merda di Golf bianca in doppia fila. "Moderi i toni. È mia la macchina," disse Clementina, e continuò a occupare il primo posto davanti alla cassa mentre anche i clienti erano passati dall'atteggiamento divertito all'irritato e pretendevano di procedere ai loro acquisti.

Lei a quel punto disse che avrebbe ripiegato su un'accetta molto affilata o una spada giapponese, come si chiamavano... insomma, *quelle*. Il commesso stavolta la ignorò e chiese al cliente successivo cosa desiderasse. Il quarantenne brizzolato la raggiunse ad ampie falcate e le intimò di spostare la cazzo di macchina. Clementina gli appioppò una spinta in pieno petto dandogli del maleducato e dell'adiposo dall'alito guasto. L'uomo rimase fermo e chiese al negoziante di chiamare la polizia prima che lui in persona le svitasse la testa. Qualcuno dei clienti suggerì che la donna era già *svitata*, qualcun altro sorrise, e Clementina si avventò sulla vetrina delle armi da taglio che per fortuna era chiusa a chiave. Il tentativo fallito non impedì al quarantenne e a un altro cliente di accompagnarla fuori tenendola per entrambe le braccia. Arresa, Clementina avviò la macchina e abbassò il finestrino rivolgendosi al brizzolato: "Ai miei tempi non sarebbe successo. Lei si deve prosternare di fronte a me. E vergognare. Non poteva aspettare cinque minuti? Bisogna uscire di casa cinque minuti prima, perché gli inconvenienti succedono. Diamine, se lo ricordi!". L'uomo rimase con le mani appoggiate ai fianchi e le spalle afflosciate, un dittatore esausto, e la seguì con uno sguardo curioso e spaventato mentre lei si sfilava misteriosamente le scarpe prima di partire.

Durante la guida Clementina assaporava la zigrinatura dei pedali. Poco prima di arrivare nella Piccola Città ebbe un conato di vomito al ricordo dell'alito del brizzolato, ma non rigettò. A casa si mise a riordinare per superare quella sensazione. Valutò cosa potesse diventare un'arma: il trapano e il martello nella cassetta degli attrezzi di Costantino, il batticarne e i coltelli da cucina, poco altro. Entrò nella camera di Matteo e spalancò la finestra per cambiare aria, svuotò il cestino accanto alla scrivania e notò con disgusto un profilattico usato, attorcigliato dentro un pezzo di carta. Quale scimunita era entrata in casa a sua insaputa? Con chi si stava vedendo il figlio? Non riuscì a darsi risposte perché ebbe un altro conato, stavolta devastante, che la fece correre a inginocchiarsi davanti al water. Vomitò a lungo. Si rimise in piedi con molta difficoltà. Il tremore la prese. La portò con sé. Era lo stesso tremore della febbre recente.

Davanti allo specchio osservava se stessa completamente arresa di fronte alle sue mani intermittenti. Era lo stesso tremore di tanti anni prima, quando aveva percorso trenta lentissimi chilometri nel buio puntinato dai lampioni gialli con l'ultima corriera diretta verso la Piccola Città. Quella stessa mattina – di cui conservava dettagli vivi accanto a ombre diffuse – stringeva lo zippo d'argento nella tasca del cappotto e non aveva detto nulla a Mario dell'appuntamento con Leonardo in un caffè del centro storico della Grande Città. All'epoca era ancora il quartiere degli artigiani; anche i muri sembravano essere di grana di legno e di pelle lucida, l'odore era denso, impregnato di fatica, il cuoio e il cordame uscivano dalle botteghe sull'acciottolato e il rumore di un martello si spandeva e soffocava piano nei vicoli. Leonardo indossava una maglia giallina sotto la giacca di lino. Viveva nel quartiere della moda ma gli piaceva scrivere tra quei rumori *popolari*, in una casetta che aveva affittato a pochi passi dal caffè in cui sedevano. La scrittura era tutto per lui, e nel cinema si guadagnava bene. Clementina voleva parlargli di una sceneggiatura, un progetto che aveva portato avanti in parallelo ai suoi esami e che delineava personaggi figli del proprio tempo storico, in grado di evidenziare alcuni mutamenti decisivi nel tessuto del Paese, quali la devastazione urbana della Grande Città durante il boom economico, la disuguaglianza sociale tra la città e la campagna, i ritmi della fabbrica e del consumo che avevano destrutturato le famiglie tradizionali e messo a profitto ogni minuto della vita delle persone. Insomma, le cose che andavano di moda nei dibattiti politici e antropologici più raffinati (e prevedibili) del tempo e che lei riteneva di aver *declinato in scene necessarie, in personaggi accattivanti*. Il film iniziava con l'incontro casuale di un uomo e una donna. Lui era un prete che aveva rinunciato ai voti, lei fuggiva da un piccolo paese di pastori e contadini per conoscere il mondo. Erano irresistibilmente attratti ma del tutto inconsapevoli della differenza dei loro valori di fondo: le divergenze cominciarono a emergere con la nascita del primo bambino. Mentre Clementina delineava la sua storia noiosa, i grandi occhi di Leonardo osservavano le gocce di limonata sul suo labbro superiore e poi si perdevano alle sue spalle come se inseguissero il borbottio del martello tra i vicoli. Quindi l'aveva invitata a vedere il suo piccolo appartamento, per parlarne meglio. Clementina aveva usato la mano destra per fendere i suoi capelli e aveva lanciato un'occhiata sull'antico acciottolato del centro storico (questo fu uno dei dettagli che rimasero più netti nella sua memoria: ogni volta che guardava gli interstizi delle pietre del centro storico, tornava a quel momento); dopo una lieve esitazione aveva detto di sì.

Il piccolo appartamento nel centro storico era illuminato da un sole denso. Clementina era seduta sul divano marroncino. Avana, forse, non marroncino. Pronta a leggere. I colpi di martello dai vicoli battevano il tempo. Quindi, con la tranquillità di un gesto ovvio, Leonardo le prendeva la mano e se la poggiava sulla pancia. La mano libera di Clementina stringeva traballante i fogli della sceneggiatura su cui teneva ostinatamente lo sguardo. Non riusciva a leggere. Ferma sul divano marroncino, forse avana. Leonardo seduto accanto, il pene duro fuori dalle mutande, brutto, uno sbaglio di forme. Le trascinava la mano sopra. Ferma, il pene stretto tra le dita fredde, senza guardare, un piccolo fremito da parte di Leonardo. Il martello rintoccava nei vicoli e fuggiva lontano. Clementina divincolava la mano e lo abbandonava, fuori dalle mutande. Afferrava i fogli, si alzava, lo sguardo trovava la porta. Leonardo la piegava con un pugno in pancia. La tirava giù, delicato. Poi sussurrava "zitta". Clementina lo guardava: una statua, gli occhi due crateri umidi, Leonardo immobile. Provava, balbettava una domanda, ma un altro pugno sempre in pancia. Perché non riusciva a scappare? Clementina cresciuta con le parole, capire prima di agire, non come la madre, figlia della terra. Dove si trovava Piera con il suo battipanni? Dove sarebbe stata tutte le altre volte in cui Leonardo l'avrebbe presa con la lingua al tabacco infilata ovunque, la lingua che durante gli incubi diventava viola e lunghissima e la stritolava a sé e la riduceva a una bambola minuscola? Leonardo la tirava per i capelli verso di sé. Lei rannicchiata sul suo petto sudato. La mano di lui le accarezzava la testa. La mano morbida come una piuma. Piera non l'aveva mai consolata così a fondo. Lui le sussurrava che il suo mistero era stupido come altre donne stupide. Lui l'avrebbe fatta crescere. Il dolore mordeva la pancia. Leonardo dolce le scompigliava i capelli e la Grande Città era polvere. Rimanevano così. Il martello non batteva più il tempo là fuori, le serrande si accartocciavano, il buio era un imbuto che mangiava tutto. Le faceva poggiare ancora la mano sul pene e le suggeriva il movimento, la mano di lui copriva la sua, e poi su e giù. Ansimava. Le diceva che non era facile il mondo là fuori. Leonardo le stringeva il braccio e la tirava in piedi. Le diceva che quello che aveva scritto non era ancora buono, bisognava avere pazienza con la scrittura. La lanciava di nuovo sul divano. Via le scarpe, via i pantaloni. Si buttava su di lei. La schiacciava sotto il suo ventre mentre le teneva stretti i polsi. Il Demone nasceva, metteva i denti dentro di lei. E quando sudati finivano, Leonardo le frugava nella borsa, prendeva in mano lo zippo d'argento e accendeva una sigaretta. Ogni volta Clementina guardava la sua faccia superba attraverso il fumo biancastro e le finestre erano chiuse.

Questo sacrificio segreto

1

Mettendo in ordine quello che è successo ho scoperto di essere una persona vile, forse buia, eppure – mentre scrivo questa storia – riesco ancora a vedere due personaggi come candele accese: fiamme che si sciolgono una accanto all'altra, due esseri che camminano dolcissimi verso la morte ma l'hanno dimenticata perché poi l'amore questo è.

Così facevano Matteo e Giulia nell'ultimo mese dell'anno. E dentro di loro cullavano il bisogno di cambiare le rispettive esistenze insieme alla paura di farlo fino in fondo. La loro unione era una magnifica maniera di dimenticare quel moto contraddittorio dell'anima.

L'amore diventa amore lentamente. Prima è un processo di stupidità poco consapevole, e una fuga da un mondo interiore che difficilmente viene rivelato in seguito. Un mondo interiore che dimentichiamo non appena entriamo in una relazione e ritroviamo uguale, come un vecchio parente venuto a sorprenderci dopo anni di assenza, quando la relazione finisce. Quando Giulia gli accennò al documentario su Pompei, Matteo unì le palme delle mani e ci appoggiò sopra la guancia emettendo un ronfo di sonno, poi disse: "Ehm, molto interessante, ma lo sai che hanno inventato la camomilla?". Quando Matteo le mostrò con orgoglio i manifesti pubblicitari di cui aveva progettato il *visual design*, Giulia gli fece notare che l'azienda era responsabile di una serie di suicidi nelle fabbriche cinesi a cui appaltava la produzione: "Però, il font che hai scelto per la scritta è veramente bello, eh," disse con un'esaltazione stridula e artificiale, unendo pollice e indice in un cerchio di approvazione. Nonostante le differenze esiziali che li avrebbero potuti allontanare al primo contatto, continuarono i loro incontri. Dalle giornate corte e scure di novembre fino alle luci natalizie, Giulia sentiva sulla pelle il calore di una luce che Matteo emanava naturalmente, senza bisogno di terapie psicanalitiche, yoga e meditazione per ritrovare il centro. Giulia durante l'amore gli diceva che era un angelo enorme, con le spalle talmente grandi che non potevi sapere se avesse le ali o meno. Però quando usciva dal letto si ingobbiva come se soffrisse il centro della terra più degli altri. Come se fosse colpevole di essere così spazioso. Durante quei mesi gli aveva insegnato a sfiorarla sotto con il polpastrello umido e a pensare alla morte guardando i film di Bergman. Lui l'aveva fatta ridere con freddure e, per esempio, con l'invenzione di nomi nuovi per gli alberi che incontravano nelle passeggiate, quali il Giallonico, il Pizellonte, il Detarzanizzato. Esibiva facce deformate mentre lei, seria e appassionata, tentava di spiegargli le disuguaglianze sociali. Giulia era sicura (di una sicurezza quasi colpevole) di non essersi mai divertita tanto con Rudolf. E non aveva più bisogno del Valium per dormire.

Uno dei primi giorni in cui erano usciti insieme Giulia aveva notato del fango attorno agli stivaletti di camoscio di Matteo. Così seppe che qualche ora prima si era scordato gli scarpini ed era dovuto entrare in campo con il vestito *civile*: nella periferia della Grande Città allenava una squadra di esordienti che la domenica mattina giocava le partite di campionato. I bambini di nove anni portavano addosso l'innocenza dell'infanzia e la prima ferocia dell'adolescenza. Imitavano le smorfie di Ronaldo, la flemma di Pirlo e l'irriverenza di Cantona. Zompettavano su una pozzanghera con la gioia di un altro giro di giostra e la testardaggine meccanica di un insetto. Erano scoperti e misteriosi. Matteo però stava pensando di smettere perché era un hobby che toglieva tempo al lavoro.

"Fallo diventare il tuo lavoro," disse Giulia, e si rese conto di aver oltrepassato un confine.

Matteo disse che ce l'aveva, il lavoro. Anche se, notò Giulia, le sue spalle si curvarono, come una giacca appesa a un gancetto. Dai giorni successivi iniziò a domandargli della sua famiglia, di come era cresciuto, di quali fossero state le sue relazioni più significative e formative. Matteo alternava ironia e imbarazzo nelle sue risposte, non si curava di nascondere una candida strafottenza. Non capiva perché a Giulia interessasse sapere come stava Clementina, se aveva spesso incidenti stradali e se le era tornata la febbre. Quindi le spiegò che non ragionava mai sui genitori. Credeva che le persone si riempissero la bocca con termini rubati alle riviste di psicologia nelle sale d'attesa, per apparire consapevoli di qualche scienza emotiva che non aveva nessun fondamento e ripetere gli stessi errori e dibatterli in autocommiseranti amicizie. Credeva gli bastasse sapere che era nato trent'anni prima da un impiegato morbido e da una donna senza smalto sulle unghie. "Soprattutto in questo periodo," aggiunse, ma si fermò, nonostante Giulia volesse sapere a cosa alludeva.

Mentre scrivo e riepilogo quello che è stato, tremo. Non sono così sicuro di averlo vissuto a lungo, l'amore. Anche se ci sentiamo speciali e unici e benedetti da qualche divinità eccitante, la prima forma dell'amore – quello che accadde a Giulia e Matteo, ma anche a Clementina e Mario e a Leonardo ed Elis – è abbastanza universale: la scoperta della pelle dell'altro che non è minimamente come ce l'aspettavamo, è più fredda o morbida o gracchiante o fumosa, ma dopo qualche giorno diventa il termometro del resto del mondo, la pelle non più confine, la pelle una materia prima di un altro Paese, necessaria per far andare avanti le nostre industrie, per sfamare le nostre periferie, per cominciare una nuova guerra. Il sesso come una cascata di neve e lava e miele e universi che ci esplodono in testa e impregnano i polpastrelli. La vita che finalmente inizia per davvero, l'essere umano che si partorisce un'altra volta, lontano dai genitori e in viaggio lungo i fiumi, strade sconosciute e fiori luminosi di una luce che sbianca il passato e mostra i petali variopinti di domani. L'attesa che rintocca scoordinata nel nostro petto. La violenza oscena della dichiarazione io-ti-amo che cade come una goccia d'acqua gigante a mangiarsi il mondo su cui camminiamo e tutto prende il colore di quell'acqua. L'ingiustizia infame in cui si trasformerebbe la propria morte, quando la vita è così levigata e piena, l'aereo che non deve cadere, il nostro amore più forte della gravità. Essere in due, sempre, una patologia senza antidoto, le altre persone come antibiotici scaduti, le altre persone solo controindicazioni. La rovente sensazione di essere salvi, nelle mani del dottore-maestro-psicanalista giusto anche se non possiamo definirlo così, né tantomeno ammettere di essere umani, quindi alla ricerca di comprensione, riscatto, assestamento. La fine della possibilità umana di amare ventisette persone e mezzo contemporaneamente e la *reductio ad unum sed completissimum*, come avrebbe detto il mio professore di latino in confusione semantichetilica. La morte soffiata e implorata per gli amanti antichi che osarono sfiorare l'altro, povero ingenuo, sviato strappato mescolato con inganni ancestrali, ignaro del vero amore. Il momento in cui tossicchiamo con gli amici, abbandoniamo un discorso per dire che ehm... abbiamo conosciuto qualcuno, la sensazione conclusiva di non poter spiegare cosa significa quella nuova relazione agli abitudinari, logori, arresi, a tutti. La memoria come una droga stupida e noiosa che non vogliamo più prendere, le abilità le parole i godimenti di ieri asfaltati fino al prossimo inverno. Ma ogni coppia è da sola. Dopo un certo tempo trascorso insieme sulla terra, la sua forma non somiglierà più a quella di nessun'altra. E se la prima forma dell'amore è qualcosa che conosciamo tutti, risulta invece molto più spinoso comprendere quello che accade oltre il confine, dove è probabile che le candele si spengano e nel buio affiori qualcos'altro.

2

Il fiume in quel periodo dell'anno portava con sé il freddo invernale di montagne lontane e scoraggiava chiunque dall'intraprendere passeggiate. A parte Clementina. Dal giorno in cui le violenze di Leonardo le occuparono nuovamente i ricordi, il tremore non la lasciò più. Spesso le mani iniziavano a vibrare senza che potesse farci nulla. Quindi decise che dopo il lavoro sarebbe andata al fiume, anziché tornare a casa; per tremare in pace, senza dover spiegare nulla. I ricordi sgorgavano e straripavano, nessun argine era più in grado di contenerli. Eppure seguivano un corso strano e non si concentravano solamente sulla sua storia con Leonardo. Il più vivido era addirittura il racconto della sua nascita. Piera, sua madre, aveva sempre parlato dei gabbiani e dei corvi che svolazzavano tra le nuvole giganti al di là del vetro mentre la mammana si preparava a farla partorire. Durante il travaglio le nuvole erano sempre lì, lontane, vicine, irraggiungibili. Se non fosse stata nel suo letto di sudore *per colpa* di Clementina, probabilmente Piera allungando la mano le avrebbe raggiunte, ci avrebbe infilato il polpastrello dentro e avrebbe sentito il sapore di panna fresca. Più passavano le ore, più l'ingiustizia si rivelava in tutta la sua forza perché il sole del tramonto guarniva le nuvole di sciroppo di fragole. Quando la mammana aveva iniziato a parlarle con un tono alto, Piera aveva fatto rientrare lo sguardo sul soffitto della stanza – quella con la piccola crepa in cui Clementina dormiva adesso – e si era concentrata sul dolore lunghissimo delle contrazioni. Si era preparata a morire, anche se avrebbe voluto sopravvivere fino alla nascita del piccolo. Aveva pensato che, una volta spirata, si sarebbe confusa con le nuvole bianche e poi sarebbe volata in cielo. Invece, parecchie ore dopo, era sopravvissuta. Mentre stringeva al petto una piccola femmina, si era ricordata della panna, ma fuori dalla finestra era rimasto solo un lampione di luce gialla e smorta. Gli uccelli si erano divorati le nuvole.

Clementina ricordava una sorta di disprezzo scritto nelle

rughe della madre mentre – anche, e forse soprattutto, in sua presenza – raccontava il parto. Suggello di una relazione infelice che la figlia avrebbe dovuto far di tutto per recuperare. Mentre il padre era gradevolmente perso nell'alcol e nell'indicibile marchio del campo di concentramento, lei e la mamma crescevano in un tempo immobile e amaro: lo stesso sguardo ferino e colpevole, il lavello splendente dopo l'anticalcare, la camicia inamidata con esattezza, le voci benevole del paese, pronte a meritarsi il nome di donna solo se tutto avesse dimostrato irreprensibilità. Pronte a obbedire a se stesse, alle madri delle madri, secondo una catena femminile quasi penitenziaria, per soddisfare tutte le pratiche culinarie e morali richieste e per stigmatizzare la donna imperfetta, chiunque fosse, dentro e fuori di loro. Al tempo dell'università aveva visto un documentario: un esperimento crudele su un cane rinchiuso in gabbia. Una parte del pavimento mandava scosse elettriche di lieve intensità e il cane si spostava altrove, ma dopo un po' le scosse arrivavano anche lì e il cane, disorientato, si spostava da un'altra parte ancora. Fino a quando tutto il pavimento diventava elettrico; a quel punto il cane si accucciava e immobile, con uno sguardo placido e infelice, accettava le scosse. Il dramma si rivelava un minuto dopo, quando una mano apriva la gabbia e consentiva la fuga: il cane rimaneva fermo, come fosse sotto una completa anestesia dei sensi. Clementina si era sentita così. Era colpa della sua famiglia se non era più in grado di essere viva. Per questo era fuggita. E per questo, pensava oggi, era finita tra le braccia di Leonardo.

Era scappata al Nord piuttosto che crescere un figlio nelle fauci della Piccola Città materna. Eppure, nonostante la ribellione universitaria, Clementina ricordava un'intuizione astratta che l'aveva raggiunta nella città del Nord, nelle notti passate ad allattare e addormentare Matteo: era come se il tempo fermo nei fossi della Piccola Città (lontana cinquecento chilometri) l'avesse raggiunta. Nella città del Nord si sentiva le orbite oculari vuote: forse già capiva che qualcosa non era andato bene. Impartiva regole severe a Matteo sui modi migliori per non far entrare la polvere in casa. Iniziava a odiare l'edificio universitario della città del Nord davanti a cui abitava una cliente dalla casa sempre piena di peli, odiava sentire le persone discutere di film, spolverava con una certa furia i libri sulle mensole. Adesso, con la tristezza del vento freddo che spazzava il fiume, ammise che la madre sarebbe stata orgogliosa di lei. Avvicinò il naso alle mani e sentì ancora il suo odore acre: la varechina, la pelle di metallo rugoso, la vestaglietta a fiori e il limone che Piera usava per lavarsi i denti. Non le aveva mai detto nulla di Leonardo. In realtà nessuno aveva mai saputo cosa succedeva, né le aveva mai chiesto qualcosa delle sue *sessioni di scrittura* con lui: con Mario si frequentavano sempre meno, inoltre lui si era stufato del cantiere ed entrava e usciva dalla galera per risse e piccoli furti. Quindi, trascorso il periodo universitario a manipolare i suoi compagni per attirarsi la loro benevolenza e nascondere se stessa, aveva creduto che tutti – dopo averla vista con Leonardo – avessero cambiato idea su di lei, avessero scoperto la sua impostura. E forse da quel momento si era sentita più sola che mai: isolata dalla sua nuova comunità e *giustamente* punita dalla violenza (che non sapeva ancora chiamare violenza) di un uomo. Si sentiva una preda in una foresta di alberi dai rami troppo alti per le sue mani. Fu probabilmente a partire dal ricordo di questa sensazione – mentre passeggiava in montagna con Costantino e Matteo – che iniziò a vedere il Demone.

E mentre adesso il figlio aveva gli occhi felici d'amore per la scimunita, Clementina viveva le sue giornate inquiete: andava volentieri al lavoro e si muoveva trascinando senza fatica aspirapolvere e secchi d'acqua, spolverando superfici e scanalature, talvolta inventando nuovi spazi per riporre abiti e piccoli elettrodomestici. Quando tornava dalle passeggiate gelide al fiume gironzolava con la Golf per la campagna, l'aria calda accesa in macchina e il finestrino aperto, respirava e sorrideva agli alberi e ai prati silenziosi, come se l'incidente e la ragnatela sul vetro non fossero mai esistiti. Ma la notte si alzava per annusare l'aria e piangeva in silenzio. Appoggiata al davanzale della finestra della camera da letto, gli occhi incastonati nel cranio come pietre opache, immobile mentre le lacrime scendevano morbide e continue, lambivano le labbra e si perdevano nella curva tra mandibola e collo. Dopo un viaggio di trent'anni, si nascondevano là sotto. E duravano quanto la notte. A volte non riusciva più a riprendere sonno e alla luce fioca della lampada sul comodino rileggeva i passi evangelici che durante la giovinezza aveva ascoltato nella striminzita chiesa della Piccola Città in compagnia della madre. Si chiedeva quand'era che Gesù aveva smesso di fare sorrisini da bravo ragazzo. Forse mai, forse aveva dovuto aspettare di finire sulla croce per comprendere la crudeltà di Dio. Altre volte, nel ronzio del sonno di Matteo e Costantino, osservava le foto che custodiva nel cassetto, le foto di *prima* che succedesse tutto. Nel bianco e nero granuloso ritrovava una bambina allevata silenziosa e docile, una brava figlia della terra. Altre volte ancora si sdraiava accanto a Costantino addormentato e provava a raccontare, a chiamare la violenza *violenza*, e crollava. Come se qualcuno dentro la strattonasse. Il Demone maciullava le parole e le inghiottiva. Provava a dire a Costantino: "Io... mi è successo...", ma precipitava in un abisso pieno di un vento che la sbatacchiava contro le pareti dell'abisso stesso.

Una notte di dicembre si arrampicò con una sedia fino all'ultimo piano della cabina armadio, riconobbe la scatola sigillata con lo scotch e la tirò giù cercando di non svegliare Costantino. Quando provò a staccare l'adesivo, vide che il cartone rimaneva incollato. Soffiò via un po' di pulviscolo che avvolgeva i fogli della favola e custodiva intatte le lettere prodotte dalla vecchia macchina Olivetti: *Il Demone e le Furie*, c'era scritto in testa al primo foglio. L'aveva scritta nella città del Nord durante le notti in cui veniva svegliata da Matteo e non riusciva più a riprendere sonno, e nei giorni liberi dal lavoro quando Matteo aveva iniziato a frequentare l'asilo. I fogli erano sopravvissuti a un tentativo di distruzione: li aveva accatastati nella vasca da bagno e aveva già acceso la fiamma dello zippo d'argento quando un terremoto aveva sconquassato la città del Nord e la provincia circostante. Aveva avuto talmente paura che aveva rinunciato. In tutto erano vent'anni che non toccava più quelle pagine: da quando la madre era morta e suo padre aveva insistito perché lei, Costantino e Matteo tornassero nella Piccola Città e vivessero nella loro vecchia casa. Lui si era spostato in un condominio lì vicino, Costantino aveva ottenuto il trasferimento dalle Poste e Matteo aveva cambiato scuola all'ultimo anno delle elementari. Clementina aveva scoperto che Leonardo aveva traslocato all'estero, quindi – anche durante un giro nella Grande Città – non avrebbe corso il rischio di incontrarlo. Pian piano, una convinzione si era fatta strada dentro di lei: quell'uomo non era mai esistito. Anche se non riusciva a passeggiare nel centro storico senza sentire le palpitazioni, nel timore di finire davanti al piccolo appartamento e di ascoltare vecchi colpi di martello, la loro relazione non era mai esistita. Clementina aveva sigillato le pagine dentro quella scatola che aveva piazzato sul ripiano più alto della cabina armadio. E aveva smesso di fumare.

Da quando aveva aperto di nuovo la scatola, iniziò a tornare a casa prima, rinunciando alle sue puntate al fiume. Clementina si sedeva al tavolo della cucina per rileggere mentre osservava il marito sdraiato sulle molle allentate del divano: lasciava emergere solo le braccia avvinghiate al giornale, sembrava un uomo che sta affondando ma non riesce a smettere di leggere la cronaca sportiva. Matteo notò la sua abitudine di sedersi al tavolo con una tazza fumante e due pile di fogli in cui affondava gli occhi. Un giorno le si piazzò davanti: "Che leggi?".

Clementina staccò gli occhi dai suoi fogli e notò la sciarpa e lo zuccotto: "Esci di nuovo?".

"Esco, sì," disse Matteo.

"Con la scimunita o con qualcun altro?"

"Ciao, mamma."

"Non te la vedi stasera la partita?" disse Costantino dal divano.

"No, papà," rispose Matteo, gli si avvicinò e gli accarezzò la spalla a mo' di saluto.

Matteo uscì e, allo schianto della porta, Costantino fece una smorfia impercettibile di dispiacere. Quindi trascinò le ciabatte dal salotto alla cucina. E anche la sua calvizie, la sua schiena curva e il maglione pieno di pallini lanuginosi da cui svettava il volto dolce e cadente: "Che leggi?".

"Niente."

"Un niente molto grande," disse Costantino.

"Per stasera ho scongelato le polpette. Tra un'ora sarà pronto."

"Hai paura che Matteo veda quell'uomo?"

Secondo Clementina quella relazione sarebbe finita in fretta. In un modo o in un altro. Quando Costantino le aveva chiesto di raccontargli chi era Leonardo, lei aveva continuato a opporre il silenzio di rito giustificandolo ancora, dopo decine di anni, con la necessità di non inquinare la loro relazione. Eppure lui le aveva parlato di alcune sue ex, insistette Costantino. Clementina rispose che lui non era abbastanza forte. E anche Matteo in fondo era fragile. Non era sveglio, si poteva far *turlupinare* dagli estranei. Come stava accadendo con la scimunita, per esempio. Si portava appresso la *sensazione di inutilità*, il *non ci riesco*, il *tempo che passa*. Matteo faceva parte di quella generazione cresciuta negli anni novanta, convinta che il mondo sarebbe andato sempre meglio. Una generazione di mosci che riteneva triste il lavoro duro. Loro seguivano i desideri, alcuni addirittura parlavano di voce interiore: pronto, voce interiore ci sei? *Tu-tu-tu*, occupato. Non fa niente, troverò un animale guida che illustrerà un percorso di ostacoli immaginari da superare per irrobustire l'anima. Un figlio sveglio avrebbe lasciato le relazioni di coppia per *dopo*. Senza sbandate, dritto al punto come un mulo. Clementina lo sapeva: non devi stare troppo soprappensiero, sennò ne approfittano per provocare incidenti e intascarsi le assicurazioni.

Costantino la interruppe: "Non mi vuoi proprio dire cosa sono questi fogli?".

"No."

Costantino stava per fare marcia indietro, ma improvvisamente si accese: “È quello che penso che sia? È la favola che scrivevi su al Nord... quanto tempo è trascorso?”.

Clementina alzò la tazza e se la portò alle labbra lentamente. Nella città del Nord aveva deciso di smettere di scrivere. Per sempre. Fino a quando, un giorno, aveva tentato di inventare una favola per il figlio. Tuttavia la storia si era mossa per conto proprio, trascinata da una fantasia che utilizzava i suoi studi di lettere classiche e li immergeva in una fonte oscura. Eppure, anche quando aveva capito che non ne sarebbe uscito nulla di buono per Matteo, non era riuscita ad abbandonare il testo.

Nel silenzio si incuneò dal salotto la voce lagnosa di un conduttore che lanciava la pubblicità. Dopo uno stacchetto musicale, un'altra voce rivelava la segretissima bontà di un torrone con nocciole biologiche. Non sarebbe stato un Natale dolcissimo? Clementina continuò a sorseggiare come se volesse ascoltare con attenzione. Quindi disse: “Il silenzio di Gesù. I fogli raccontano questo. La domanda è: perché Gesù non ha parlato della crudeltà di Dio? E perché Saulo, il nostro san Paolo, codificò la dottrina dell'amore cristiano? Non ti sembra che si siano scordati qualcosa dell'animo umano?”.

“Mica capisco tanto.”

“I preti si sono persi per strada le divinità della vendetta, le Furie.”

“Ma non stavi scrivendo una favola?”

Clementina batté il palmo aperto sui fogli: “Gesù ha cambiato il punto di partenza. Ha fatto crescere l'amore negli esseri umani. L'amore come una muffa che piano piano inizia a formarsi sulla carne marcia e copre tutto, si nutre di tutto. La muffa, lo saprai, è un antibiotico. L'amore cosa sconfigge e, soprattutto, lo sconfigge veramente? E se Gesù non si fosse accorto, o forse sì, ma questa è una linea di ragionamento che presuppone un Gesù malevolo e subdolo che tu non accetteresti mai, non si fosse accorto che coltivare solo l'amore rende le forze dimenticate ancora più potenti?”.

“Ma nessuno ha dimenticato l'odio e la vendetta. Purtroppo.”

"Ma nessuno ne parla a voce alta."

"A voce alta? Continuo a non capire," si arrese Costantino.

"È un niente molto grande." Clementina alzò le spalle come se dovesse testimoniare la futilità della questione. E poi aggiunse: "Non ti sembra strana la ragazza di Matteo?".

"Giulia? No."

"Non ti sembra una che turlupina?"

"*Turlupina*?"

"Io credo che è così. Come la storia di Gesù. Ti raccontano una cosa per coprirne un'altra."

"Mica capisco..."

"Per forza, tu credi a Gesù."

3

Non penso che le Furie meritino completamente il titolo di questo romanzo. Tuttavia sono parte del motivo per cui scrivo sotto pseudonimo. Il romanzo che state leggendo è stato pubblicato con il nome di un'autrice (o autore?), probabilmente non della mia età, sicuramente semisconosciuta (queste sono state le condizioni non trattabili) e credo che la casa editrice inserirà la frasetta "Personaggi e fatti narrati sono d'invenzione e ogni somiglianza ecc.", che dovrebbe tutelarla legalmente relegando questo romanzo nel novero dei prodotti della pura immaginazione umana. È una questione di salvaguardia della mia nuova vita. Adesso vivo in una città diversa da quella in cui si sono svolti i fatti e non voglio rivelare se si tratti di Milano, Madrid o Marsiglia, né quale appendice sia il Paese ai suoi confini. Quello che posso affermare, in virtù stavolta della mia distanza geografica – che credo mi consenta una migliore prospettiva –, è che il Paese attraversato dai miei personaggi si crogiolava in un passato in grado di disinnescare qualsiasi tentativo d'innovazione. Molti imprenditori erano falliti, migliaia di operai licenziati, altri ancora costretti a lavoretti senza garanzia, gli studenti abbandonavano l'università o non si iscrivevano più, i centri scommesse e i compro oro invece si erano diffusi con la voracità delle metastasi, specialmente in periferia, e sempre in periferia si erano ammassati molti immigrati che ovviamente erano stati facili capri espiatori. Riguardo alle cause della Crisi Permanente, gli studiosi erano volentieri in disaccordo tra loro mentre snocciolavano analisi complesse. In ogni modo, le loro proposte erano altamente ignorate dai politici. In breve gli abitanti, ironici e feroci, non avevano il coraggio di osservare, quindi di curare, le proprie ferite. E quando qualcuno non capisce l'origine del proprio dolore, si vergogna come se fosse colpa sua, è un meccanismo assurdo e purtroppo potente. Fino a che non arriva l'infezione che si estende per tutto il corpo. Si estende talmente a fondo che non si è più in grado di capire da dove è partita. A quel punto ci si agita e si tentano le soluzioni più improbabili.

E, a proposito di soluzioni improbabili, poco prima di Natale a molti sfuggì un trafiletto di cronaca locale che parlava di un fatto avvenuto nella Piccola Città: un uomo sui cinquant'anni, Ludovico Soave, un rivenditore di mobili vintage, era stato aggredito e schiaffeggiato da due persone in passamontagna all'interno del suo negozio, nel quale i criminali, prima di uscire, avevano fracassato anche il cabinato di un videogioco arcade anni ottanta e la vetrina di una classica credenza della nonna.

4

Da quando Giulia era tornata, il rapporto con Aurora era stato affettuoso, profondo e cementato da un'appiccicosa nostalgia dei loro trascorsi politici. Tuttavia le settimane precedenti al Natale riportarono le due amiche alle loro vecchie battaglie in assemblea, dove una piccola variazione ideologica trascinava con sé l'accusa di tradimento, riformismo e incoerenza. Giulia sottolineava il fatto che Lotte ancora non era politicamente pronta per il gruppo, figuriamoci per maneggiare documenti trafugati da un archivio di polizia. Aurora ricordava che, nella battaglia per i loro diritti, le donne e le minoranze avevano sempre agito in prima persona, senza aspettare la mediazione di politicanti vari. Chi più di Lotte aveva diritto di parola? Secondo Giulia quel ragionamento era un'esaltazione identitaria e una considerazione pre-politica. Aurora sosteneva che quelle parole social-confuse – Identitaria! Pre-politica? – erano i meccanismi attraverso i quali trionfavano i burocrati e si tenevano lontani dalla politica i soggetti reali delle discriminazioni. Eppure fu tre giorni prima di Natale, quando Giulia le comunicò che non avrebbe adempiuto alla promessa di trascorrere le feste natalizie insieme, lontane da ogni congrega familiare, che Aurora alzò la voce. Accusò l'amica di essere la solita individualista: aveva rotto un patto nella stessa maniera in cui alla fine dell'università era partita per le sue scrivanie di ricche associazioni internazionali invece di lottare nel proprio territorio. Giulia ribadì che si trattava di un giorno solamente, il venticinque, e le propose senza troppa convinzione di accompagnarla.

Pur di evitare di trascorrere la festa nella strada di periferia in cui la sua famiglia allargata regnava e litigava come una tribù priva di riti riconciliatori, Aurora accettò di accompagnare Giulia a casa di quella donna ispida da cui era misteriosamente attratta.

I giorni successivi all'incidente, Giulia non avrebbe mai immaginato di finire in una ragnatela di eventi che – tre mesi dopo – l'avrebbe condotta a trascorrere il Natale nella Piccola Città, ospite di Clementina. E d'altro canto Clementina, sebbene non avesse nessuna voglia di affrontare il consueto arrivo dei parenti, anche quell'anno aprì le porte di casa per festeggiare la nascita dell'individuo subdolamente amorevole di nome Gesù.

Giulia, Aurora e Matteo arrivarono in ritardo: tutti erano già seduti al tavolo del soggiorno a sorseggiare prosecco con le dita innervosite dall'abbondanza di antipasti intoccabili. Matteo alzò le mani verso la tavolata affamata e si scusò. Quindi salutarono gli invitati: il padre di Clementina, Nello – che viveva in un condominio della Piccola Città in cui ormai tutti, volenti o nolenti, conoscevano i dettagli della Seconda guerra mondiale –, sedeva accanto a Costantino e si era nuovamente riempito il bicchiere di vino rosso. Il fratello maggiore di Clementina, Gualtiero, assieme alla sua compagna Nadia, di vent'anni più giovane. Martina e Demetrio, i figli di Gualtiero, erano rimasti nel Nord Europa dove vivevano ormai da anni. Vicino alla faccia bianchiccia di Costantino, alla sua testa calva e rugosa che rifletteva la luce del lampadario, Gualtiero risaltava: sessantacinque anni, capelli lunghi e l'incarnato bronzeo da lampade solari. Fece partire un brindisi natalizio per nulla sincrono e un po' goffo. Clementina concesse un sorriso veloce, intermittente come una luce dell'albero. Poi iniziò il suo andirivieni che sarebbe durato per tutta la giornata tra soggiorno e cucina, in una girandola di portate.

Giulia osservava Clementina. Accanto alla faccia ruvida, che ricordava febbricitante, era spuntata una furia da mamma mediterranea sguinzagliata ai fornelli, Giulia la immaginava in contatto con la madre, con la madre della madre, con le madri del Paese che avevano combattuto la guerra, la fame, il patriarcato, le amanti, le macchie ostinate, e gli stupri degli invasori teutonici arabi oltreoceanici, avevano combattuto anche perché fosse possibile una tavola di antipasti primi secondi contorni dolci, una tavola in cui i conflitti maschili si sospendevano e il governo familiare passava di mano.

Giulia disse a Matteo: "Alziamoci, diamo una mano a tua madre".

Aurora si alzò per prima.

"No, seduti!" disse Clementina con una teglia di lasagne fumanti in mano, l'impeto di un'addestratrice di cani.

"Non ragionar *di lei* ma guarda e passa," Nello disse a Giulia con l'indice rivolto verso sua figlia mentre il resto delle dita brandiva il bicchiere di rosso e lo avvicinava alla bocca.

"Non mi sembra che tu l'abbia mai fatto," disse Clementina rivolta al padre.

Le luci dell'albero si fermarono due secondi prima di cambiare ritmo di intermittenza. Nessuno ci fece caso.

"Cosa, cosa? Comunque è Natale, oggi. Hai ragione, niente Dante," disse Nello, che era già un po' brillo e non sembrava dar segno di aver capito cosa intendesse la figlia.

Clementina e Giulia si osservavano dai punti opposti della tavolata. Il vaso di fiori al centro della tovaglia frammentava il loro sguardo in petali di diversi colori.

"È Natale, sì, finalmente," disse Nadia.

"Finalmente. Brindiamo alla salute del professore," confermò Nello.

"Quale professore?" chiese Aurora.

"Un'altra volta, un altro Natale, eh papà. Adesso vado a prendere il pane," disse Clementina, e ripartì verso la cucina.

Mangiavano e parlavano della pioggia incessante che spazzava le strade, della prostituta uccisa in estate e ritrovata sul versante del boschetto verso la Piccola Città – Giulia non intervenne ma Matteo fece caso alle sue posate esitanti –, del lavoro di social media manager di Martina in Nord Europa che suscitò l'ilarità di Nello, del fatto che la piccola azienda agricola di Gualtiero stava risentendo dell'economia rallentata. Giulia rivelò che i suoi, Rita e Tonino, erano partiti per vedere l'aurora boreale lasciando per la prima volta ad altri la gestione della tabaccheria. Gualtiero strinse la mano di Nadia e disse che per una coppia era fondamentale vivere quelle esperienze. Quindi sostenne che l'aggressione ai danni del rivenditore di mobili vintage era probabilmente dovuta a una storia di corna. Dai tempi dell'istituto tecnico-agrario, Ludovico Soave era sempre stato un fedifrago. Aurora sorrideva a tutti, evidentemente felice di stare lontanissima dalla propria famiglia. Matteo e Clementina non si rivolgevano mai la parola, nemmeno per passarsi il vino o i condimenti. Giulia sperava che Clementina non si accorgesse del suo pedinamento visivo. La seguiva mentre si alzava per andare in cucina, la seguiva mentre argomentava a tavola, la seguiva mentre era immobile con lo sguardo perso nel piatto e le sembrava che i petali del centrotavola rivelassero e nascondessero qualche segreto.

Dopo l'ultimo boccone di lasagna, Giulia si alzò per andare in bagno. Chiuse la porta del soggiorno, percorse il corridoio e andò fino alla stanza in cui Clementina, delirante, l'aveva scambiata per la madre. Si bloccò: ascoltò alle sue spalle chiacchiere e rumore di posate. Distinse la risata di Aurora dopo un'esclamazione di Matteo e il parlottio dialettale tra Clementina e Gualtiero. Decise. Aprì la porta ed entrò. Il battito più profondo e un pensiero fugace a cosa rispondere in caso fosse stata sorpresa. Si guardò intorno senza sapere bene dove e cosa cercare. Sul comodino di Clementina erano appoggiati dei libri che, dalla grafica austera della copertina, sembravano desueti: un saggio sulla mitologia indiana, un'antologia di epica latina. Poi vide il tomo accanto, l'*Orestea*. Sulle pagine delle tragedie di Eschilo erano attaccate delle pecette colorate. Ogni colore corrispondeva a una specie di tema: "colpa antica", "terrore e giustizia", "Erinni/Furie". Sfogliò e vide che segnalavano brani sottolineati. Una donna che aveva passato la vita a strofinare pavimenti leggeva versi in maniera analitica?

Matteo le aveva detto che dopo l'incidente Clementina aveva ripreso a scrivere, un'abitudine che aveva abbandonato quando si erano trasferiti nella Piccola Città. Da quando frequentava Matteo non l'aveva incontrata spesso, eppure quella donna la incuriosiva. Giulia non avrebbe mai ammesso che era il contenitore di qualcosa che voleva e a cui non sapeva dare nome, qualcosa che aveva trovato anche in Blessing e che, a volte, la colpiva quando incontrava una donna decisa e ingovernabile. Una donna che aveva segretamente capito come stavano le cose e si assumeva il compito di rimarcarlo con azioni che gli altri non potevano capire. O invece quella tizia, che era scappata dopo averla investita, era banalmente una mezza matta? Tuttavia Giulia vedeva, intuiva, che non aderiva al perbenismo attaccaticcio e piccolo-borghese dei suoi genitori, non si sentiva in dovere di migliorare, di mostrarsi più istruita o educata o socialmente inserita: era compiuta e autonoma come una baracca di lamiera arrugginita. Inoltre, c'era il mistero del Demone. Giulia aprì un cassetto dell'armadio: mutande e calzini. Quindi passò alle ante: vestiti. Nella cassettiera trovò un contenitore con cianfrusaglie d'oro, forse roba della prima comunione di Matteo, e delle foto in bianco e nero tenute insieme da un elastico. Eccola Clementina, forse ventenne, diversa, completamente diversa anche se uguale. Dov'erano finiti gli occhi che indossava in quelle vecchie foto venate dallo spiegazzamento? Foto di campagnoli vestiti a festa. Nello e quella che doveva essere stata la madre, genitori dalle rughe scure, i sorrisi immobili e le mani tozze. Clementina abbracciata a un'amica, poi lei seduta a una scrivania di fronte a una pila di libri (forse già l'università, l'unica della famiglia che ha studiato, come le raccontava Matteo), il cerchietto, il maglioncino con la camicetta, i capelli lisci e finissimi. Ma gli occhi? Gonfi di empatia, iridi spianate, curiosi del mondo sconosciuto e consapevoli che niente avrebbe morso troppo a fondo. In una foto con i genitori e il fratello Gualtiero, il suo sguardo era sdolcinato, quasi furbo, ma infelice. Sembrava inversamente proporzionale alle curve feroci dei lineamenti della madre, che puntava gli occhi come proiettili sul fotografo, e alla noia del padre, che invece osservava distrattamente in terra. Lo sguardo di una carcerata a cui sta per scadere il termine della condanna.

Era passato troppo tempo da quando era uscita dal soggiorno, Giulia rimise le foto nel cassetto. Prima di uscire però notò alcuni fogli sbucare disordinati da una borsa appoggiata al comodino, dopo un attimo di esitazione decise di afferrarli e leggerli. *Il Demone e le Furie* c'era scritto sulla prima pagina. Era troppo tardi per rimetterli a posto quando sentì il movimento della maniglia: la porta si aprì e apparve Clementina. Si osservarono in silenzio. Giulia provò ad aprire bocca ma Clementina la interruppe alzando una mano: "Vieni di là che sto servendo l'agnello".

Il pranzo proseguì come un classico pranzo di Natale, tra futilità di pettegolezzi, improvvise scintille di divergenza politica, ragionamenti fiscali e calcistici di millimetrica esattezza. Giulia continuò a osservare Clementina ma distolse gli occhi quando si accorse che Clementina ricambiava il suo sguardo. Per il resto del pranzo si sentì una ladra sotto l'esame di una giuria terribile. Era la prima volta nella sua vita che era stata *beccata* e capiva perché di solito evitava di mettersi nella condizione di infrangere una regola: non sopportava la vergogna che emergeva nei suoi gesti timidi e nei battiti del cuore furiosi come il martelletto di un giudice. Poi Nello si versò qualche bicchiere di troppo, come fu chiaro nel momento in cui bagnò la tovaglia che si fece rossa e rivelatoria delle venature del legno sottostante. "Lascia perdere, papà. Lascia, pulisco dopo," disse Clementina come se Nello si fosse accorto del danno e non stesse immergendo immediatamente il naso nel bicchiere con una veemenza tale da farlo uscire gocciolante. Quindi Matteo arraffò una fetta di tortino di broccoli e Aurora commentò con un sorriso: "La più grande, eh?". A quel punto Nello tossì con la mano davanti alla bocca, in una maniera al limite del ridicolo, perché il suo tentativo di prendere parola divenne un accesso di tosse furioso che si riversò più volte sul piatto. Poi recuperò compostezza e si rivolse ad Aurora: "Perché hai rimproverato mio nipote di essersi preso una fetta troppo grossa? Le ho tagliate io le fette. Sono precise. Ma scommetto che non lo sai il perché".

"Fermo, papà," disse Clementina.

"Beh, no..." disse Aurora con le labbra impiastricciate dall'imbarazzo.

"No, non lo sa," aggiunse ancora Nadia a sproposito, con una vocina in falsetto.

Nello strinse gli occhi come fosse un'interferenza. Quindi disse: "Nel campo di concentramento, quando si doveva dividere un pezzo di pane, chi tagliava si serviva per ultimo. Quindi bisognava essere precisi. Non era questione di onestà, se non tagliavi bene mangiavi meno. E morivi. Morivi lo stesso, comunque. E mio nipote non ha preso una fetta più grossa".

"Mi dispiace," disse Aurora.

"C'era un sacco di gente che si dispiaceva per gli ebrei all'epoca, ma nessuno se ne faceva niente di quel sentimento. Se non era nascondiglio per loro o esplosione per i tedeschi," disse Clementina rivolgendole uno sguardo duro.

"Non sono stato preso perché ebreo," disse Nello.

“Non è una precisazione necessaria, papà,” disse Clementina.

Scese un silenzio spesso come la crosta di un lago ghiacciato. Tutto diventò opaco lungo la tavola e, veramente, nessuno aveva voglia di affrontare l’argomento. Matteo tenne un pezzo di carne infilzato nella forchetta facendolo scivolare delicatamente per tutto il piatto, uno sciatore che attraversa una distesa d’olio frastagliata da pepite di carota e sedano. Quando capì che il nonno aveva concluso, portò la forchetta alla bocca.

Gualtiero e Clementina chiesero al padre se gli fossero piaciute le polpette di verdure, e gli rivelarono che i broccoli, i finocchi e le carote provenivano dalla nuova coltivazione bio dell’azienda agricola di Gualtiero.

Matteo nel frattempo tentò di rassicurare Aurora e Giulia sull’episodio del taglio del tortino: suo nonno diventava particolarmente inquieto perché era stato proprio nel giorno di Natale di circa settant’anni prima, durante il faticosissimo ritorno nel Paese dal campo di concentramento liberato dai russi, che aveva perso le tracce del professore, il suo più intimo compagno di prigionia.

Nello lasciò immediatamente perdere la conversazione sulle verdure sane e interruppe Matteo: “Era un professore di italiano di Genova. Mi aveva aiutato molto quando ero appena arrivato. Eravamo in pochi mediterranei nella baracca, e facevamo gruppo nella fabbrica del campo”.

“Ci credo che non lo scorda più,” disse Aurora.

Clementina fece una smorfia, guardò in alto e disse a Gualtiero: “Adesso riattacca il pistolotto di Gross-Rosen. Vedi, eh?”.

“Lo vedevo che cantilenava durante i nostri turni. Ma non riuscivo mai a capire cosa. Mi disse che dovevo andare pure io ad accarezzare il cane delle SS di guardia alle baracche. Gli dissi che era pazzo. Poi, un giorno, tornato dalle sue carezze, mi fece vedere un miscuglio di segale e patate nel palmo della mano: riusciva sempre a rubare un po’ di cibo dalla ciotola. E così iniziai a fare anch’io. ‘Ma che ti canti ogni volta, però?’ gli domandai. E lui rispose che recitava a memoria alcuni versi dell’*Inferno* di Dante.”

"Era un modo per rimanere umano," disse Aurora.

Costantino fece un lieve e ambiguo cenno d'assenso con il mento. Nessuno ci badò. Fino alla fine del pranzo mantenne il suo contegno indifferente e silenzioso. Atteggiamento che, se non altro, non fece sentire Giulia da sola.

"No, era il modo in cui fantasticava sulle punizioni per i tedeschi," disse Nello. "Lui credeva che qualcuno osservasse e giudicasse dall'alto. Qualcuno che poi avrebbe punito in maniera altrettanto atroce."

"Scusi se mi permetto, ma non era normale avere quelle fantasie?" intervenne Aurora.

"Non mi è mai piaciuta la *Divina Commedia*, anche prima di finire a Gross-Rosen. Ecco. Non c'è per niente Gesù. Non capisco come facciano a dire che Dante era un cristiano, in fondo."

"Non c'è il Natale, quindi?" disse Nadia con una vocina quasi divertita.

"Nessuna fantasia, e soprattutto nessuna punizione ci restituirà qualcosa o qualcuno. Questo è l'errore di Dante," chiuse Nello, il tono enfatico e lo sguardo di sfida verso la finestra.

Aurora assentì: "Sono d'accordo, signor Nello. Ma forse l'errore è della società più che di—".

Clementina la interruppe girandosi verso il padre: "E i tuoi, di errori? Hai sempre girato la faccia quando c'era bisogno di intervenire".

Per la prima volta Matteo rivolse la parola alla madre: "Sì, eh? Provaci tu a ribellarti quando nemmeno riesci a camminare. Almeno nonno il suo passato lo racconta".

Clementina disse: "Non sto parlando del lager, infatti. Anzi, non sto parlando di niente".

"E allora buon Nataleee!" biascicò Nello alzando il bicchiere con un sorriso che testimoniava uno sconfinato fraintendimento di tutto. Gualtiero e Nadia si unirono al brindisi lasciando rintoccare il cristallo dei calici nel rumore della pioggia che cadeva oltre le finestre.

"Aiutami, per favore," disse Clementina a Giulia.

Si alzarono e iniziarono a sparecchiare dividendosi la tavola con efficienza. Mentre il chiacchiericcio in soggiorno si spostava sui colori strampalati delle luci dell'albero, le due donne andarono in cucina a riempire la lavastoviglie.

Clementina disse: "Mio figlio non deve fare la fine arresa di mio padre. Capito? Quindi vedi che puoi fare, che *io* il mio l'ho fatto. Questa, la ramanzina da suocera. Mettila dove vuoi. Invece adesso ascoltami bene: ho bisogno di una mano".

"Mi dispiace signora, non so cosa mi è preso prima. Mi dispiace," disse Giulia senza avere il coraggio di guardarla in faccia.

"Non mi dire che ti senti invasa perché anche tu hai invaso la mia camera da letto, diamine."

"Mi dis—" provò a dire ancora Giulia.

"E a causa dell'incidente devo pagare all'assicurazione un premio molto maggiore. Tra l'altro non sono sicura che fosse del tutto colpa mia," e prima che Giulia potesse rispondere, afferrò senza grazia un'insalatiera e gliela mise in mano, poi prese un vassoio di verdure grigliate e la seguì fino alla tavola.

Quando tornarono in cucina, Giulia avrebbe voluto chiederle del Demone di cui parlava la sera in cui aveva la febbre, avrebbe voluto sapere perché l'aveva vista là immobile di fronte al fiume e capire perché sul suo comodino c'erano libri impolverati di mitologia e, soprattutto, dov'erano andati a finire gli occhi di quelle foto. Eppure riuscì a pronunciare solamente: "Signora, mi deve scusare: io non ho mai fatto queste cose".

Clementina la guardò come se avesse di fronte un cagnolino fradicio di pioggia. Gli occhi della scimunita le sembravano lavati da possibili inganni. Il brusio proveniente dal soggiorno assomigliava a una lavatrice in centrifuga. "Ho bisogno di una mano e tu me la devi dare. Soprattutto dopo quello che hai fatto prima. Mi devi riferire quando mio figlio vede uno scimmione alto come lui e più vecchio di me. Hai capito di chi parlo, no?"

"Veramente no."

"Non ti ha detto di Leonardo? O mi stai prendendo in giro?"

"Signora, io non la prenderei mai in giro perché—"

"Sì, sì, diamine ho capito, tu non fai mai nulla di male. Però non ti sarà difficile capire chi, è quando lo vedi. E quando lo vedi, me lo vieni a riferire. Capito?"

"Ma chi è?"

Clementina le spiegò velocemente la storia omettendo tutto quanto concerneva la violenza. Quindi tornò in soggiorno lasciandola in mezzo alla cucina. In quel momento Matteo le strizzò l'occhio da lontano e le fece un cenno con la mano con cui la invitava a raggiungerlo. Nello aveva ormai preso le redini della tavolata e ammorbava tutti con aneddoti di guerra svirgolati dal vino, storie in cui i sovietici sul fronte orientale scendevano dalle alture sciando in divise bianche, invisibili nella neve, con i mitragliatori imbracciati, altre in cui i nazisti avevano trovato le famose armi V ma non avevano abbastanza fiammiferi per farle detonare, e altre ancora in cui i fascisti in Africa erano bravissimi a cuocere le uova sulla scocca dei carri armati roventi di sole. Aurora chiese qualcosa, ma Giulia con un'occhiata le fece capire che le avrebbe spiegato tutto più tardi. Quindi Giulia uscì da sola sul balconcino a fumare una sigaretta e osservò i colori delle luminarie che si tuffavano e sfumavano nelle pozzanghere. I tetti delle macchine brillavano dei rari soffi di sole che oltrepassavano le nuvole. Non poteva immaginare che dentro una Jeep punteggiata dalle gocce di pioggia, Leonardo, sprofondato in solitudine nel comodo sedile, osservava le sagome che di tanto in tanto ritagliavano il bianco delle tende di casa di Clementina.

5

Lo seguiva quando si vedeva con Giulia, quando allenava i ragazzini nel campetto alla periferia della Grande Città, si appostava con la macchina vicino alla stazione solo per vederlo andare al lavoro. Lo sorvegliava senza trovare il coraggio di avvicinarsi nuovamente. Quel viaggio in macchina in cui lo aveva accompagnato a casa non gli bastava. Aveva il diritto di conoscerlo di più, forse anche il dovere.

Tuttavia, quando Leonardo decideva che era arrivato il giorno giusto, una forza contraria e più intensa lo faceva tornare nella sua villa, spalancare la porta della camera *londinese* di Gerard e inspirare a piene narici il misto di fiori e buio.

Prima di concludere il suo pranzo di Natale aspettò che Matteo uscisse dalla casa di Clementina. Quindi finì di mangiare il biscotto della fortuna e gettò l'involucro di plastica nella busta poggiata sul sedile del passeggero. Dalle confezioni di alluminio e dalle cartacce unte si diffondeva nell'abitacolo l'odore di fritto e di spezie. Accese il motore e prese la direzione di casa. Durante il viaggio, sui tornanti che attraversavano il boschetto, una pigna enorme cadde e colpì il parabrezza della Jeep. Nella trasparenza del vetro si formò un ragno ed entrò aria gelata: il colpo aveva addirittura creato un minuscolo foro. L'aria che entrava faceva il suono di tanti bambini che intimano il silenzio agli adulti mentre guardano un cartone animato, *shhh, shhh*. Poco dopo un velo umido scese sugli occhi di Leonardo. La strada diventò opaca e lui si strofinò una manica sulle ciglia. Puntò un dito sul foro del parabrezza. Si sarebbe rotto completamente se non lo avesse riparato subito. *Shhh, shhh*. Gerard sgattaiolava a lato del divano e si rivelava all'improvviso mentre Leonardo era assorto di fronte a un film. Leonardo urlava in maniera plateale e il figlio con un dito sulla bocca gli intimava silenzio, come se fosse stato lui l'adulto. *Shhh, shhh*. Accostò la macchina sul ciglio del boschetto, nei pressi della stradina che portava al luna park abbandonato. Cercò nel bagagliaio un rotolo di scotch. Non lo trovò. Si appoggiò di schiena sulla Jeep e, guardando attraverso gli alberi, riconobbe il profilo della statua di Paperino. Prima di ripartire gli parve di vedere una volpe, o forse no, forse no.

Leonardo aprì con il telecomando il cancello della sua villa. La luce arancione dell'apertura colpiva ripetutamente il cruscotto e disegnava un viso stanco. Scese dalla macchina e attraversò il giardino sul vialetto di pietre che collegava la tettoia per la Jeep all'ingresso. Dopo essere entrato salì al piano superiore, si svestì e si infilò sotto le coperte. Si svegliò dopo qualche ora. Si fece una doccia calda e indossò un pigiama. Tornò in cucina, tirò fuori dal frigo delle uova e dell'insalata in busta. Prese un piatto dalla lavastoviglie. Schizzò un po' d'olio sulla padella e accese il fuoco. La cosa fondamentale da insegnare alle generazioni future è aspettare un attimo prima di rialzarsi, soprattutto quando ci si è appena chinati a raccogliere il guscio d'uovo finito fuori dall'immondizia: c'è sempre uno sportello aperto nella traiettoria che la vostra nuca ha scelto per tornare su. La botta fu talmente forte da farlo sbandare per la cucina. Si sedette con le mani intrecciate dietro la testa. Quando si guardò le mani notò il sangue sulle dita. Svenne e il busto si adagiò sul tavolo come una pianta appassita. Poco dopo, l'odore nero della padella sul fuoco lo fece riemergere. Si alzò barcollando e spense la fiamma del gas. Gettò la padella nel lavabo, aprì l'acqua e un vapore armato di fiotti bollenti lo investì. Scappò via, si rifugiò sul divano della sala da dove sentì lo scroscio dell'acqua che continuava a combattere. Si sdraiò sul fianco. In un riflesso automatico assurdo e doloroso si affacciò oltre il bracciolo per assicurarsi che Gerard non si fosse nascosto. Dal giorno della morte erano trascorsi tre anni, una casa, una moglie.

6

Gennaio spolverò la Grande Città con lievi fiocchi di neve, annuncio di solenni nevicate che non si verificarono mai. Sullo scooter Giulia indossava i guanti, il sotto-casco, due scaldacollo e una coperta termica per le gambe. Si accorgeva di quei tentativi di inverno da cartolina quando osservava l'erba biancastra ai lati della strada che costeggiava il boschetto. Durante le mattinate festive in cui raggiungeva Matteo nella Piccola Città la luce fredda le suggeriva che il mondo fosse stato creato da poche ore e rendeva gli alberi e le sue immagini interiori più nitide. Tra le più luminose c'erano le tragedie di Eschilo sul comodino di Clementina, là dove si era immaginata di trovare riviste di gossip e cruciverba. Quando ne avevano parlato, Aurora le aveva risposto che era un pregiudizio verso le donne che svolgono lavori manuali. Giulia aveva sostenuto che, nonostante il carattere appuntito, Clementina si sarebbe potuta rivelare una persona molto stimolante. L'avrebbe invitata al gruppo di autocoscienza. Aurora l'aveva messa in allarme rispetto a una relazione troppo stretta con la *suocera*. In ogni modo Clementina aveva risposto (non gentilmente) che non condivideva i propri stati lunatici nemmeno con il marito, figuriamoci con un mucchio di sconosciute.

L'aveva detto anche a Matteo, che aveva sentenziato in maniera sbrigativa "cose da donne, immagino", come se parlandone si fosse potuto sporcare. Giulia era delusa dal fatto che Matteo non le avesse rivelato dell'incontro con il suo padre biologico, con quel Leonardo che Clementina sembrava temere tanto. Certo, erano affari suoi. Però era snervante che ogni uomo che frequentava celasse in qualche recipiente interiore tutti i dubbi e le sensazioni che provava; sarebbe stata una scelta rispettabile se non fosse che poi quella specie di machismo censorio avrebbe rovinato la relazione: l'incapacità di comunicare piccole fratture che nel silenzio sarebbero diventate derive di continenti.

Finché verso la fine di gennaio Giulia vide una breccia nel muro emotivo: Matteo si presentò sotto la Breakfree, come il giorno in cui si erano conosciuti. Le raccontò il sogno della notte: una macchia di sangue appare all'improvviso su un pavimento illuminato dall'alba. Il liquido rosso granata si propaga lungo le fughe delle piastrelle smaltate. Come un sistema di irrigazione che conduce a un piccolo avvallamento. Il sangue lo riempie e, piano piano, scava e filtra. Nella stanza di sotto cola dal soffitto e finisce su una grande insalatiera di ceramica bianca. Sgocciola veloce e la colma subito. Esonda. Clementina, Costantino, suo nonno con la divisa del campo di concentramento, i ragazzini in completo da calcio, ognuno a piedi scalzi. Ognuno infila il proprio mestolo nell'insalatiera e succhia rumorosamente il liquido. Escono e lasciano che le loro orme di sangue si dissipino sulla strada. Matteo va al lavoro e, fermo davanti al semaforo, prova un intenso bisogno di rannicchiarsi in posizione fetale in attesa che il cervello smetta di tremare. Matteo si siede in ufficio e osserva attorno a sé: i colleghi, il capo, la pausa pranzo, le piccole frustrazioni, le battute insipide e il caffè annacquato. Matteo controlla il soffitto: non ci sono gocce di sangue che colano. Si alza di scatto. Entra in bagno. La parete dello specchio è rivestita di piastrelle bianche. Con il polpastrello dell'indice ne percorre le fughe. Poi lo rigira verso di sé e trova solo polvere. Il sangue esce dal rubinetto e riempie la porcellana bianca del lavabo. Straborda sul pavimento e sale fino alle sue caviglie. A pochi centimetri dallo specchio osserva che la fuga dei suoi lineamenti è finita: sono stati catturati, costretti a tornare nella prigione del viso paterno. Stesse curve arrese e linee morbide degli occhi di un uomo che ha paura di salpare. Un marinaio fermo al molo per paura delle onde. Costantino, le partite di calcio in tv e i maglioni vecchi di trent'anni. Intanto il sangue è salito fin sopra le ginocchia, quasi alla vita. Rallenta il suo cammino verso la finestra. Matteo riesce ad aprirla con fatica e il liquido inizia a uscire. Invade il parcheggio, le strade e i palazzi. Il vecchio con lo zippo dorato è affacciato alla finestra di fronte e lo osserva con un binocolo.

Ovviamente Matteo si era prodotto in un'argomentazione difensiva, sapeva benissimo che per qualche ciarlatano il sogno di un dente caduto significava morte, un albero al vento significava un grido d'aiuto e blablabla. Ma qual era la garanzia che il fondo avesse un sottofondo in cui si nascondeva il vero significato delle cose? Giulia ascoltò il sogno senza interrompere. Matteo strinse le labbra. Giulia disse che doveva tornare dalle ragazze al lavoro e Matteo le chiese se aveva voglia di andare al mare.

"In che senso?" disse Giulia.

"Tipo quella distesa d'acqua che si muove e sembra venire verso di te ma non lo fa mai fino in fondo," sorrise Matteo, la fronte improvvisamente diradata da qualsiasi cosa l'avesse ingarbugliata poco prima.

Dopo un'oretta osservavano in silenzio la campagna punteggiata di capannoni e baracche. A parte loro due, il vagone del regionale era vuoto e il treno sobbalzava con regolarità in quel tratto. Quando Giulia ormai non se lo aspettava più, Matteo le rivelò di aver visto due volte un uomo che affermava di essere il suo padre biologico. Gesticolava con foga e quando inseriva le domande retoriche all'interno del suo racconto, muoveva la testa per suggerire inconsapevolmente la risposta. Ma ti sembra normale un tipo che dopo trent'anni si sveglia e si ricorda di essere un padre? Testa a destra e a sinistra. *No*. Ma crede che io c'ho tempo da perdere con queste cose? Idem, *no*. Ma la gente è matta, pensa di vivere dentro programmi tv? Testa su e giù. *Sì*. Se Giulia provava a intervenire, Matteo ascoltava brevemente e poi riprendeva il fiume di parole dal punto in cui l'aveva interrotto. Poi concludeva: "Ma chi se ne importa. Anzi scusa, eh. Pensiamo alla giornata al mare," ma subito dopo ricominciava a parlarne come se volesse raggiungere un tono esatto nell'apparire intoccabile e disinvolto. Forse parlava solamente a se stesso, ma aveva bisogno di un pubblico che dicesse che la rappresentazione era andata bene.

"È importante che ne parli. Oltre al sogno di stamattina, intendo," disse Giulia

"Tu hai un rapporto diverso con i tuoi. Sei scappata lontano."

Giulia non riusciva a parlargli di Clementina, si bloccava sempre subito dopo aver deciso di farlo. Quindi disse delle cose tiepide: "Puoi scoprire qualcosa che non sapevi del tuo passato. Puoi conoscere qualcuno che, anche se in ritardo, vuole recuperare un rapporto con te".

"E poi: è un conto se scappa un figlio, ma se lo fa un genitore possiamo considerarlo ancora genitore?" Matteo iniziò a muovere la testa a destra e a sinistra a metà della frase.

Giulia fece ondeggiare il viso al ritmo del suo "no". Ma

aveva le labbra contratte. Emise un "mmm" che si perse nello sferragliamento dei binari.

Matteo continuò: "Anch'io volevo scappare, lo sai? Da piccolo, a tredici anni, circa. Soprattutto quando stavo con mia madre. Con mio padre no, ma quando stavo con lei avevo questa stupida sensazione, immaginavo di afferrare le mani di uno sconosciuto, al supermercato per esempio, e raccontargli tutto quello che passavo. E immaginavo che quello avrebbe capito e mi avrebbe detto che non era giusto. E poi avrebbe rimproverato mia madre. Però a quel punto io dicevo allo sconosciuto di lasciar perdere, perché poi mia madre si arrabbiava con me per aver fatto la spia. Ma era tardi, perché gli occhi di mia madre già mi mostravano il disgusto".

"Cosa non era giusto, cosa passavi?"

"Niente, ti ho detto che è una sensazione stupida. Mi ricordo che mia madre era sempre nervosa. Ma quale madre non lo è stata?" Matteo le prese la mano e l'appoggiò sul suo ginocchio. Era come se la sua ironia fosse sgocciolata dai finestrini del treno in corsa. I suoi occhi erano indifesi, nudi e belli.

Quando scesero alla stazione di Lido dei Ciliegi gironzolarono per strade solitarie e percorse dal vento. I manifesti di concerti estivi morsicati dal sole. La sabbia sulla strada. Cani randagi abbastanza pasciuti. Ristoranti di pesce che esibivano tutti l'aggettivo "freschissimo". Matteo e Giulia, entusiasti, iniziarono a ribattezzare le strade con i nomi delle cose che vedevano: via Gatto rosso, vicolo della Vecchietta cotta dal sole rabbioso, via Cabina telefonica senza cornetta, piazza dell'Acqua metallica, via Labbra da baciare subito. Poi usarono le emozioni che le cose procuravano: piazza della Compassione gigante, vicolo della Noia, slargo della Paura panoramica, via dell'Entusiasmo aguzzo.

"Eccoci in via della Sabbia fredda e piazza dell'Acqua elettrica alle caviglie!" disse Giulia.

"Prendiamo l'autostrada di Piccole onde che cancellano le orme dietro di noi," disse Matteo.

La spiaggia era deserta, a parte una vecchia signora che

strattonava al guinzaglio un cane corso più forte di lei. Matteo e Giulia si lanciarono sulla battigia come bambini schizzandosi scarpe e pantaloni. Sollevarono un grosso ramo sputato dal mare e lo piantarono nella sabbia. Raccolsero conchiglie e tappi di birra taglienti e palle da tennis sgonfie e lanuginose. Quindi si sedettero sul muretto che costeggiava la spiaggia. Il vento da oltremare continuò a ululare sulle loro facce mentre si raccontavano episodi morbidi delle loro vite, confidando silenziosamente di affidare quei ricordi alla persona che li avrebbe tenuti al caldo per un futuro indefinito. Si baciarono e tutto sembrava andare bene. Nel frattempo le onde avevano allungato il passo e affondavano sulla spiaggia. Il cane corso decise di riportare a casa la signora. I granchietti perlustravano il mondo nuovo in cui erano stati scagliati. Un imballaggio di polistirolo, della misura di un armadio a tre ante, si era arenato sulla battigia. Le piccole pozzanghere al suo interno riflettevano luce bianchiccia. Matteo saltò giù dal muretto e si mise di fronte a Giulia, che saltò a sua volta aggrappandosi al suo torace prima di poggiare i piedi in terra.

Durante il viaggio di ritorno, Giulia avrebbe voluto parlargli di quando aveva visto la madre lungo il fiume, delle sue foto giovanili, e soprattutto del fatto che Clementina pretendeva che Giulia lo spiasse. Nonostante Matteo le avesse rivelato il segreto del padre e in qualche maniera si fosse finalmente aperto con lei, Giulia manteneva una strana lealtà nei confronti di Clementina. Non gli parlò e rimase ferma e impotente mentre il paesaggio le riempiva gli occhi in un lungo piano sequenza. Nel vagone successivo al loro il controllore rimproverava un passeggero perché non aveva timbrato il biglietto. Non stava mica su un treno ad alta velocità con posto assegnato, doveva pagare una multa. Il passeggero protestava a bassa voce, ma l'alterco si concluse appena il controllore minacciò di chiamare la polizia. Giulia e Matteo scesero dal treno: mentre percorrevano la banchina a lei parve di vedere un uomo, ancora seduto all'interno, che aveva l'inquietante aspetto di Matteo da vecchio. Sorrise pensando a quanto i racconti fossero in grado di suggestionare la percezione.

7

Sono passati più di trent'anni da quando Leonardo era andato fino alla Piccola Città per capirci qualcosa. Al mercato e al bar si parlava della ragazza scomparsa, ma nessuno sembrava possedere informazioni ulteriori. Dopo qualche tempo se n'era fatto una ragione e non aveva più sperato di sentire la voce di Clementina nella cornetta del telefono. Aveva continuato scrivere film; due poliziotteschi *engagés* e una commedia erano stati ritenuti pessimi dalla critica e non erano diventatati un successo di botteghino. Aveva capito che le case di produzione non avrebbero più puntato su di lui. Aveva utilizzato parte del suo immenso capitale di famiglia per viaggiare. A Parigi, a un vernissage, aveva conosciuto Elis, un'attrice brasiliana che viveva e lavorava a Londra. L'aveva seguita e poi sposata. A Londra era entrato nel frizzante giro culturale del quartiere di Soho, dove lei risiedeva. Nonostante fosse ormai sulla quarantina, ne aveva abbracciato le abitudini hippy, punk, artistoidi, con derive lisergiche e sperimentazioni sessuali stordenti. Aveva conosciuto tante persone e, dopo un po' di lavori disparati, era tornato, in altra veste, nel suo ambiente: era diventato uno dei *producer* cinematografici più richiesti. Sceglieva attori, sceneggiatori, direttori della fotografia, scenografi, e non sbagliava quasi mai. Vedeva il talento e lo metteva all'opera nel contesto più adatto. Era riuscito a resuscitare registi di commedie indicando la via dell'horror, attori urlatori mostrando una recitazione da correlativo oggettivo, sceneggiatori impegnati suggerendo detective story senza fronzoli sociali. Era in grado di comporre l'alchimia giusta per ogni film. Quindi Elis aveva partorito Gerard. Pian piano la coppia era diventata parte del complesso umano-artistico-borghese che governava i destini culturali della città. Fino a quando non era morto il figlio, a venticinque anni.

Leonardo non era più riuscito a produrre film né a frequentare colleghi e amici londinesi. Aveva iniziato a farneticare che la città era cambiata e che paradossalmente era più genuina quando loro erano appena arrivati e le bombe dell'Ira rendevano spumeggiante l'aria ormai logora dei pub. Elis era squassata dalla perdita e non avrebbe voluto allontanarsi dai luoghi del figlio, ma aveva acconsentito al suo desiderio di trasferirsi in una villa di campagna vicino alla Piccola Città, quella in cui Leonardo abitava tuttora. Sebbene fossero stati lontani, gli amici – soprattutto mettendosi in contatto con Elis – erano venuti spesso a trovarli nel Paese: politici, produttori cinematografici, imprenditori, registi, vecchie glorie del teatro, tutti avevano provato a consigliar loro soluzioni, avevano offerto viaggi e terapie psicanalitiche. Invano. Più passava il tempo e più Leonardo si allontanava da Elis e da se stesso.

Aveva consultato sciamani messicani e medium australiani, aveva riparato o ricomprato tutti i giocattoli che Gerard aveva avuto da bambino utilizzando le foto per ricordarsi e rintracciarli e, nonostante Elis avesse provato a dissuaderlo, anche nella nuova villa aveva voluto ricostruire la stanza di Gerard identica (perfino le piastrelle in graniglia del pavimento e lo scotch di vecchi poster sul muro e i serramenti in legno delle finestre) a quella che il figlio aveva avuto in condivisione a Camden con altri studenti di giurisprudenza. Tuttavia, quando Elis aveva trovato il marito a letto con una ragazza che sarebbe potuta essere la sorella minore di Gerard, aveva deciso di lasciarlo e tornare in Brasile. Da allora Leonardo, una volta alla settimana, si consentiva la sua unica uscita serale: andava al Drago Dorato perché gli ricordava le volte in cui Gerard veniva a trovarlo a Soho e, insieme a Elis, mangiavano felici al cinese del quartiere per cui il figlio andava matto.

A gennaio si sentì un idiota quando il treno proveniente dal mare aprì le porte e lui rimase al suo posto temendo che Giulia e Matteo, che erano scesi e lo avevano oltrepassato dalla banchina, lo avessero visto e stessero tornando indietro per accusarlo. Il treno ripartì e lui fu costretto ad aspettare ancora dieci chilometri prima di scendere in un paesino sperduto con una multa in mano. Quando scese dal predellino decise che non poteva andare avanti così. La sera stessa, dopo aver mangiato cibo da asporto seduto sul divano, si chinò sul tavolino in marmo rosa dove aveva poggiato il cellulare. Dallo schermo sfogliò le foto di Matteo. La più bella era leggermente sfocata – lo aveva sorpreso mentre passeggiava lungo il mare con la ragazza –, con i capelli scombinati dal vento; dal punto lontano in cui Leonardo aveva scattato sembrava il personaggio di un fumetto che avesse preso la scossa. Con indice e pollice ingrandiva e rimpiccioliva l'immagine. Leonardo ingoiava aria ed espelleva minuscoli colpi di tosse che ondeggiavano nel silenzio fermo del salotto. Si alzò e decise che avrebbe contravvenuto alle sue abitudini ormai quasi monastiche, a causa delle quali la villa era diventata una grande cella in cui esplorava tutta la porosità del silenzio.

La settimana successiva il meccanico gli mostrò come aveva riparato il minuscolo foro sul parabrezza della Jeep. Aveva messo una resina adesiva e l'aveva indurita con un raggio ultravioletto dopo aver creato una depressione nel plexiglas e aspirato i residui. Leonardo chiese se l'aria si sarebbe sentita ancora. Il meccanico batté due volte sul punto con la mano aperta e gli assicurò di no. L'unico problema era che il foro era a soli cinque centimetri dal bordo, un po' al limite delle possibilità, però l'intervento era stato fatto per evitargli la sostituzione dell'intero parabrezza.

La sera stessa Leonardo fu felice di poter uscire ma, una volta arrivato nelle stradine della Piccola Città, un diluvio colpì la Jeep proprio nella discesa che precedeva il Drago Dorato. Dovette accostare. Dall'interno dell'abitacolo non si riusciva a vedere né la strada né l'insegna, solo una macchia densa di colore grigio con venature rossastre. La strada era un fiume. Le gocce pesanti sulla capote sembravano tutti i topi, i gatti, i cani randagi della Piccola Città radunatisi per bussare e chiedere riparo. Leonardo si allungò fino al punto del parabrezza appena riparato. Ci passò sopra il polpastrello dell'indice per verificare se fosse umido. Quindi – in un movimento meccanico di cui non sembrava più padrone – si strofinò il polpastrello sulla guancia. Poi sulle labbra. Infilò il dito dentro la bocca, fino all'ugola. Qualcosa si ruppe dentro di lui: una diga, altissima e senza appigli, crollò e rilasciò qualcosa di indescrivibile che assomigliava più a una frana che a un pianto. Farfugliava "perché, perché, perché" tra lacrime sterminate. Perché Gerard? Perché Gerard, solo venticinque anni? Sono corti, l'infanzia è ancora dietro la schiena, i giorni sono lunghi e diventano adolescenza, il sesso è un mistero viola e giallo, la verità è indistruttibile, un padre è quasi sempre il nemico, io ero il nemico ed era giusto che fosse così. Ma sono troppo corti perché non ci salutiamo, te ne vai e io rimango solo a una fermata ad aspettare un bus che non passa più, o fa un altro giro, e se fa un altro giro dove sei andato? Vedi che domande piccole e stupide mi anneriscono il cervello. Troppo corti i tuoi anni. Non possiamo ritrovarci, tu le braccia più forti e i primi accenni di bianco sulla barba a dire che in parte, solo in parte, avevo ragione io, e io a non comprendere il significato del tuo lavoro in toga o di una donna inadatta con cui ti sei messo. Riavvicinarci piano piano, tagliare in piccole strisce la nostra arroganza, io sempre più alto di te, non mi hai mai superato, tu ormai più intelligente che ti prendi gioco della mia insipienza tecnologica, tu che metti in ridicolo certi errori di metodologia giudiziaria nei miei film e io che non lo posso sopportare e ti amo. Manca l'aria. Tutto è cenere, a parte la tua stanza. L'ho ricostruita in un'altra città. Perché se cambio posto forse cambia tutto. La mattina mi sveglio e per qualche secondo sei ancora vivo, poi inizia l'oscurità. Il cibo non ha sapore, le strade sono spente. Ho costruito la tua stanza dentro di me, è piena di sbarre, sperando che da lì tu non riesca a fuggire, ma ogni giorno il tuo viso perde un pezzo e quindi ti rincorro nelle strade tra altri occhi, tra le andature impertinenti dei ragazzi, seguo i loro stupidi jeans, stupidi come i tuoi, tra gli *shhh* e i *bam!* dei rumori infami e somiglianti del mondo. Ti seguo e ti trovo o ti sostituisco anche per qualche minuto o per tutta la vita, e spero che funzioni perché non ce la faccio più senza di te.

Leonardo si accartocciò sul sedile del passeggero e iniziò

a tremare. Le lacrime tenute sul bordo. Sussurrava "Gerard, Gerard" e sprigionava versi che assomigliavano al rumore di un jeans che si strappa. Trascorse venti minuti così, rannicchiato tra i due sedili in posizione fetale, fino a che con il ginocchio premette inavvertitamente il pulsante del freno a mano. Le ruote accompagnarono l'inerzia della Jeep. Un lampione la fermò dopo pochi metri. Il parabrezza si spezzò nel punto del vecchio *shhh*. La pioggia ghiacciata di gennaio iniziò a invadere il cruscotto. Leonardo riuscì a rimettersi seduto con fatica e chiamò subito il soccorso stradale. Chiuse la comunicazione e ricominciò a piangere, stavolta seduto, più sommessamente, la fronte e le braccia poggiate sul volante in una preghiera fradicia. Poco dopo sentì, oltre il tambureggiare della pioggia battente, colpi forti sul finestrino. Con un grande ombrello Lian gli faceva cenno di uscire e ripararsi nel ristorante. Quando furono dentro, la ragazza non chiese niente degli occhi incendiati e della faccia violacea. Gli diede degli abiti di riserva del lavapiatti, lo fece accomodare e gli portò il menu.

Leonardo le disse: "Sì, tre anni fa è morto qualcuno".

"Mi dispiace molto, signore."

Consumò una cena lenta. Pensò che la ragazza finita sul vetro era diventata la ragazza di Matteo. Pensò che il vetro era un materiale in grado di permettere e impedire allo stesso tempo. Dopo i primi bocconi sentì nuovamente il sangue tornare sotto pelle.

Quando Lian gli portò il conto le disse: "Dopo la morte di un figlio, la propria morte diventa semplicemente la fine di qualcosa che è finito prima. È l'inserviente un po' scocciato che ti rintraccia con la torcia tra i sedili deserti della sala e ti fa cenno di uscire perché i titoli di coda del film sono finiti da mezz'ora e lo schermo è un bianco smorto".

Lian lo guardò come si guardano le cose che stanno per crollare.

"Era buono," disse infine Leonardo indicando il piatto ma continuando a guardare dritto davanti a sé.

Il destino gli aveva concesso un'altra possibilità. Non doveva gettarla al vento. Sembrava proprio un film infarcito di proverbi e schemi morali sempliciotti per consolare il pubblico infondendo una speranza quasi natalizia. Inoltre: il suo dolore era un'autorizzazione al reso. Come se il mondo, tutto il mondo dalla Cina alla Patagonia, gli dovesse in cambio qualcosa, o qualcuno.

8

La terza aggressione, a differenza di quelle ai danni del notaio e del rivenditore di mobili vintage, fu un po' più elaborata: quando i poliziotti arrivarono nel luogo indicato dalla voce al telefono, il parcheggio desolato di un supermercato chiuso della Grande Città, trovarono Charlie Orsini, impiegato di una ditta di illuminotecnica, chiuso all'interno della propria Seat Ibiza con le mani legate. La carrozzeria della macchina era stata ricoperta con secchiate di vernice dorata. Tutto qui. Lui, un po' spaventato, minimizzava parlando di una burla da parte di adolescenti idioti. Il giornale stavolta diede uno spazio maggiore all'accaduto e rilanciò l'allarme rispetto alle bande di periferia. Un opinionista sosteneva che le saracinesche abbassate dei negozi, il degrado dei parchi con lampioni rotti e giochi per l'infanzia distrutti, le luci notturne delle sale slot, la vetrina del sesso nello stradone avevano un'influenza nefasta sulle giovani menti; attraverso quegli assalti inquietanti testimoniavano una società decadente. L'articolo non voleva suffragare la tesi *come era verde la nostra valle*, in cui si rimpiange il tempo passato, quando tutto era più puro e la mafia non uccideva le donne e la droga non esisteva. Però era fermo su una cosa: la Crisi andava più veloce della nostra capacità di comprenderla. E tutti coloro che aspettavano creduloni un nuovo inizio erano diventati rami secchi raggiunti dall'incendio che divampava.

Io sono abbastanza d'accordo. È quasi impossibile comprendere la direzione di una società, a malapena riusciamo a capire cosa cambia dentro di noi. Sarebbe bello se esistesse uno strumento magico per osservare il cervello e ammirare le proprie e le altrui emozioni nude. La possibilità di capire, forse sentire, tutto quello che attraversa i percorsi neuronali e attiva le sinapsi di chi ti sta accanto. Io l'ho sempre sognato. Altro che il mio psicoterapeuta. Ho sempre voluto mettermi allo specchio, guardarmi la fronte e strapparmi via i pensieri neri con una pinza, per esempio. Uscire di casa con il cervello pulito.

Anche Matteo non riusciva a capire Giulia quando perdeva tempo nel tentativo di analizzare quelle aggressioni e teorizzava la mancanza dei partiti storici in grado di incarnare e dirigere certe pulsioni distruttive. Inoltre, la maggior parte dei suoi discorsi erano addirittura più complicati e noiosi. In ogni modo, Matteo si sentiva quasi colpevole a rivelarle i suoi trascorsi in cui non era riuscito a diventare un calciatore professionista, aveva investito i soldi ricevuti per i diciott'anni nelle prime azioni dot.com poi drasticamente svalutate, aveva tentato di aprire un pub con un amico nel quartiere dell'antico mercato ma erano riusciti appena a ripagare il debito con la banca. Eh sì, che male c'era nel ricercare il *successo*? Eppure, nel viso di Giulia, a volte trovava le stesse pieghe di disappunto di Clementina. Le espressioni della madre giudicavano con esattezza il mondo intorno e cartografavano i confini del giusto e del vergognoso, quasi nella stessa maniera in cui la sua ragazza divideva il mondo tra chi acquistava vestiti modaioli per convincersi che un lavoro inutile avesse senso e chi lottava contro il massacro industriale di animali. E quando Matteo affermava "ma io non l'ho chiesto questo mondo" era quasi sincero, tuttavia – ammoniva Giulia – fare certe scelte di consumo ed essere inconsapevoli di ciò che comportano assomigliava molto all'ingenuità di chi getta sigarette estive da un'auto che percorre una strada boschiva e, quando è ormai lontano, sussurra "ohibò, perdindirindina, e cosa è avvenuto?" dopo aver notato il riflesso infuocato dentro lo specchietto retrovisore.

Il mio psicoterapeuta usa tante metafore per descrivere le emozioni, io proverò a illustrare i percorsi neuronali di Matteo: percepiva confusamente di stare dentro una grande bolla di plastica di cui non riusciva a liberarsi. Era molto complicato individuarne i confini e, soprattutto, ci voleva una certa abilità per ritagliare un'uscita. Se lo avesse fatto in maniera imprecisa, infatti, temeva che la bolla si sarebbe sgonfiata prima che lui fosse riuscito a uscirne facendolo morire asfissiato. Per questo alla fine si accontentava della sua porzione di ossigeno. Anche perché la fuga si sarebbe potuta concludere nella trappola di un'altra bolla. C'era qualcosa di paralizzante nell'idea di approfondire la relazione con Giulia. E se il mondo di coppia fosse stato semplicemente un mondo di bolle? Quando erano andati al mare e le aveva rivelato di Leonardo, si era sentito gratificato dall'ascolto attento di Giulia, ma immediatamente una paura sorda lo aveva avvisato di non andare oltre, di non farsi risucchiare.

Matteo credeva di aver trovato una sostanza in grado di farlo respirare all'interno della bolla in cui era cresciuto: l'ironia. Nel suo mondo tutto era passibile di ironia. Intuì che se l'avesse rivolta sugli altri e su se stesso, senza prendere troppo sul serio i suoi desideri, non sarebbe mai stato vulnerabile. "Sto giocando, eh," rispondeva quando Giulia tentava di smontare qualcosa che aveva appena sostenuto. Gli sfuggiva un ghigno di compiacimento per la sua fuga e per la pedanteria di chi aveva di fronte.

Fu così che quando Giulia gli spiegò il nuovo obiettivo del suo gruppo di autocoscienza – trovare l'assassino di Blessing – oppose una maschera di controllo sorridente:

"Ma quindi adesso indagherete sulla coscienza dei maschi qua attorno?" domandò Matteo, appoggiato di schiena alla testiera del letto di Giulia.

"Sei stupido."

"Hai chiesto a mia madre di partecipare perché vi serviva un autista?" sorrise lui.

Giulia si sfilò dal piumone e recuperò l'intimo dal pavimento. Andò in cucina e mise un pentolino d'acqua sul fuoco: "Tanto non viene!".

"Dai, la polizia prima o poi scoprirà chi è stato," disse Matteo.

"Spero che ti faccia ridere anche quello. Se succede."

"Ma perché te la prendi tanto?" Matteo si mise un cuscino dietro la schiena. Quindi intrecciò le mani sulla nuca. Stirò le gambe e i suoi piedi oltrepassarono di poco il bordo del materasso.

"Perché *tu* non te la prendi?" esplose Giulia.

Quello che Matteo non sapeva spiegare era che prendersela seriamente per le brutture del mondo avrebbe significato l'abbandono della sua difesa. Disse: "Perché io non ho fatto niente. Perché esiste la polizia per queste cose. E comunque non si risponde a una domanda con un'altra domanda".

"Il problema qui non è solo l'assassino. In ogni sistema giuridico è importante anche il mandante, cioè una società che accetta, rifiuta di indagare sulla morte di una lavoratrice sessuale e addirittura ci fa le battutine sopra."

"Io sarei quello delle battutine?"

Giulia tornò in camera con una tazza fumante in mano: "Dimmelo tu".

"Dammene un goccio."

Giulia fece un passo, poi si fermò: "Hai presente mio padre? Beh, la domenica, o quando non è di turno in tabaccheria, esce in bicicletta. Non importa che tempo fa, lui esce. Inizia a pedalare e torna dopo due ore. E non perché, a sessant'anni, vuole sentirsi ancora giovane, ma perché ormai la odia, odia mia madre più di quanto non le voglia bene. Preferisce il silenzio, la tempesta, i clacson, le salite, gli incidenti. E non glielo dice—".

"Perché ha paura della reazione, della fine del matrimonio?"

"Perché non lo sa nemmeno lui, che la odia. E io non voglio diventare parte di una coppia che non sa parlare e che, quando sarà troppo tardi, si inventerà degli hobby per non guardarsi in faccia."

"Forse tuo padre si allontana perché non c'è altro da fare," disse Matteo. Si alzò, le prese la tisana di mano e se la portò a letto.

"Non sa parlare. Questo è."

"Forse va a puttane," sorrise Matteo.

Giulia lo guardò. Socchiuse leggermente le labbra ma non disse nulla.

Matteo poggiò la tisana sul comodino, si schizzò con delle gocce bollenti. Si alzò di scatto e prese Giulia in braccio. Atteggiò una faccina strampalata: "Se non dico queste cose non hai più argomenti contro di me! Lo faccio per tenerti in allenamento, vigile, all'erta contro il sessismo contempo—".

Giulia si abbandonò alle sue braccia, sorrise e lo zittì piazzandogli energicamente l'indice sulle labbra.

Si rotolarono sul letto; le lenzuola persero la morsa sul materasso che si rivelò ruvido e lucido. Matteo le mordicchiò i fianchi e le solleticò le ascelle. Quindi Giulia riuscì ad afferrargli il piede e affondò le unghie sulla pianta facendogli implorare pietà. In ogni modo, Matteo continuava a sospettare che ogni donna nascondesse una piccola Clementina in potenza. Non le rivelò che avrebbe iniziato a frequentare la villa poco fuori dalla Piccola Città.

9

Un giorno piovoso di metà febbraio il gruppo di autocoscienza ebbe una visita. Le gocce d'acqua spinte dal vento battevano forte sulle finestre e le donne voltavano la testa verso uno strano miscuglio di ultimi raggi solari e nuvole prepotenti. La stampante squittiva mentre emetteva foto a colori. Aurora prese la prima e la passò a Giulia. "Direi che va bene," dissero insieme, e aspettarono l'emissione delle altre. Giulia si stava rollando una sigaretta quando dei colpi alla porta surclassarono la tempesta. Le donne si guardarono. Giulia disse che probabilmente era la dirimpettaia che si scordava sempre di comprare le uova. Aprì la porta e si trovò davanti Clementina. Sembrava un vetro in procinto di rompersi. Più esattamente, sembrava il vetro su cui il corpo di Giulia aveva formato una ragnatela dopo lo schianto. Le mani tremanti, gli occhi stagni ghiacciati e le labbra attraversate da piccoli spasmi nervosi. Una borsa di stoffa a tracolla.

"Oh, Clementina. Sono contenta, entri."

"Puoi parlare?"

"È successo qualcosa?" chiese Giulia, la bocca un piccolo cerchio interrogativo. "È una cosa che riguarda Matteo?"

"Dimmelo tu."

"Non lo vedo da qualche giorno."

Clementina gettò un occhio verso le foto di uomini che si impilavano sul tavolo accanto alla stampante: "Io, veramente, volevo parlarti".

Aurora tentava senza successo di mettere in pausa la stampante. Giulia fece accomodare Clementina sulla sedia: "Beviamoci una tisana insieme," le disse con dolcezza.

"Sei buona—"

"Questo lo dice mio padre," la interruppe Giulia.

"Ma non la conosce fino in fondo..." sorrise Aurora cercando di creare un clima complice.

"Sei buona, però sei bugiarda," disse Clementina. Smise di tremare. Gli occhi si annuvolarono tra le ciglia. "Perché mi racconti che non vedi Matteo da qualche giorno?"

"Perché è così." Giulia prese il bollitore e versò l'acqua che si schiantò sulle foglie in fondo alla tazza.

Il resto del gruppo si mise sull'attenti, tra il divano e le sedie, dissimulando il disagio di assistere a quella che sembrava una conversazione privata. Fu Lotte a rompere la quarta parete: si alzò e con un passo quasi marziale si piantò di fronte a Clementina. "Io sono Lotte. Benvenuta! Le presento il resto di noi."

Giulia osservò meravigliata Lotte che con sicurezza introduceva Grazia, la signora dalle sciarpe colorate, Joy, Francesca la studentessa, se stessa e l'altra decina scarsa di donne presenti. Le spiegarono che in quel posto – che non era fisso, ognuna quando poteva metteva la propria casa a disposizione – c'era asilo per le storie intime e le relazioni complicate che in quanto donne vivevano nella società e con il genere dominante maschile.

Clementina, per tutta risposta, affermò che, in pratica, *si piangevano addosso*. Non era interessata a quel genere di cose. Poco dopo la stampante si bloccò con un ultimo squittio soddisfatto. Rimaneva il rumore della pioggia, come una preghiera animale.

Giulia si avvicinò a Clementina, le porse una tazza di tisana e, in modo che non la sentissero le altre, sussurrò: "Questo è un posto sicuro per parlare...".

Clementina fece tremare la tazza e qualche goccia di tisana si versò in terra. Quindi puntò il dito sulle foto emesse dalla stampante e disse a voce alta: "Chi sono quegli uomini in foto?".

"Denunciati per abusi e violenze sessuali nella Piccola Città," rispose Joy.

"Cerchiamo di capire chi possa essere l'assassino della donna nigeriana. È avvenuto la scorsa estate—"

"Sì, mi ricordo. E le foto a cosa servono?" chiese ancora Clementina.

"Le porto allo stradone, le faccio girare tra le mie colleghe e cerchiamo di capire chi abbiamo incontrato tra questa feccia," disse Lotte all'improvviso.

"Le tue colleghe?"

"Sono una puttana."

"Lavoratrice sessuale," precisò Giulia.

"Qualcuno preferisce le parole sbiadite," disse Clementina, e poi appoggiò le labbra sulla tazza bollente. "In bocca al lupo, comunque."

La pioggia batteva in un'altra direzione, il vento aveva cambiato verso. Giulia la osservava con un'apprensione sconosciuta, la voleva stringere, sì, praticamente voleva stringere un istrice e sentirsi rigare la pelle di sangue dai suoi aculei. Perché era venuta? Forse si aspettava di trovarla sola e di fronte a tutte quelle persone si era inibita. Lei d'altro canto ancora le era leale, non aveva rivelato a Matteo le sue richieste di sorveglianza.

Clementina guardò il gruppo e disse loro: "Beh, mi dispiace, io non ho i vostri problemi. Ho un marito premuroso. E poi, diamine, credo che a volte i problemi ce li andiamo a cercare". Poi fece un giro del bilocale. Arricciò le labbra di fronte alla pila di piatti sporchi nel lavabo prima di posarci dentro la tazza ormai vuota. Infine chiese ad Aurora se poteva scorrere le foto e se le rigirò in mano assentendo con il mento di fronte a qualche faccia.

Le donne la guardarono con una curiosità che si componeva di due parti: compassione e fastidio profondo. Giulia la invitò a restare perché intuiva confusamente che Clementina era venuta per condividere e adesso se ne stava andando per una paura comprensibilissima ma che si sarebbe diradata non appena avesse conosciuto le altre, le paure delle altre e la forza che si davano insieme. Dopo un po' infatti Clementina le appoggiò la mano sul braccio: voleva parlarle a quattr'occhi.

In camera da letto, Clementina iniziò di nuovo a dondolare il busto. La borsa di stoffa le tagliava il petto come la cintura della sua Golf. Si stringeva le mani per evitare di mostrare il tremore: "È qualche giorno che Matteo rientra a casa a mezzanotte. Com'è possibile che non l'hai visto?".

"Non lo vedo da martedì scorso. Non sono una bugiarda."

"Non vede nemmeno i suoi amici, diamine. Quindi vuol dire che si sta incontrando con Leonardo. Quindi sì, sei una bugiarda perché dovevi dirmelo."

"Scusi Clementina, ma perché non vuole che suo figlio conosca questa persona? Può essere un arricchimento per tutti."

Clementina respirò l'aria della stanza rumorosamente, come se la stesse sottoponendo a qualche processo chimico, e disse: "Non parlo del mio passato con te".

Giulia rispose con un sorriso che non riuscì a mascherare il tono da maestrina: "Ma il suo passato sembra comunque parlare con lei".

"Sei ancora una bambina. Non conosci il *male*."

Giulia increspò le labbra e si sforzò di guardarla negli occhi. Lasciò invadere il silenzio dal parlottio del gruppo che, incomprensibile come la pioggia, arrivava dalla porta chiusa. Quindi disse:

"In questo gruppo ne parliamo ogni settimana. E sappiamo, che quando non si parla, il male diventa parte di chi lo subisce".

Clementina spostava velocemente il mento su e giù. Un "sì" beffardo che significava "come no?". Poi si aprì a un ghigno: "E tu? Sai cosa significa vivere con un marito tiepido? Con un figlio che fa come gli pare? Con le bugie?".

"Mi piacerebbe, saperlo."

Le mani di Clementina ripresero a tremare. Provò a stringere i pugni, invano: "È la vitamina D. Non ho preso abbastanza vitamina D".

Giulia fece un passo verso di lei. Clementina alzò le spalle, rigida. I suoi occhi duri iniziarono a vibrare con il resto del corpo. Stava facendo uno sforzo per tenersi intera. Uno sforzo ingrato contro una potenza antica e più feroce. Si chinò.

"Sono qui," disse Giulia, tentando la sua voce più morbida. Ma non avanzò ulteriormente.

Clementina si sfilò la borsa dalle spalle. La poggiò in terra. Quindi estrasse dei fogli. Respirò a fatica, si alzò e li passò a Giulia: "Volevo portarla con me".

"Dove?"

"È una vecchia favola. L'hai già vista," la voce di Clementina recuperò solidità.

Giulia sbirciò tra le sue dita la scritta *Il Demone e le Furie*. Soppesò i fogli e d'improvviso li lasciò cadere in terra. Poi li guardò stupita svolazzare per la stanza e ficcarsi nei posti più improbabili – sotto il letto, sul braccio della lampada del comodino e sotto la porta. Chiese scusa.

"Promettimi solo che non la farai mai leggere a Matteo."

Giulia provò a dire qualcosa, ma Clementina uscì rapidamente dalla stanza. Passò davanti alle altre donne borbottando un saluto prima di raggiungere la pioggia di fuori.

Giulia osservò stordita il pavimento tappezzato di fogli. Si mise a raccoglierli, lentamente. Tentava di leggere ma le parole le sfuggivano dagli occhi. L'eco della porta sbattuta di Clementina si protrasse a lungo tra le pareti, la scia sonora del suo tremore. Giulia si alzò prima di aver finito di impilarli tutti.

10

Non pioveva più. L'acqua gelida alle caviglie rafforzava il suo eterno sospetto: era stata *lei* a scegliere tutto quanto. Piera, Nello, la sua famiglia, non c'entravano nulla. Questo è quanto si raccontavano nei gruppi di autocoscienza: "Il mio trauma è colpa di qualcun altro, io sono solo una vittima indifesa. *Gne, gne, gne*, abbracciatemi pure adesso". Invece no. Era lei che aveva *desiderato* fortemente tutto quanto perché, in fondo, non era mai scappata. Leonardo le aveva fatto conoscere degli scrittori importanti, alcuni attori, le aveva regalato edizioni rilegate di Cervantes, Kafka e Dostoevskij, l'aveva portata davanti alla Sagrada Familia, a Barcellona, a osservare il mare e il vulcano dal teatro greco di Taormina, a camminare sul ghiaccio invernale nelle isolette di Stoccolma, le aveva letto la *Divina Commedia* e l'*Epopea di Gilgamesh* di notte alla luce di tante candele. Leonardo era una persona aperta, frequentava omosessuali e africani in una Grande Città di un'epoca decisamente omofoba e colonialista, non avrebbe mai trovato un altro uomo come lui. Dopo il primo stupro aveva continuato a incontrarlo. Più volte. Lei, in fondo, aveva cercato di gestire – gestire! –, comprendere, farsi prendere. Farsi *prendere*, chiudendo gli occhi. Probabilmente c'entrava il fatto che non era abbastanza brava come scrittrice, che la bravura si otteneva anche sperimentando insieme a quell'uomo forme nuove che la gente comune avrebbe chiamato, banalmente, violenza. Ma come era possibile definire le cose che si vivono senza bloccarle, cristallizzarle e, quindi, farle morire? No, bisognava vivere anche se faceva male, bisognava cambiare, farsi prendere. Certo che non era mai scappata, anzi, dopo un po' era stata lei a prendere l'iniziativa. Si era presa il sesso da lui. In questa maniera era lei a decidere. Non c'erano più i pugni in pancia e i calci sulle reni e altri orrori rinchiusi nel buco nero. Anzi addirittura, *a pensarci bene*, non c'erano mai stati. In fondo, era stata *lei* a non comprendere Leonardo. Quell'uomo non voleva il suo corpo e basta, voleva la sua anima. In quella maniera avrebbe compreso che donna fosse e che scrittrice sarebbe potuta diventare, ma Clementina come avrebbe spiegato quel processo raffinato alle persone ordinarie che aveva attorno? Lei si era presa il sesso da lui e aveva cambiato il segno a tutto. I lividi delle prime volte si erano diradati e lei aveva iniziato a camminare lungo le aule universitarie con il mento parallelo al terreno: Clementina *sentiva* quanto era diventata potente, e quanto sacrificio occorresse per diventare potente, e quanto questo sacrificio segreto la rendesse unica. Mario e la sua banda di idioti maneschi, le sue amiche frivole e pseudo-impegnate, la madre con le galline e il padre rimbecillito dal campo di concentramento. Tutti erano lontani lontani.

Adesso l'acqua del fiume stringeva le caviglie come una tenaglia gelida, adesso doveva raccontarsi la verità. E la verità era che le visioni che emergevano dal buco nero della sua memoria erano insopportabili, erano frammenti acuminati che recidevano i tendini delle caviglie, le sfregiavano le pupille, le bucavano lo stomaco e non finivano e – mentre, di nascosto nel bagno, vomitava o si affondava le unghie nella carne o si accartocciava sul pavimento – ogni cosa era impregnata del fumo di quelle vecchie sigarette. La verità era che a volte non ce la fai. La terra scura che accoglieva le piante dei piedi era molliccia e scivolosa. Solo l'attrito con il pietrisco acuminato teneva eretta Clementina mentre oscillava come una canna di bambù. Aveva lasciato il cappotto in macchina e indossava un maglione color tortora, uno scialle di seta bianca che le aveva regalato la madre l'ultimo Natale prima di morire, il bracciale d'argento di Costantino, gli orecchini di Matteo, i pantaloni di velluto marrone a costine. Il freddo umido di febbraio spirava dai campi e si accendeva in folate improvvise che le sparpagliavano la pelle del viso. Avanzava di un passo e si concentrava sul mormorio del fiume che le scorreva attraverso, per non svenire tra i morsi del freddo. Si girava e osservava le scarpe sul greto alle sue spalle. Un passo indietro e poi un passo avanti. Un altro passo avanti e l'acqua mordeva fino alle ginocchia. Si sfilò lo scialle della madre, lo lasciò nell'acqua e lo vide scurirsi, allargarsi e allontanarsi. Lo seguì con lo sguardo fino a quando la corrente lo nascose ai suoi occhi. Sua madre non doveva vedere. Pensò che non doveva vedere quello che stava facendo, né quello che aveva fatto con il suo cervello stupido trent'anni prima. Si scusò per averle dato la colpa. Nell'acqua ghiacciata sentiva benissimo che era stata lei a voler lasciare la vecchia casa, a inseguire quell'uomo, era stata lei a trovarsi in una terra senza segnaletica, senza l'irreprensibilità femminile trasmessa dalla madre e senza la creatività tormentata promessa da Leonardo. Non era come la madre: era inadeguata. Come avrebbe potuto raccontarle quello che subiva dopo averla tradita? Che fai, lasci il tuo mondo e se ti va male torni a chiedere aiuto? Adesso le pietruzze diventavano ancora più taglienti, il fondo sdrucciolevole. Un'alga filamentosa le lambiva il polpaccio. Un rumore, di legno spezzato. Clementina si voltò all'improvviso. Gli occhi indagavano gli alberi ma non trovarono nulla. Il vento la fece ondeggiare e rabbrividire. In quel momento anche il pensiero disordinato di Clementina scivolò e le venne in mente l'amore provato per Piera, per Matteo, per Mario, per Leonardo, per Costantino. Adesso, prima di farla finita, vedeva che, sebbene la prima forma dell'amore fosse abbastanza universale, con il passare del tempo ogni suo amore nascondeva una paura e un bisogno profondo che lei aveva abitato in maniera sconosciuta. O forse, semplicemente, come le aveva detto la madre quando non capiva perché si ostinava a rimanere nella città del Nord, Clementina era *difettosa. E le cose difettose non sempre si aggiustano*. Su questo ricordo Clementina si lasciò andare nell'acqua scura: cadde sul fianco, urlò prima di bere un po' di acqua melmosa, si tirò su puntando le mani sul terriccio del fiume ma scivolò. Una pietra le tagliò leggermente la caviglia, vicino al punto in cui si era ferita sul terrazzo alla festa di laurea di trent'anni prima, quando Mario aveva dato il via all'enorme rissa. Adesso dov'erano i suoi baffi e i suoi muscoli implacabili? Si rialzò a fatica e piegò le ginocchia per tenersi in piedi e capì che in quel punto non avrebbe vinto la corrente. Si voltò verso l'acqua che scorreva e rimase ferma, gli occhi vuoti a guardare il corso inarrestabile del fiume. Un passo avanti, poi di nuovo un passo indietro, ancora un altro indietro verso il greto ma senza successo. Sentiva la disperazione prenderla con sé, scegliere al suo posto. Il vento avvolgeva e ghiacciava la stoffa umida sulla pelle. Quindi sentì lo scalpiccio alle sue spalle, si girò e vide controluce una sagoma umana dai capelli ricci. "Clementina, la mano," ripeteva la voce di Giulia, che era ormai dentro l'acqua e avanzava con determinazione verso di lei. Poi la scimunita dimostrò proprio di essere una scimunita della Grande Città: quando aveva quasi raggiunto Clementina non si curò più del fondale e fece un passo dove il fiume diventava profondo e cadde scivolando con la testa sott'acqua. Quando riemerse tossì e agitò le braccia. Gli occhi spalancati e consapevoli di aver perso qualsiasi controllo. Clementina riuscì a stringerle un polso prima di venire trascinata nell'acqua alta. La corrente gelida condusse i due corpi per qualche metro, fino a un tratto in cui Clementina puntò i piedi sulle rocce del fondale. Ma sentiva che sarebbe durata poco. Fu in quel momento che apparvero: tre adolescenti con un lungo bastone. I due maschi avevano occhi sottili e capelli rasati. La femmina occhi grandi e capelli a caschetto. Usavano un dialetto che Clementina aveva dimenticato e che evidentemente sopravviveva in campagna. Unendo le mani formarono una catena, l'ultimo di loro reggeva l'estremità del bastone puntato verso il centro del fiume. Clementina rimase sospesa. I ragazzi la esortavano ad afferrare il bastone. Lei sembrava guardare oltre. Trascorsero secondi di vento e silenzio. Quindi, con una calma fastidiosa, decise di afferrarlo. I ragazzi immersero parte dei pantaloni e faticosamente fecero leva con le scarpe sul fondo argilloso; le tirarono fuori. Giulia era immobile, in stato di shock. Clementina sulla riva si massaggiò le braccia come se potesse liberarsi dal freddo. Li ringraziò nel dialetto della sua infanzia e quelli le invitarono ad asciugarsi: le case dei genitori erano a pochi chilometri di distanza. Clementina disse che dovevano tornare a casa loro. Le raccomandarono di stare attenta con la macchina, senza avere il coraggio di chiederle di più. Lei invece si prese il bastone con cui l'avevano tratta fuori, si avvicinò alla ragazza, si pulì la mano fangosa sui pantaloni di velluto e le accarezzò la testa. Aprì la bocca ma non disse nulla. Prese per mano Giulia e se ne andò puntando il bastone in terra a ogni passo.

Andarono fino alla macchina in silenzio. Clementina arrivò alla Golf e infilò con cura il bastone nel portabagagli. Prima di aprire lo sportello di guida chiese a Giulia se poteva farsi una doccia in casa sua perché non voleva farsi vedere in quello stato da Matteo. Aggiunse che comunque non sarebbe stata una buona occasione per entrare in confidenza.

A casa di Giulia si spogliarono rimanendo in biancheria intima, e senza dire nulla si osservarono allo specchio i graffi e i lividi sui corpi. La prima a farsi la doccia fu Clementina, quindi fu la volta di Giulia che nell'acqua calda sciolse un po' i propri nervi e pianse in silenzio. Mentre si asciugava i capelli, Clementina alzò la voce oltre il brusio del phon: "Perché sei venuta al fiume?".

Giulia smise di singhiozzare, disse: "L'avevo vista passeggiare altre volte laggiù," e poi niente più, anche perché non sapeva nemmeno lei quale forza l'avesse fatta entrare nel fiume.

Clementina si era già vestita mentre Giulia si avvolgeva nell'accappatoio. Le disse: "Diamine, è come con lo scooter".

"Cosa?"

"Ti butti senza guardare." E poi, prima di uscire, Clementina accennò un sorriso.

Giulia si sedette sul divano senza accendere la televisione. Si chiese se il sorriso di ambigua complicità di Clementina potesse significare anche "grazie". Dopo un po' si addormentò avvolta nell'accappatoio. Nella sua stanza la pila di fogli raccolti a metà attirava un pulviscolo illuminato dal sole freddo.

Le conseguenze delle mie azioni

1

A seguito della litigata su Leonardo, le frasi che Matteo e Clementina si scambiavano erano pressappoco queste: "Ricordati i biscotti al cioccolato", "Hai svuotato la lavatrice?", "Non torno per cena".

Nonostante l'inverno imperversasse ancora tra di loro, Matteo tentò di accennarle il suo nuovo progetto di vita. Le disse che al lavoro non sembrava succedere niente di bello a livello professionale, insomma con la Crisi Permanente non c'era crescita. Aggiunse che ognuno della sua generazione era convinto che qualcosa sarebbe successo, e intanto il tempo passava e tutto nel Paese rimaneva identico. Concluse, senza però arrivare al punto, con quella che era una delle sue battute preferite:

"È come andare al cinema a vedere *Batman* e dopo un'ora ti accorgi che ancora non hai visto un pipistrello".

"Tu però continui a perdere tempo con i ragazzini, diamine," rispose Clementina, ma con un tono flaccido. Senza incendio negli occhi.

Matteo notava che i suoi stati d'animo erano pigri, quasi arresi. Come se si fosse spezzata la fune di un'ancora e lei si adagiasse alla deriva. Non poteva sapere che stava affrontando una paura antica. Quella nata con la prima frase più o meno compiuta del figlio, decenni prima, quando nel passeggino aveva iniziato a puntare il dito verso l'alto: "Mamma, il mare muro ghiaccio," aveva detto Matteo, ridendo e rivelando un segreto. Il cielo della città del Nord era stato appena lavato dalla pioggia e le nuvole erano piccoli punti di panna. Il mare era un muro di ghiaccio e il cielo che lui indicava era una sorta di doppione? Oppure Matteo intendeva che il Male era un mulo di ghiaccio, un animale osservato su un libro che gli aveva scarnificato la fantasia, un segno ritrovato in quel momento tra le nuvole al quale non poteva che reagire con il sorriso, come i pazzi che hanno visto la divinità? Con quella strana triade *mare(o male?)-muro(o mulo?)-ghiaccio* Clementina aveva temuto la fuga del figlio: l'ingrato era ancora incapace di articolare bene i passi, ma il cervello aveva già iniziato a volare verso cieli nuovi. Non era più solo suo. E se avesse parlato la voce di qualcun altro?

Nella Piccola Città avvenne un'altra aggressione. Stavolta fece un po' più rumore: la vittima era un giornalista del quotidiano locale, un tipo piuttosto pittoresco che distribuiva per la strada le proprie poesie autopubblicate e che andava veramente in giro con la matita dietro l'orecchio. Ritrovarono Pierre Frizzi legato e immerso fino al collo nella sua vasca da bagno ricolma di escrementi. Nemmeno lui aiutò gli investigatori, accennando all'invidia nei confronti delle sue capacità visionarie che, tra l'altro – ne era sicuro –, avrebbero solo guadagnato efficacia dopo quello spiacevole incidente. Un suo collega fu il primo a intravedere un filo comune tra violenze. La forma inquietante che stavano assumendo esulava dal vandalismo degli adolescenti. Sebbene fossero senza rivendicazione, quelle azioni sembravano proseguire sulla traccia del terrorismo *classico* che il Paese aveva conosciuto decenni prima.

Da quel momento i giornali iniziarono a porsi domande, a interpellare criminologi e sociologi, a tentare di capire. E Matteo, così come non aveva nessuna voglia di comprendere l'intorpidimento di Clementina, di sostituirsi alla polizia per l'assassinio della prostituta, men che meno aveva voglia di interrogarsi su quella storia. Dietro di sé lasciava che febbraio congelasse le vecchie macchine, le file più lunghe per i buoni spesa al Comune, le facciate sgangherate di alcune palazzine, le offerte scintillanti del bowling-supermercato, l'aumento degli scippi, si scrollava di dosso i segni della Crisi e attraversava la soglia della villa in cui bisognava togliersi le scarpe prima di entrare. Percepiva con piacere il riscaldamento sotto la pianta dei piedi poggiata sul parquet. Era composta da due piani e arredata in uno stile minimalista nelle tonalità del bianco e del rovere; il freddo della campagna striava di umido le finestre. Quando erano insieme Leonardo si faceva consegnare spesso la cena a casa dal Drago Dorato. Matteo faceva una smorfia che voleva dire "con questa cazzo di villa ti nutri di riso alla cantonese?". Leonardo poi gli aveva confessato che il cibo cinese gli ricordava la moglie Elis, che lo aveva lasciato nelle macerie della solitudine in età avanzata.

"Hai una ragazza, vero? Come va?" diceva Leonardo.

"Bene, non lo so, bene..." rispondeva Matteo.

"Certo che va bene. All'inizio va sempre bene," sorrideva Leonardo.

"Poi finisce tutto?"

"Poi si va avanti." Leonardo teneva saldo il sorriso.

"Però non siete andati avanti. Con mamma."

"Non so perché è andata via. Non so perché non mi ha detto nulla di te. Ma si tratta quasi di un'altra vita. A me interessa il domani."

"Come fa a non interessarti *perché*?"

Dopo una pausa in cui sembrava stesse meditando per i fatti suoi, Leonardo disse: "A te interessa perché fai il lavoro che fai?".

"Lavoro al Comune perché non mi affatica troppo, ho un posto sicuro e relativamente vicino a casa."

"Quindi non lo fai perché hai scoperto di essere bravo a farlo."

"Mi sembra che stai cambiando discorso," disse Matteo.

"No, vedi, il punto è questo. Se andassi a capire perché tua madre se n'è andata, probabilmente non starei bene. E se non sto bene, non ho le forze per fare altro."

“Quindi...”

“Voglio dire: io non sono un bravo scrittore. L’ho capito tardi. Ho dovuto viaggiare per capire che il mio talento è valorizzare il talento degli altri. Ma non so il *perché*, ecco. Non bisogna sempre capire tutto di se stessi.”

“Un bel giro di parole per evitare di raccontare perché non siete andati avanti con mamma.”

Sul divano in alcantara nel salone della villa, Matteo notava che Leonardo era un uomo in grado di affabulare: occupava lo spazio con le braccia che danzavano al ritmo delle parole, il contrario di Costantino che, quando si trattava di conversare, si ritraeva in un guscio di silenzio antico. E Leonardo sparava monologhi tipo: “I ricordi più belli sono simili ai fiori. Hai presente quel momento in cui sei sdraiato sul prato a pancia in giù e il sole accende l’erba e mette in risalto le corolle di petali? Tutto sembra improvvisamente vero e per un attimo non ti importa di morire perché pensi a quelli che sono già morti, sai che sei un sopravvissuto e ogni colore in più che guardi è un regalo. Però i ricordi, anche i più belli, dopo un po’ si afflosciano. Credo che sia io che tua madre ci siamo tirati su, abbiamo visto il prato dall’alto e ci siamo resi conto che i fiori erano solamente fiori”.

Di fronte alla pomposità di certi discorsi, Matteo faceva finta di suonare un piccolo violino mentre Leonardo ancora parlava, tuttavia doveva ammettere che emanava un calore morbido e affascinante. Lo esortava ad accorciare la distanza tra sé e i suoi obiettivi. Dov’era stato Leonardo in tutti questi decenni? E perché Costantino non lo aveva mai spronato alla ricerca, non lo aveva mai aiutato a bucare la bolla di plastica che lo avvolgeva? Le uscite con Leonardo diventavano sempre più frequenti. Matteo rifletteva su chi voleva essere *da grande*, sul motivo per cui aveva accettato quel lavoro tiepido rimediato dalla madre senza curarsi di indagare il mondo intorno a sé.

Una sera Leonardo gli mostrò sul suo schermo da sessanta pollici quello che riteneva il miglior film che avesse scritto. Con una certa solennità chiuse le tende del salone per evitare che le luci del giardino ne guastassero la fotografia. Trascorsa una mezz'ora, Matteo si alzò. Tornò dopo poco e disse: "Hai chiuso a chiave il bagno?".

Leonardo aveva messo in pausa il film e sedeva a braccia incrociate sul divano: "Hai sbagliato porta".

"C'è qualcosa che non va? Scusa, ma io non sono abituato a vivere in una magione e mi ci perdo..." disse Matteo aprendo le braccia.

"Non credo ti piaccia molto il mio film."

"Dovevo andare veramente in bagno."

"Capisco che non ti piaccia. Non era il mio *talento*."

Matteo rimase in piedi, indeciso: "Mia madre ce l'aveva il talento secondo te?".

"Non ci ha creduto fino in fondo."

Matteo si voltò e andò in bagno. Poi tornò e si accorse che Leonardo aveva tirato fuori il dvd: "Devo andare via?".

"Sono un po' stanco."

"Mancano dei momenti comici al tuo film."

"Non è un film comico."

"È involontariamente comico," sorrise Matteo.

"Non esagerare adesso."

"No, ma io lo capisco. È che sei vissuto in un'altra epoca. Ci sono delle situazioni che per me sono scontate, già viste. Nel tuo film c'è una specie di sottopancia scritto su ogni scena: 'Adesso si piange'. Oppure: 'Adesso guardate il paesaggio'. Non so se mi spiego."

"Beh, ragazzo mio. Lo so che sono passati trent'anni nell'industria audiovisiva."

"Non mi inganni mai. È quello che dico sul campo ai miei ragazzini. Cercate il passaggio meno prevedibile, spostate il peso da una parte e muovete la palla in direzione opposta. Il calcio è questo. E anche quando vedo un film vorrei essere sorpreso."

"Non è proprio la giusta similitudine."

"Prendi la scena in cui la moglie ha l'incidente con gli sci. Il marito passa la nottata nella sala d'attesa dell'ospedale. Poi arriva il primario, elenca una serie di terapie che lei dovrà fare.

Cure costose che non sono sovvenzionate. Lui dovrà ristrutturare completamente la casa, renderla agibile per la moglie paralizzata. E a quel punto parte una specie di musica mielosa. Ecco, no! Abbiamo già capito la drammaticità della scena."

"Vero, sì. Diciamo che all'epoca scrivevamo pensando a un pubblico un po' scemotto. Per curiosità, tu che musica avresti messo?"

"Niente musica. Io avrei calcato molto sulle spese che il marito doveva sostenere per la moglie. Poi il primario dà un pizzicotto sulla guancia e strizza l'occhio al marito, stupito per quella confidenza, ed esclama: 'Oh, sto scherzando!'. Piccola pausa, poi sorridendo il primario continua: 'È morta!'."

Leonardo strinse un "ah!" tra le labbra, ma poi non riuscì a trattenere la risata.

2

Un filosofo ha scritto che la morte non fa paura perché, quando arriva lei, noi già non siamo più. Sono quelle frasi che suonano bene ma non sono sudate, solo geometriche. Le frasi di chi non muore ogni giorno, di chi muore una volta sola. Le frasi di chi scrive guardando la luna, ma non ha mai lasciato pezzi di sé in giro. Invece, la favola di Clementina. Dopo la lettura Giulia rimase turbata, sentiva qualcosa che le si incrinava dentro, come se fosse stato quel blocco di fogli a investirla mesi prima. Cosa cercava in quella donna ruvida che le aveva dato della bugiarda, che le aveva chiesto di spiare il fidanzato, che aveva ridicolizzato il suo gruppo di autocoscienza e che con tutta probabilità nascondeva una storia violenta dietro il suo Demone? Mentre si gettava nel fiume, Giulia non aveva pensato minimamente alle conseguenze. E qual era stata la sua ricompensa? Un sorriso lieve, tutto qui. Però preziosissimo. Giulia si aggrappava a quel sorriso durante le giornate di marzo che non asciugavano il freddo di quell'acqua gelata. Ci si aggrappava come una bambina, felice di essere stata il bersaglio di quel sorriso.

D'altro canto, durante quel periodo intuì che la forma dell'amore stava mutando: le chiamate e le uscite con Matteo iniziarono a diradarsi, e nessuno dei due se ne lamentava. Inoltre, lui non parlò più di ciò che provava rispetto alla scoperta di un padre biologico mai visto prima. Solo una volta le raccontò di essere stato nella villa di Leonardo, forse per provocarla. Le descrisse lo sfarzo all'interno: antichi tappeti Bukhara, lacche cinesi, una maglietta del Manchester United firmata da George Best, una medusa in vetro di Murano e una prima edizione di *A Christmas Carol* di Dickens. Matteo aveva negli occhi una luce nuova, cercava qualcosa che lei non possedeva, e non si trattava né di semplice ricchezza, né di un legame di sangue fondamentale. Quando aggiunse che tra gli oggetti nella villa c'era anche un braccialetto di plastica molto simile a quello indossato da Giulia la prima volta che si erano conosciuti, lei non capì se fosse un tentativo di accorciare la distanza tra loro due o di mostrarle il multiforme gusto di Leonardo.

Evitò di parlarne al gruppo di autocoscienza, dove ormai si concentrava sui profili social degli uomini colpevoli di abusi. Cercava di far collimare la presunta data della morte di Blessing con qualche strana esternazione sul loro profilo. O li scagionava nel caso in quel periodo fossero stati lontani. Lotte ricordava diverse facce: nelle sue mani le foto assumevano un altro peso: come una bilancia, inclinava le labbra in un sorriso di scherno o in una smorfia di disgusto. Alle riunioni riportava le dicerie che correvano tra le sue colleghe allo stradone. Finora avevano segnalato alla polizia solamente due profili sospetti tramite una lettera anonima.

Tuttavia, qualsiasi cosa avesse fatto durante la giornata, la mente di Giulia tornava sulla favola. Perché Clementina gliel'aveva consegnata e poi non ne aveva più voluto parlare? Un pomeriggio in cui aveva ascoltato diverse testimonianze e bevuto troppi caffè alla macchinetta, decise di leggerla alla sua amica. Era ora di rientrare, Aurora la fece accomodare nel posto del passeggero e inclinò appena il sedile. Osservava le reti del Centro di Identificazione che graffiavano il cielo.

"Il Demone e le Furie..." cominciò Giulia come se stesse recitando la poesia di Natale. I fogli impolverati parlavano di Cielo e di Terra. Le due divinità vivevano in un mondo in cui era sempre notte, si accoppiavano nel buio e l'oceano ruggiva scorticando gli scogli scuri. Il Cielo riteneva di essere l'unico Dio e costringeva la Terra a rimanere sotto, e non si staccava mai dal suo dominio. I loro figli non erano in grado di uscire dal ventre della Terra e la luce non poteva filtrare tra i due perché Cielo rimaneva immobile. Il mondo era scuro e gli esseri lo popolavano senza morale e senza occhi. Un giorno Crono, uno dei figli di Cielo e Terra, riuscì a liberarsi dall'oppressione del padre e gli tagliò i genitali. Il Cielo si staccò dalla Terra e fu finalmente la luce e uno spazio vivo da abitare. Gli esseri si riconobbero nel giorno e si divisero in uomini e donne, e molte violenze si diffusero. Le gocce di sangue della ferita del pene eretto di Cielo caddero sulla Terra e generarono le Furie: tre vecchie nere che avevano serpenti come capelli, bocche feroci da cane e ali di pipistrello per volare in picchiata sui colpevoli. Vigilavano affinché l'ordine naturale rimanesse intatto: per questo conservavano il ricordo del crimine. Si abbeveravano delle parole di rabbia e faida degli esseri umani e le tramutavano in punizioni atroci per i colpevoli. Avevano sepolto un uomo vivo dentro una tomba di fiamme perché aveva ucciso i genitori, avevano immerso in un fiume di sangue bollente un gruppo di uomini torturatori, avevano abbandonato una donna anziana sulla cima di una montagna innevata dopo che aveva venduto sua figlia a un uomo.

Nel mondo finalmente illuminato, tra le diverse tribù che popolavano la Terra, quella degli Ignavi acquisì un'importanza decisiva: riflessivi, poco muscolosi, percettivi. Inventori di storie e parole, erano uomini che non avevano mai profondamente combattuto per la vita. Erano protetti dalle tribù dei guerrieri e nutriti dalle tribù dei contadini. Erano i sacerdoti del Cielo e vivevano in un villaggio di legno dentro la foresta. Erano i detentori della potenza delle cose invisibili che stava dietro le cose visibili: tracciavano il confine sacro della foresta, amministravano la giustizia, sussurravano la preghiera dell'aridità e del diluvio, inneggiavano ai valori del Cielo e nutrivano il Demone di guardia. Ai lati del tempio del Cielo, scolpito nella quercia nel centro esatto del villaggio, i bambini più giusti della settimana scandivano i precetti di Tolleranza, Amore, Silenzio e Speranza. Sotto il tempio, dentro un'enorme caverna, erano rinchiusi esseri umani senza lingua, nascosti alla vista di tutti e costretti al silenzio dopo che avevano osato sfidare il Cielo.

Gli Ignavi scrivevano la morale degli esseri umani con lo scopo di rendere innocue le Furie generatrici di caos e ribellione. Fino a quando una ragazza Orfana non si sentì più a casa nella propria tribù: non voleva l'uomo con cui avrebbe dovuto accoppiarsi, non voleva coltivare e non voleva sbranare carne cruda. Aveva gli occhi color smeraldo e antracite, grandi e luminosi come quelli di un bisonte. Portava una collana di denti appartenuti ai genitori defunti. Iniziò a scrivere sugli alberi e sulle nuvole nella speranza che i guerrieri e i contadini alzassero il mento dalla terra. Un tentativo senza successo. Quindi, un pomeriggio tempestoso scappò per unirsi alla tribù degli Ignavi. Era talmente emozionata di stare presso i sacerdoti che non riusciva a esprimere tutto ciò che aveva dentro, era in grado solo di ripetere le ultime parole che sentiva pronunciare. Decise di essere il loro specchio e la loro eco. La accolsero ma non la accettarono fino in fondo. Era comunque figlia di una stirpe di guerrieri e contadini attaccati alle cose visibili. Gli Ignavi le chiedevano sempre nuovi sacrifici per dimostrare di meritare quel ruolo. La ragazza accettava perché credeva nei loro insegnamenti: bisognava proseguire in silenzio e amare indistintamente il Cielo senza cercare di comprendere tutto.

Tempo dopo, tuttavia, a seguito dell'ennesimo sacrificio richiesto dagli Ignavi, la ragazza si osservò riflessa in una pozza d'acqua: i suoi capelli erano stati strappati, cicatrici le cingevano il collo, in bocca aveva il tessuto di una vecchia cucitura e sul petto apparivano segni di staffilate. Stretta tra due mondi ostili, tra la vergogna nei confronti del mondo di contadini da cui proveniva e le angherie degli Ignavi di cui voleva far parte, si chiuse in se stessa e per diversi giorni non mangiò e dormì sopra un albero. Decise che quando fosse caduta per l'inedia, sarebbe stata il pasto di qualche bestia affamata. Durante la notte ai piedi dell'albero si alzavano piccole fiamme: i fantasmi di coloro che erano stati torturati come lei o erano addirittura morti per mano degli Ignavi sibilavano lamenti. L'Orfana, quasi priva di forze, si accorse che la collana di denti era caduta in terra. Per scendere sulle sue gambe però doveva recuperare energia, così dai rami afferrò e mangiò i frutti cui aveva resistito fino a quel momento. Riuscì a toccare terra senza farsi troppo male. Prese in mano la collana e sentì la testa caracollante. Sfilò alcuni denti, li lanciò per terra, quindi li dispose in fila e ci camminò sopra. Ci camminò più volte, fino a sanguinare sotto la pianta. Compiva lo stesso rito ogni mese, i denti diventavano sempre più scuri, i suoi piedi sempre più forti. Fu così che iniziò a girovagare da sola per la foresta alla ricerca di mondi sconosciuti.

Un giorno di particolare solitudine l'Orfana inveì contro l'ordine del Cielo e improvvisamente le apparve una bocca sospesa nell'aria, grande come un macigno. Gocciolava sangue dalle zanne. Il Demone le piombò addosso e lei iniziò a correre come non pensava di poter fare – calpestando sassi, animali e fiumi senza sentire dolore –, e riuscì dopo migliaia di chilometri a far perdere le sue tracce. Gli Ignavi le avevano raccontato che nella notte dei tempi il capo di una tribù aveva osato sfidare Cielo, il quale aveva estratto un fulmine e lo aveva scagliato con una forza terrorizzante sul mondo, abbagliandolo: dal cratere prodotto dal fulmine era uscito un Demone enorme. Aveva divorato la lingua e tutte le parole del capotribù. Per placare la sua fame incontenibile, Cielo aveva ordinato che divorasse se stesso; il Demone aveva obbedito fino a quando non era rimasta che la sua faccia sorridente dalle zanne insanguinate. Da allora la bocca girovagava per la foresta e divorava le parole che osavano sfidare o disobbedire al dio. E gli esseri umani furono talmente spaventati dalle sue zanne rosse che iniziarono a inghiottire quelle parole prima che uscissero dalle loro bocche. Adesso l'Orfana sapeva che quella storia era vera. Verificò di essere al sicuro, si addormentò e il suo sonno durò diversi giorni. Al risveglio era assetata e andò verso il lago. Quando infilò le mani a conca nell'acqua, dal centro dello specchio d'acqua si levò in aria, ancora scintillante e furiosa, la bocca del Demone. Si avvicinò con i denti serrati a pochi centimetri da lei, che chinò la testa come aspettando una decapitazione. Fu allora che piombarono come aquile tre donne mai viste, il corpo nero come la notte e la faccia di cane. Le Furie fronteggiarono l'enorme bocca del Demone e la scacciarono con i loro artigli e i loro pungoli. Una di loro, con dita grinzose, passò una fiaccola alla ragazza: doveva bruciare il villaggio di legno e gettarci sopra sangue nero, in quel modo gli Ignavi sarebbero stati annientati per sempre. E con essi il loro amore ambiguo, volto al silenzio e alla sopportazione. L'Orfana rimase per diversi giorni con la fiaccola in mano, mentre i fantasmi dei morti sotto le torture degli Ignavi intonavano un inno alla vendetta. La mano le tremava e la fiamma si gonfiava al respiro feroce dei fantasmi.

Aurora attese che l'amica proseguisse. Quando capì che oltre non c'era niente fece un sospiro. Il tramonto colorava di ruggine le reti del centro.

Giulia aveva rintracciato diverse mitologie religiose: c'era il mostro indù Kirtimukha, un cristianesimo tenebroso, il Candomblé afro-brasiliano e la teogonia greca. E poi, le Furie: il calco delle Erinni greche nella mitologia romana. Divinità primordiali più antiche di Zeus, memori di ogni colpa, che tormentavano i responsabili fino alla vendetta finale.

"Erano personaggi importanti nell'*Orestea* di Eschilo. Il libro sul comodino di Clementina, te ne avevo parlato, ricordi?"

"È un bel delirio," disse Aurora.

"A me sembra evidente," disse Giulia.

"A me sembrano più evidenti le storie degli stupri in Libia che abbiamo ascoltato prima."

“Ci sono violenze di seconda categoria?” Giulia sbatté con forza i fogli sul cruscotto.

“La madre del tuo ragazzo è adulta. È in grado di scrivere nella nostra lingua. Quando avrà bisogno chiederà aiuto.”

“Si è appena buttata in un fiume!”

“Non sto dicendo che sta bene. Solo che questa favola rischia di essere un altro boschetto dove ti perdi a osservare.” Aurora sollevò il sedile, quindi afferrò i fogli e li piazzò nel grembo di Giulia.

“Non stiamo parlando di me. E sei tu che *vivisezioni*, adesso.”

“Stiamo parlando della madre del tuo ragazzo. È mooolto personale.” Aurora inserì le chiavi nel quadro.

Giulia corrugò la fronte: “Dove devi andare?”.

“Devo vedere una persona.”

“Aaah,” esclamò allusiva Giulia. “Quand’è così...” e scese dalla macchina con la favola stretta in mano, “ecco perché non hai voluto il mio passaggio.”

Aurora avviò il motore e disse: “Continuiamo un’altra volta,” strizzò l’occhio e poi puntò lo sguardo sulla strada, in attesa che l’amica chiudesse lo sportello.

3

Come ho compreso da questi eventi, a faccia scoperta non è possibile raccontare un segreto vergognoso senza crollare. Quando decisi di scrivere ciò che ho vissuto, una delle prime immagini che buttai giù, e poi cancellai, riguardava proprio il segreto. L’ho recuperata perché, sebbene un po’ leziosa, credo renda l’idea: “Il segreto è una lastra di vetro che impedisce il passaggio sotto l’arco di pietra di un paese abbandonato. A un primo sguardo non si deve notare niente, ma se provi ad attraversarlo sbatti il naso. Dopo l’arco si sviluppa un vicolo acciottolato stretto tra case pericolanti. Qualcosa che viene bene nelle foto ma che nessuno percorrerà. Bisogna pulire il vetro ogni mattina. Bisogna essere professionali se si vuole mantenere il segreto. Il primo sguardo è quello che conta. Il paese abbandonato sono io, e siete voi". Mi sento di aggiungere che il vetro è un materiale che lascia passare solo gli occhi. Che c'è sempre qualcosa di magico e storto al di là di un vetro. È diverso dal legno, dal ferro, dalla plastica. Quando un segreto si rompe ci sono schegge che volano via dappertutto e tagliano chi meno se lo aspetta.

La primavera piombò sulla Piccola e sulla Grande Città con frustate rabbiose; improvvise raffiche di sole si ritiravano di fronte al ventre scuro di nuvole trascinate da venti psicotici. Tutto sembrava in procinto di rompersi. I mesi altalenanti di marzo e aprile trovarono sguarniti persino i proverbi infinitamente adattabili di Nello e di tutti gli anziani, anche loro arresi alle esplosioni temporalesche della sera. Matteo assorbiva i tuoni come segni del cambiamento che stava finalmente arrivando e che l'avrebbe portato lontano da un Paese incapace di uscire dalla pozzanghera della Crisi Permanente. Leonardo odorava la pressione dell'aria, mutevole come quella di Londra, e si preparava a vivere di nuovo. L'elettricità e i colpi di cannone che rombavano al di là delle nuvole, simili a una guerra alle porte, aumentarono la frequenza delle emicranie di Giulia e aprirono squarci nei pensieri di Clementina che avrebbero accolto la scimunita sotto un'altra luce – l'aveva vista buttarsi per lei, non poteva negarlo.

Le aggressioni divennero oggetto di discussione. I giornalisti della cronaca locale continuavano a sostenere la tesi di una banda di adolescenti arrabbiati. Qualcuno di loro aggiungeva l'aggettivo "immigrati". Invece il primo editoriale della stampa nazionale ammoniva le istituzioni affinché non sottovalutassero l'ipotesi terroristica. Nel frattempo la polizia non rilasciava dichiarazioni. Gli esperti parlavano di crisi sistemica del capitalismo, dell'austerità che frenava il possibile disastro dell'inflazione ma che, senza investimenti, impediva la ripartenza, di un debito pubblico enorme che il Paese aveva accumulato in tempi di vacche grasse, di mancate riforme in ambito fiscale e contro la corruzione che impedivano di aumentare il gettito di soldi nelle casse dello Stato, di una mancanza di strategia industriale che aveva svenduto a corporation estere pezzi pregiati delle nostre imprese, della partecipazione al mercato mondiale di nuovi attori come India, Brasile e Cina in grado di abbassare drasticamente il costo della forza lavoro. Insomma snocciolavano tanti possibili fattori, erano volentieri in disaccordo tra loro, ma in fondo nessuno sapeva che cos'era a determinare le aggressioni. I politici si annoiavano terribilmente ad ascoltare questi interventi – come dar loro torto? Mi assopisco io stesso mentre scrivo tutto ciò – e capivano che avrebbero dovuto studiare l'economia, la sociologia, la storia, per confutarli e proporre analisi accurate, quindi temporeggiavano in attesa di ulteriori sviluppi su cui poter speculare a favore. Infine, sui social media si iniziavano a intravedere le derive complottiste che hanno portato al nostro presente mediatico: strampalate teorie simili a tante palle da biliardo dai colori accesi e attraenti, impenetrabili come avorio, che assumevano traiettorie impredicibili, capaci di muoversi rapidamente, scomparire in un buco e ricomparire in un'altra posizione. In ogni modo, nemmeno da quel delirio organizzato venne un'intuizione in grado di seguire la scia di aggressioni che si allungava sulla Piccola e sulla Grande Città. D'altronde, gli autori delle violenze non avevano rilasciato ancora una qualche rivendicazione che ne rivelasse il fine. Le Furie esistevano ma aspettavano ancora qualcuno che le definisse. Si muovevano come forze antiche, dimenticate da una società che aveva creduto di averle domate una volta per tutte. Per questo erano ancora invisibili, pronte a scavare con morsi profondi nelle colpe degli uomini.

4

Il cielo di aprile era stato lucidato dal temporale della notte. Quella domenica mattina Giulia andò a vedere una partita della squadra allenata da Matteo, felice per la promessa di allegria che sprigiona da ventidue ragazzini appresso a una palla. Le squadre fecero il loro ingresso in campo in due file indiane fra un pubblico plaudente e strombazzante (c'erano almeno due signore munite di trombetta). Dopo un po' Giulia iniziò a sentire incoraggiamenti e insulti: i primi erano rivolti ai piccoli atleti, i secondi allo scarafaggio nero col fischietto e alla madre scarafaggia, particolare che scatenò in lei la voglia di salire i gradoni per discutere del facile sessismo di quelle parole. Quindi, dopo circa venti minuti, distolse istintivamente lo sguardo quando un giocatore, per proteggersi durante un colpo di testa, diede una gomitata a un avversario che cercava di anticiparlo in aria: gioco fermo, naso sanguinante e palla abbandonata dagli occhi di tutti.

Mentre i genitori intorno a lei cominciavano a battibeccare sulla volontarietà del gesto, Giulia pensò ancora a Clementina. In quel periodo aveva provato a mandarle un messaggio, ma non aveva ottenuto risposta. Pensò che quella donna la colpiva metodicamente, come un picchiatore professionista, e colpendola le mostrava non tanto la sua (di Giulia) debolezza, ma che la vita era quella roba là: per capirla fino in fondo dovevi passare attraverso un fiume di pietre aguzze da cui, quando andava bene, ti rialzavi piena di lividi dopo aver bevuto acqua melmosa. Il ragazzino che era rotolato a terra con le mani in faccia si lasciava finalmente medicare da un tizio arrivato di corsa dalla panchina, con l'aria truce da recupero-crediti, che maneggiava l'ovatta come una cazzuola. I genitori delle rispettive squadre formavano due gruppi folti e distinti. Tra primo e secondo tempo si scambiarono dritte e opinioni sulla pericolosità della ghiaia di un campetto nella zona ovest della Grande Città, sul fatto che gli arbitri a questi livelli non erano in grado di individuare il fuorigioco e su quelle domeniche che li costringevano alle alzatacce quando le partite cominciavano alle nove. A fine partita un genitore, Gabriele si chiamava, provò a raggiungere un genitore avversario per picchiarlo ma lo bloccarono e lui, faccia in avanti paonazza come un brufolo che sta per esplodere, continuò a minacciare l'altro colpevole di aver pronunciato un commento disdicevole su suo figlio (quello che aveva dato la gomitata, per quanto capiva Giulia).

Quando la buffonata si concluse senza danni, Gabriele si sedette qualche gradone sopra di lei con un altro genitore e gli raccontò che per colpa della nigeriana c'erano stati un sacco di controlli di polizia sullo stradone. Era assurdo sprecare risorse per delle puttane, e poi, gli operai non morivano sul lavoro? Tutti e due concordarono sulla necessità delle puttane nella vita, e poi andarono a prendere i figli che uscivano con borse giganti a tracolla e i capelli accesi di pulito. Giulia in quel momento percepì tutta l'ampiezza del fossato culturale (o meglio: valoriale?) che divideva lei e Matteo. Infatti lui, dopo averla ascoltata, minimizzò l'episodio: forse Gabriele faceva il gradasso, e comunque non aveva mai fatto del male a nessuno.

Giulia recuperò il cognome del tizio e andò a controllare sulla lista dei condannati di Joy. Lo trovò: molti anni prima aveva molestato una ragazza in discoteca, l'aveva seguita fino a casa dove fortunatamente la giovane era riuscita a rifugiarsi. Purtroppo qualche giorno dopo si era ripresentato e l'aveva aggredita, l'aveva ferita anche se la ragazza era riuscita a divincolarsi, a riconoscerlo e a denunciarlo, cosa che gli era costata solo tre mesi di domiciliari e una sospensione condizionale della restante pena. Giulia non lo raccontò a Matteo, ma stampò la sua foto e chiamò Aurora che la invitò nella rimessa dietro casa dove stava aiutando il fratello.

Aurora viveva in un quartiere popolare della Grande Città. Le case scalcinate della sua via erano state tirate su alla bell'e meglio, avevano sostituito le vecchie baracche con veloci murature totalmente abusive. Tutta la sua famiglia allargata – nonni, zie, cognati, generi e ramificazioni varie – abitava nella via, rendendola di fatto un territorio quasi privato. Aurora viveva in un seminterrato di cui ovviamente non pagava l'affitto. Ciò le permetteva di stare vicino alla madre, che dopo la morte del marito aveva iniziato a vestirsi con vestagliette scolorite da anziana nonostante avesse poco più di cinquant'anni, a sbevazzare e a litigare con il parentame. Adesso era Vinz, il figlio, che provvedeva economicamente a lei e ci viveva ancora insieme, mentre Aurora la aiutava con le visite mediche, le bollette e la spesa.

Giulia raggiunse la via, attraversò un giardino di sterpaglie ed entrò in una costruzione piuttosto rudimentale. Una sorta di garage-officina alle cui pareti erano appesi martelli, brugole, chiavi, avvitatori, pappagalli, cassetti di viti divise per dimensioni e strumenti meccanici dei quali Giulia ignorava l'esistenza. Vinz, un tipo moro e monosillabico, fece un cenno di saluto a Giulia e si rituffò a scartavetrare lo sportello di una Renault 4. Aurora la salutò ancheggiando e colpendola al fianco, una mano sporca di grasso e l'altra sul trapano. Giulia invidiava la leggiadria con cui indossava la vecchia tuta di educazione fisica ormai bucherellata e l'assoluto agio con cui maneggiava gli attrezzi, eppure era infastidita dallo sguardo indifferente della sua amica mentre le raccontava di Gabriele.

"Perché mi hai fatto venire qua?" chiese Giulia.

"Così non devi aspettare la riunione del gruppo per verificare la foto." Aurora accennò con il mento verso un angolo della rimessa.

Da dietro di uno scaffale sbucò Lotte. Le andò incontro con due barattoli in mano e la salutò.

Giulia le mostrò la foto.

"Le avevo detto di venire qua per la vernice della bici. Senza bisogno di spendere soldi," disse Aurora anticipando la domanda dell'amica.

Lotte disse che il tizio era un cliente abituale: non uno dai comportamenti violenti, solamente un depresso che si lamentava della vita e che veniva quasi subito. E aggiunse un particolare: gli piaceva praticare l'asfissia erotica. Agli occhi perplessi di Giulia, Lotte precisò che era un modo per aumentare il piacere dell'orgasmo tramite soffocamento, si poteva fare con una busta di plastica – cosa che lei aveva sempre rifiutato – o con dei lacci. Ovviamente la prestazione costava di più.

"Mi ha fatto proprio una brutta impressione," disse Giulia.

"Vuoi segnalarlo alla polizia?" sorrise Lotte, poi svitò un barattolo e ci intinse un piccolo pennello.

"Perché ridi?"

"Per loro una puttana conta meno di un cane con collare," disse mentre provava il blu della vernice su una lamina di metallo. Non si capiva se la smorfia fosse rivolta al risultato della pennellata o alla polizia.

"Questa sfiducia mi ricorda qualcosa," Giulia si voltò e lanciò uno sguardo verso Aurora, "no?"

Aurora indicò Lotte con il trapano: "Giusto. Lei è solo una mia esaltazione *identitaria e pre-politica*. Mica riesce a ragionare da sola...", per sbaglio premette il pulsante avvitatore e fece un saltello indietro per lo spavento.

Vinz grugnì: "Stai attenta, che ci facciamo male!".

Lotte sventolò la foto: "Io ho paura che questo mi ammazza. Tu, invece, perché lo fai?".

"*Giustizia...?*" disse Giulia con tono acidulo, dubbioso ed enfatico allo stesso tempo.

"Non so come si chiama. Ma la mia amica Blessing non troverebbe giusta questa cosa."

"Conoscevi Blessing?" chiese Giulia colpita da un'immotivata sorpresa.

"Perché, pensavi che passo il mio tempo libero a riconoscere foto perché mi state simpatiche?"

Trascorsero secondi occupati da clangori e sbuffi di Vinz. Lotte decise che il colore andava bene e iniziò a dipingere il telaio della sua bici. Giulia attendeva una parola da Aurora, ma non arrivò: aveva gli occhi stupidi e solerti di un castoro dedito a rosicchiare un albero. Svitò qualcosa che doveva invece avvitare e Vinz sbraitò nuovamente. Aurora, esasperata, lanciò una piccola brugola e colpì il fratello sulla testa: ne scaturì una lite terribile – "Sei una stronza inutile!", "Orso asociale!", "E stai attenta, scimmia!", "Ma mangiati un favo di miele e fai silenzio!" – che finì nel giro di due minuti quando entrambi si rimisero, apparentemente calmi, alle loro postazioni urlando qualche insulto di rinforzo solo mentre chiedevano un favore – "Passami lo straccio, Vinz merda secca!" – e Lotte proseguiva a tingere di blu.

Giulia non sapeva spiegarlo bene, ma in quella rimessa si sentì estranea al mondo. Aurora le sembrava lontana. Matteo, lontanissimo. Clementina non voleva parlare con lei. Lotte non si fidava.

Vinz intimò alle due amiche di allontanarsi mentre stringeva in mano un flacone spray. Quindi spruzzò contro la carrozzeria della macchina un prodotto dall'odore maligno. La vernice azzurra iniziò a incresparsi e a friggere, e sotto le bollicine apparve il metallo biancastro. Aurora urlò al fratello che era un idiota perché doveva indossare la mascherina vicino alle esalazioni di quella schifezza chimica.

Questo è quanto accadde quel giorno. Perlomeno così è scritto nel verbale dell'interrogatorio di Giulia. Dalla trascrizione dello stenografo del tribunale si evince una confusione di parole da parte dell'imputata, che fa una digressione dai fatti e afferma che fu in quella primavera che percepì che diverse cose si stavano sfaldando e si rivelavano come metallo corroso. Il sorriso tenue di Clementina le appariva come l'unica cosa intatta.

5

Matteo entrò nello spogliatoio della sua squadra dopo una partita giocata in notturna. Il vapore delle docce troppo calde aveva creato un bianco lucente che non faceva vedere nulla. Solo quando qualcuno apriva la porta e il vapore si scambiava con il freddo dell'aria serale i corpi dei bambini tornavano distinti per poi esserne subito riavvolti. La nuvoletta aveva impedito a Matteo di distinguere i suoi piccoli giocatori. Parlò a delle confuse sagome rosa pallido che avevano appena smesso di lanciare cori. Così era più facile annunciare che nel giro di poco tempo non li avrebbe più allenati. Per problemi personali. Ma che stai dicendo? Ma perché, Mister? E noi come facciamo? Vai da una squadra più forte, vero Mister?

Nel frattempo Matteo aveva rinunciato a comprendere Giulia, che adesso gli aveva raccontato scandalizzata anche le *effrazioni* linguistiche dei genitori sugli spalti. Giorno dopo giorno, nella sua mente, Clementina, Costantino, i suoi amici e ormai anche Giulia diventavano diafani, come avvolti dal vapore di quella doccia notturna. E così, anche con loro, lui avrebbe chiuso la porta metallica dello spogliatoio senza voltarsi, il vento freddo in faccia, nessun ricordo da trattenere nell'ultimo sguardo. Tuttavia c'era qualcosa di Giulia che lo pungeva. Le loro risignificazioni di strade e piazze a volte comprendevano anche la coppia, soprattutto quando volevano alludere a un difetto dell'altro senza che generasse discussioni infinite. E sì, ovviamente aveva iniziato lui con questo metodo. Però lei lo aveva applicato con vivida esattezza: lo chiamava ragazzo-frigorifero. Lo aveva disegnato con un piccolo elettrodomestico a tracolla, che usava per raffreddare ciò con cui veniva a contatto. E, se doveva essere sincero, Matteo percepiva di non essere mai in sintonia con le emozioni intorno a sé: sia che si trattasse di centinaia di morti causati da un terribile tsunami dall'altra parte del mondo, sia del pianto di un neonato in metropolitana verso cui tutti atteggiavano volti condiscendenti, sia di una prima forma dell'amore con i suoi "mai" e "sempre", Matteo si sentiva assente. Timbrava e se ne andava come certi vecchi impiegati che vedeva al Comune. Come se il suo cervello non intendesse affaticarsi a causa delle emozioni. C'entravano la bolla di plastica di Clementina e le sue prepotenze manipolatrici? O forse Costantino con la sua fuga-dal-conflitto?

In ogni modo, nel tardo pomeriggio, quando le prime secchiate d'acqua scendevano dal cielo ed era ormai rientrato dal lavoro, prendeva il vecchio vocabolario dalla mensola. Affrontava i test che gli aveva fornito Leonardo con un misto di orgoglio e stupore: non credeva nemmeno potesse esistere un lavoro del genere. La sua generazione forse no, ma Matteo avrebbe finalmente visto i pipistrelli di Batman.

6

I tamburi lontani e l'elettricità che annunciavano i rovesci improvvisi della sera erano cessati e sembrava che le cose in procinto di rompersi non si sarebbero più rotte, invece. Mentre Matteo apparecchiava la tavola e Clementina aggiungeva olio a crudo su una zuppa, Costantino venne dal salotto e mostrò loro un articolo in cronaca: avevano immobilizzato un uomo all'interno della sua abitazione. Lo avevano addormentato con una zaffata di ciclopropano. Gli attentatori avevano utilizzato due contenitori isotermici che poi avevano abbandonato in casa – per la fretta, ipotizzava la polizia. Li avevano usati per trasportare il ghiaccio. Il dottor Adolfo Cruciani era stato ritrovato dalla moglie legato sul pavimento del salotto, imbavagliato e quasi del tutto sommerso da migliaia di cubetti.

Clementina si rivolse a Costantino: "Ti ricordi i tempi della nostra gioventù, l'epoca del Mafioso? Omicidi, gambizzazioni e bombe stragiste... il Paese era sulll'orlo di una guerra civile".

Costantino assentì silenziosamente.

"Peccato che c'è scritto che si tratta di qualcosa di profondamente diverso. Che c'hai gli occhi foderati di stracci?" sorrise Matteo.

Clementina lo ignorò: "Finalmente qualcuno paga. Non è più tempo di sorrisini, diamine! Non è più il tempo degli scimuniti come Giulia che amano i poveri impotenti, che ci spingono a fare la carità per sentirci migliori".

"Ma che c'entra..." disse Costantino.

"Ma poi, paga per cosa?" Matteo sbuffò e si alzò per uscire.

"Esci con la scimunita?" disse Clementina.

"Certo, non ti preoccupare che te la saluto *calorosamente*."

Clementina lo osservò uscire e sentì rintoccare la paura dentro di sé.

Dal giorno dell'incidente questa sensazione aveva iniziato a fare colazione con lei, accompagnarla dal parrucchiere, passarle la spugna sulla schiena nel bagno caldo e rimboccarle le coperte. E adesso stava succedendo: Matteo parlava la voce di Leonardo. Probabilmente l'aveva sempre avuta dentro di sé, serviva solo il loro incontro perché la tirasse fuori, come una nuova, rovinosa pubertà. Il loro rapporto era diventato stretto, Matteo trascorreva le serate nella stupida villa alle porte della Piccola Città. Li aveva visti ridere, li aveva visti soddisfatti. Clementina temeva che Matteo non sarebbe mai più tornato a essere *suo* figlio, o peggio che sarebbe diventato esattamente come Leonardo, la bocca grossa, l'impunità, il privilegio studiato del silenzio altrui. Per questo decise di invertire il senso di marcia e di tornare sul luogo dell'impatto.

Un'ora dopo Matteo consegnò il suo test su cui aveva lavorato ogni giorno, perfino nei ritagli di tempo al lavoro. La Jeep si avviò. Seduto nei suoi comodissimi sedili, si sentiva molto più alto del resto del traffico. Leonardo parcheggiò in un vicolo del centro storico. Si avviarono a piedi alla prima de *Il maestro e Margherita* nel teatro della Grande Città. Nel primo atto della pièce, Berlioz non aveva compreso quanto fossero profetiche le parole di Woland fino a quando un tram non gli era passato sopra segandogli la testa. Nell'intervallo dello spettacolo, mentre sorseggiavano uno Chardonnay nel foyer del teatro, Leonardo mostrava a Matteo gli altri spettatori, visibilmente felice di stare al caldo vicino a quella comunità protetta alla quale, come raccontava, non si univa da ormai tre anni. Mentre tornavano alla macchina Leonardo gli chiese perché sfoderava un sorriso nervoso quando parlava di sé. Matteo rispose che era per buona educazione, mai ostentare, né essere arroganti. Leonardo disse che bisognava rischiare, anche sfidando il ridicolo. Lui lo aveva imparato producendo film in cui nessuno credeva e che invece si erano rivelati un successo.

Si accorsero solo all'ultimo che, seduta sul cofano della Jeep, Clementina li aspettava a braccia conserte e dondolava le gambe senza toccare terra come una bambina insicura. Leonardo si bloccò con il braccio a mezz'aria come se lo scintillio delle frecce, segnale dell'antifurto disinserito, lo avesse paralizzato con il telecomando in mano.

"Diamine, siete contenti, vedo. Era bello lo spettacolo," disse Clementina con una nota troppo acuta.

"Mamma... che fai qui?"

"Perché sei tornato?" Clementina si era rivolta a Leonardo.

"Se vuoi ci sediamo con calma e ne parliamo, uno di questi giorni," rispose Leonardo, con una gentilezza scattosa.

Clementina fece un piccolo balzo e atterrò sull'asfalto: "Devi lasciare in pace mio figlio".

"Nessuno mi sta costringendo. Però se qualcuno mi raccontasse la verità..." disse Matteo.

"Non vale inventarsi padre dopo quasi trent'anni." Clementina continuava a rivolgersi a Leonardo.

"Non vale nemmeno scappare senza comunicare nulla," rispose Leonardo.

"Non volevo un figlio da te. Non lo voglio adesso."

"Sei scappata."

"Devi lasciare in pace mio figlio," ripeté Clementina.

"Non ho scelto io la tua vita. Cosa vuoi fare? Trent'anni fa è successo quello che è successo. E non doveva succedere, va bene? Però è successo. E tu non sei quello che è successo trent'anni fa, non devi esserlo. Non sono stato io a farti abbandonare la scrittura. E anche tu hai partecipato a quello che è successo. Per convenienza? Non lo so. Ma sei viva. Sei consapevole del mondo. Hai un figlio—"

"È *mio* figlio. Hai capito?" Le labbra di Clementina iniziarono a tremare quasi convulsamente.

"Mamma, sì, sono tuo figlio. Ma perché sei scappata?"

"Zitto, tu. Qui non devi entrare," intimò Clementina. Poi si rivolse a Leonardo: "Lui non deve entrare".

"Io voglio solo un rapporto—" provò Leonardo.

"Tu vuoi andare a casa. Adesso vuoi andare a casa. Adesso tu *vai* a casa."

Leonardo strinse le labbra, forse ingoiò qualche parola. "Spostati," disse a Clementina, e aprì lo sportello della Jeep. Lentamente accese il motore e lentamente la macchina si mosse. I fanali posteriori di posizione lasciarono quasi una scia viola nella notte. L'aria adesso era cruda. Solo in quel momento Matteo notò che il lampione sopra di loro era rotto e la luce proveniva dalla vetrina di un negozio di scarpe. Clementina si avvicinò alla vetrina, per un po' si perse nella valutazione di un paio di *beatles* neri.

"Apre tra otto ore, eh," suggerì Matteo con una voce sporca di fastidio. Poi, dopo aver constatato che la madre rimaneva immobile, aggiunse: "Io non so cosa voglio fare. Non ci ho mai pensato veramente. Non so se mi piace fare il lavoro che faccio. Non so se voglio fare i soldi. Non so se voglio ancora allenare i ragazzini". Prese un respiro nel buio e notò che la madre era ancora immobile, la sagoma delle spalle perfettamente delineata dalla luce blu della vetrina. "Forse perché non so da dove vengo?"

"Poverino."

"Però sono *circondato* dall'affetto." Matteo piegò la voce in una forma nasale spudoratamente ironica.

"Se continui a vedere quell'uomo, io non sono più tua madre."

"Circondato dalla comprensione, anche."

"Beh, sono contenta che sei felice con la scimunita," disse Clementina con un sospiro.

Matteo applaudì in maniera isterica: "Mamma! Ma questa è una battutona! E non hai usato nemmeno una parola degli anni quaranta".

Clementina tornò a guardare la vetrina, da dietro Matteo la vide portarsi una mano alla bocca, sembrava una cliente indecisa che stesse valutando più attentamente i prezzi esposti. A Matteo parve di sentire un piccolo rumore, si voltò, ma la strada in quel momento era vuota, gli ultimi spettatori erano sciamati via e l'unica forma di vita erano i gatti che sgusciavano misteriosamente accanto ai muri, le ombre immobili proiettate dai lampioni lontani e una piccola macchina che procedeva nel vicolo con la marmitta troppo rumorosa.

"Uuoi onoscere una gosa che on onosci de passato?" disse improvvisamente Clementina con una voce strascicata, quasi bambina.

Matteo alzò gli occhi al cielo. Cos'era successo? Perché faceva quella voce handicappata? Gli venne un ghigno che non era rivolto a sé quanto a un improbabile dio osservatore e dispettoso che lo stava mettendo alla prova. Clementina si voltò. Matteo faticò non poco a mettere a fuoco che nella mano destra stringeva una dentiera. Quindi vide una faccia mostruosa, sformata dalla rabbia che le dilatava gli occhi, un buco nero nella bocca aperta forzatamente e confinata a malapena dalle gengive scure e umide. "Uarda, uarda," ripeteva Clementina con una faccia che Matteo associò – per sempre – alla paura. La paura feroce che il mondo, anche quello più vicino, fosse solo orrore. La luce livida della vetrina le tagliava la faccia e non nascondeva nulla. Matteo riuscì a malapena a farfugliare. Clementina si rimise la dentiera: "Vuoi sapere perché mi sono caduti i denti dopo che sei nato? Lo vuoi sapere? Sei sicuro?", e si tolse ancora la protesi dalla bocca rivelando una vecchia fiera del suo mento e del suo naso troppo vicini.

"Mamma, tu ti devi far vedere da qualcuno," disse Matteo con una voce disossata.

"Accommagnami a cascia," disse Clementina, e gli schiaffò le chiavi della Golf in mano.

Attraversarono i vicoli del centro storico in silenzio. Matteo non osava voltarsi per capire se Clementina si era rimessa la dentiera. Le palpitazioni del suo cuore indicavano che era debole e ingiusto e colpevole, ma anche furioso. Annaspava dentro la bolla di plastica che si accartocciava attaccandosi alla pelle come un vestito bagnato e freddo.

7

Leonardo andò a Londra per preparare il terreno. Riuscì a trovare il tempo per passare sotto la sua vecchia casa di Soho. Si fermò a domandarsi "perché proprio a Gerard". Si fermò a ricordare l'attesa in ospedale e il primario orribilmente gentile e la notizia conclusiva. Con un po' di timore imboccò la *pedestrian zone* e, dopo qualche passo, andò a sedersi sulle poltroncine in stoffa arancione del ristorante cinese. Ordinò ravioli e una birra. I posti liberi intorno al suo tavolo sembravano pulsare. Come se i due assenti si nascondessero nell'aria senza riuscire a stare fermi. Elis probabilmente viveva a Niterói, la cittadina vicino a Rio nella quale aveva detto che sarebbe tornata. E se Gerard fosse stato ancora vivo? Avrebbe fatto pratica in qualche tribunale? Sarebbe vissuto a Camden con i suoi compagni o avrebbe condiviso un appartamento con una ragazza? Giocherebbe ancora a golf e a cricket nei fine settimana?

Leonardo era sicuro che avrebbe mantenuto il mento protervo da sapientino. Gli occhi chiari con cui inchiodava i genitori, accusati di praticare nepotismo artistico all'interno del sistema culturale londinese. Di non rispettare mai l'orario dell'appuntamento settimanale al ristorante. Di aver assunto droghe in gioventù e di vantarsene in pubblico come se fossero stati al di sopra della società. Di abusare di frasi fatte quali "la mia generazione ribelle". Di frequentare solo l'high society e sbandierare pensieri confuso-solidali tipici degli artisti più infantili. Di mentire, soprattutto. Nella vita e nel lavoro. E non era il classico artistico: mentire per dire la verità. Era mentire perché la verità è ininfluente ma comunque si vuole essere provocatori e *cool*. Accusati di essere in fondo dei simpatici parassiti della società. D'altro canto Elis e Leonardo, in confidenza, si chiedevano da dove fosse uscito fuori quel palo della luce di loro figlio. A volte immaginavano un film sperimentale intitolato *Gerard à notre avis* il cui protagonista era effettivamente un palo della luce. Leonardo faceva finta di tenere una telecamera in mano e girava intorno a Elis che si muoveva rigida con un paralume in testa e si avvicinava agli oggetti sentenziando: "Eh no, cara penna, non puoi rimanere senza tappo consentendo un irregolare inaridimento dell'inchiostro. Non credo, cara tazza sporca della colazione, che tu possa permetterti una vacanza sul tavolo senza passare al vaglio dell'acqua di lavandino prima che cali il sole. Simpatica tavoletta del cesso, il tuo atteggiamento alzato è veramente irriguardoso nei confronti della società civile". Ora, mentre stringeva il boccale di birra in mano, sorrise immaginando che Gerard sarebbe diventato un magistrato terribile. Ma giusto. Era affascinato dalle nuove prospettive della giustizia riparativa. Affermava che il problema dei tribunali era focalizzarsi troppo sulla pena per i colpevoli e poco sulla cura delle vittime. La giustizia classica – cosiddetta retributiva – guardava al passato, sanzionava il criminale in base alle azioni commesse nel passato. La giustizia riparativa guardava avanti, si preoccupava della dignità della vittima, di come sarebbe stata nel futuro. Era una mediazione complicata tra vittima e carnefice, incentrata sul *riparare* la persona e non solo la società. Anche lì non era questione di bontà, ma di verità. Era falso che il modello penale vigente riuscisse nell'intento: i criminali erano spesso recidivi e le vittime covavano quasi sempre risentimento. Bisognava trovare qualcosa di più efficace e onesto. Gerard affermava che gli esseri umani dovevano tendere il più possibile alla verità nell'ambito che li riguardava. Ora, il posto vuoto di Gerard accanto a Leonardo era occupato di nuovo dal corpo del figlio. Leonardo lo accarezzò sulla guancia fendendo l'aria. Sussurrò che per lui non era facile, ma non avrebbe mai dimenticato quello in cui credeva Gerard.

Uscì dal ristorante e si concesse una passeggiata senza meta. Tutto sembrava tornare a posto.

Cosa sarebbe successo qualora si fosse trasferito nuovamente là?

Nei giorni successivi, mentre girovagava per Covent Garden rivelò ai suoi colleghi mondani di un tempo che aveva un figlio. "Non Gerard," aggiungeva quando quelli, titubanti e spaventati, muovevano la testa su e giù. Erano anni che non frequentava più il London Film Festival e, per la prima volta dopo tanto tempo, si sentì leggero. Un regista francese di noir gli disse che sembrava pronto per ricominciare a produrre. Leonardo si schermì, il cinema stava benissimo senza di lui, era venuto per godere di nuovo della vitalità di una città competitiva, aperta e multietnica. Il regista gli parlò brevemente del nuovo corso super-eroistico del cinema, dell'importanza delle piattaforme online, e si dilungò su di sé raccontando, con una punta di indignazione tutta parigina, che una ragazza che frequentava da un annetto si era dileguata, scomparsa da Montmartre e dai social media.

A Leonardo quella fuga ricordò Clementina, scappata al Nord con suo figlio senza dirgli nulla. Nella primavera ancora fredda e ferrigna di Londra credeva di inquadrarla meglio, forse perché lì non batteva il sole mangiaconfini del Paese: era una ragazza che desiderava le convenzioni trite di chi proviene dalla provincia e non riesce a emanciparsi. Nonostante le letture, l'università, il giro letterario nel quale l'aveva introdotta, Clementina sarebbe rimasta sempre la ragazza del paesello. Perché non gli aveva detto nulla di Matteo? Forse perché voleva mettere alla prova il suo *amore*? Probabilmente gli avrebbe risposto ancora così, con concetti come l'*amore*, la *libertà*, il *sempre* che gli esseri umani inventarono quando avevano ancora una mente troppo pigra per la verità. E adesso gli sembrava allarmante. Non riusciva a rimuovere l'immagine del loro ultimo incontro, quando lei li aveva aspettati seduta sul cofano della Jeep con le gambe penzolanti. Matteo credeva che la madre avrebbe commesso qualche gesto folle se avesse sospettato che loro due continuavano a vedersi alle sue spalle. Leonardo lo aveva tranquillizzato: certo, la scena della dentiera era inquietante, ma nulla di più. Lui ingigantiva la follia materna perché la osservava ancora con occhi infantili. Clementina non avrebbe fatto nulla di pericoloso per sé, né per gli altri. In ogni caso avrebbero smesso di vedersi assiduamente, almeno per un po', se questo fosse servito alla tranquillità di Matteo. Almeno fino alla partenza. Adesso era il momento di liberarsi del lavoro comunale in cui lo aveva piazzato la madre asfissiante, timorosa e, appunto, gretta. Spaventata dal fatto che il figlio potesse essere autonomo. Forse perché era tutto ciò che aveva?

Matteo aveva bisogno di aiuto: viveva nella Piccola Città come una crisalide nel suo bozzolo. Leonardo stava semplicemente aprendo un pertugio per farlo uscire. Sapeva che era ancora debole per svolazzare, come se non avesse compiuto lo sviluppo necessario, chiuso in una mentalità senza prospettive. Però ci sarebbe stato Leonardo. Aveva capito il talento di Matteo. Era colpito che fosse sbocciato in quel vuoto: nessuna scuola di scrittura comica, nessuna performance teatrale, nessuna lettura satirica, solamente – almeno a quanto raccontava il figlio – una specie di allenamento darwiniano per non soccombere nei bar e negli spogliatoi di calcio. Eppure, a parte qualche svirgolata triviale, riusciva a essere raffinato e complesso. Ogni battuta di Matteo preparava la punchline in maniera perfetta. Quando alcuni suoi ex colleghi di case di produzione londinesi avevano letto i test, lo svolgimento di possibili storyline e dialoghi, gli avevano subito prospettato uno stage retribuito all'interno dello staff di sceneggiatura della prossima sit-com in partenza. Addirittura l'ingresso nella writing room, se non altro come listener.

Ora, mentre stava atterrando nell'aeroporto della Grande Città, dall'oblò cartografava i confini e le luci con un sorriso compiaciuto.

Qualche giorno dopo, al Drago Dorato, Lian gli portò una tazza di tè verde.

"Ti andrebbe di andare a lavorare a Londra?"

"Il mio capo è mio zio, signore."

"Avresti uno stipendio migliore e l'alloggio pagato. Mi occupo di tutto io," disse Leonardo.

Lian non disse nulla. Portò via la teiera per riempirla nuovamente di acqua calda. Al ritorno vide che Leonardo stava aprendo il biglietto contenuto nel biscottino della felicità. Gli andò vicino con la mano aperta come un mendicante e gli fece segno di consegnarglielo. Leonardo obbedì. Lian prese il bigliettino e lo strappò. Disse che non credeva alle suggestioni dei bigliettini, che potevano dire tutto e il suo contrario, una perdita di tempo digestiva insomma. "Però ho qualcosa di meglio," aggiunse.

Leonardo la squadrò, come se il mondo in quel momento fosse diventato un congegno senza manuale di istruzioni.

"Ho sentito il finale della barzelletta," disse Lian.

"Che barzelletta?"

"Quella del suo amico al militare. L'uomo in sedia a rotelle incastrato nel binario mentre sta arrivando il treno che chiama in soccorso il casellante."

"Certo... 'Aiuto, casellante!' Treno a cinquecento metri: nessuna risposta. Treno a duecento metri, 'aiuto, casellante!'."

Lian proseguì: "Treno a cento metri, 'aiutooo!'. Nessuna risposta. Treno a trenta metri, 'casellante, aiuto, salvami!'. Nessuna risposta. Treno a dieci metri, 'casellante!'. Il casellante risponde: 'Eehh?'. L'uomo sulla sedia a rotelle urla 'Senti che botto!'".

Leonardo sorrise appena. Lian gli sussurrò che le barzellette erano più vere dei bigliettini della felicità.

Fuori, dal vetro perfettamente sostituito della finestra, maggio iniziava a soffiare caldo nella sera.

Mi piace pensare che Lian non raccontò il finale della barzelletta per caso.

Non ricordo quanti giorni passarono ma fu dopo poco tempo che decisi di scrivere questa storia, quando intuii che stavo per morire: nell'incoscienza mi appariva di continuo l'incidente – come il video sgranato e ipersaturo di un'installazione artistica della Tate Modern – e diventava la ragnatela sul vetro che si ramificava verso di noi. A dirla tutta, poco prima di entrare in coma, il mio pensiero non è andato subito all'incidente ma alla mia infanzia, ai pomeriggi annoiati in cui un sole fioco filtrava appena attraverso le nuvole e le tende di casa e, per paura della pioggia, mio padre mi impediva di uscire a giocare. Quindi leggevo storie di pirati. Uno dei miei momenti preferiti e terrorizzanti era quello in cui un membro dell'equipaggio veniva incatenato e punzecchiato con una spada affinché percorresse una passerella sospesa sull'acqua, dove diversi pescecani erano già pronti e scodinzolanti per il pasto. In punto di morte mi sono venute in mente le stesse domande di quei giorni lontani: a cosa serviva incatenarlo visto che c'erano i pescecani? Come mai i pescecani erano *al corrente* della condanna a morte? Perché quasi sempre il condannato si salvava? E, soprattutto, il tipo incatenato sarebbe stato onesto con se stesso negli ultimi pensieri prima della morte? Decisi che, nel caso avessi avuto salva la vita, quella era l'ultima occasione per rispondere alla domanda finale. L'ultima occasione per fare luce, per dire la verità. In realtà, non speravo davvero nella possibilità di sopravvivere ai pescecani.

Dopo essermi salvato, il primo istinto è stato di abbandonare quella decisione con l'alibi che non ero lucido nel momento in cui l'avevo presa. Poi cambiai idea: allora avevo rinunciato a giocare all'aria aperta per obbedire a mio padre, stavolta avrei scritto per onorare il valore più prezioso di mio figlio.

E sebbene sapessi di non essere all'altezza dell'idea di giustizia, in seguito avrei compreso anche le mie carenze a livello narrativo. Accadde quando, nella mia nuova casa, un corriere consegnò un manoscritto del tutto inaspettato. Quella lettura mi rivelò le conseguenze delle mie azioni: se volevo dire la verità dovevo osservare bene il dolore che avevo causato. In breve dovevo riscrivere tutto. Anche se – confesso – le prime domande alla vista di quei fogli misteriosi furono: come aveva fatto a trovarmi dopo tanti anni? E, soprattutto: perché lo aveva fatto?

Il lieve incrinarsi dei rami

1

Di notte Giulia spesso si alzava e si piazzava sulla sedia con la sigaretta in mano: gli occhi affilati di Lotte, il ragazzo sanguinante sul campo di calcio, gli insulti tra i genitori puttanieri, il ghigno indifferente di Matteo, il lancio di attrezzi di Aurora contro il fratello, la fuga di Blessing dalla Breakfree e la sua morte, tutto le raccontava che la vita scorreva feroce mentre lei, con un'ingenuità quasi dolorosa, si aggrappava al sorriso fugace di Clementina. E, sebbene a volte sentisse ancora i brividi dell'acqua dentata del fiume, non otteneva risposta ai messaggi che le inviava.

Una delle prime notti di maggio si piazzò di fronte allo schermo opaco del televisore. La stanza buia e illuminata solo dal punto arancio della sua sigaretta. Immaginò la risata di Matteo, la risata di superiorità che significava più o meno "il mondo va così, ragazzina, quando lo imparerai?" e che le ricordava così tanto le litigate con il padre, quando durante l'adolescenza aveva osato pronunciare la locuzione *cambiare-il-mondo*. La capacità di Matteo di rendere il mondo luminoso con doppi sensi e giochi di parole le apparve sempre più come una maniera di scappare dalla durezza delle cose, e delle emozioni. E anche se negli ultimi tempi Matteo stava iniziando a parlare un'altra lingua – si interrogava su chi voleva essere da grande, su quale fosse il suo desiderio –, quelle parole non gli appartenevano, sembravano prese in prestito, perché le pronunciava con una sicurezza quasi televisiva, senza accorgersi che solo nei talk show si potevano affrontare quegli argomenti come si trattasse della scelta di una crema idratante. Giulia aveva capito che era Leonardo il trampolino su cui Matteo stava prendendo la rincorsa per saltare via, ma verso dove?

Un altro sorriso, che la venne a trovare mentre la cenere della sua sigaretta cadeva nel buio, fu quello di Blessing. L'ultimo giorno in cui l'aveva vista nella stanza comune della Breakfree la televisione era sintonizzata su un talent show. Loro due erano davanti a un piatto di riso e platano fritto, il pasto nigeriano che Giulia mangiava più volentieri quando decideva di pranzare con le ragazze ospiti del centro. Vicino alla bottiglia dell'acqua c'era una scacchiera abbandonata e, dopo il caffè, Giulia aveva proposto di fare una partita. Erano scivolate entrambe nella parte non apparecchiata del lungo tavolo laccato. Tuttavia Blessing, che conosceva benissimo le regole, aveva fatto muovere i suoi pezzi con libertà assoluta, come se tutti fossero regine. Quando Giulia aveva provato a dirle qualcosa, la risposta era stata un sorriso affettato. Lo sguardo della nigeriana era duro e immobile, quasi un bassorilievo. Quindi aveva fatto compiere ai suoi pedoni un balletto sui quadratini e colpito i pezzi di Giulia buttandoli oltre il bordo della scacchiera. Giulia aveva capito che qualcosa non andava, ma era riuscita solamente a dirle: "Un giorno mi piacerebbe visitare il tuo villaggio", con una faccia cerbiattesca, la stessa idiota faccia cerbiattesca che le avevano rivolto i suoi colleghi fastidiosamente gentili a Benin City quando aveva rivelato i suoi dubbi sulla missione, la faccia di chi non vuole assolutamente influire sulla sorte altrui perché sarebbe un'azione violenta ma che, in fondo, teme di prendersi responsabilità e lascia infine che un destino micidiale si compia. Stupida Giulia! Infatti Blessing aveva stretto un alfiere nella mano destra in modo che ne sbucasse solo l'elmo sopra le dita chiuse, e aveva alzato il pollice: "Ok! Go. You go. Brava. Good. Go," poi aveva fatto ricadere il pezzo con un colpo secco facendo vibrare tutta la scacchiera e si era alzata mostrando ancora il sorriso, stavolta sprezzante. Blessing aveva aperto la porta e se n'era andata senza salutarla. Aveva detto solamente "brava!", guardando altrove, appena prima di eclissarsi. Stupida Giulia. Non aveva capito la fuga imminente dietro quel sorriso. Non l'aveva fermata. Non aveva agito.

Nel buio, dopo vari tentativi, la sua mano indovinò il posacenere. Giulia si odorò le dita. Immaginò l'eruzione di Pompei che pietrificava nella lava il suo corpo seduto e inutile.

2

Era finita la prima settimana di maggio quando, per la prima volta, ne parlò anche il telegiornale: Leopoldo Berlesi era stato legato al sedile di guida, la schiena che sfiorava il volante e gli occhi rivolti verso il lunotto della sua Bmw. Due persone in passamontagna l'avevano portato in quella stradina sterrata e avevano spinto la macchina lungo una discesa mentre lui era imbavagliato e costretto a guardare la strada percorsa. Fino a che l'auto non si era schiantata contro un muro. L'airbag si era aperto e aveva schiacciato il passeggero contro il sedile. A parte lo spavento, Leopoldo Berlesi era stato ritrovato sanissimo e salvo. Era un assessore della Piccola Città – il suo partito aveva promesso su tutto il suo materiale elettorale una "Piccola Città Smart" nel giro di cinque anni – coinvolto in diverse vicende giudiziarie, tra cui l'appropriazione indebita di parte del bilancio destinato a un'azienda municipalizzata, costretta quindi a chiudere.

Il locale si trovava tra il boschetto e la Grande Città. Matteo e Giulia sostavano davanti alla cassa in attesa di pagare e ascoltarono la fine del servizio dal televisore sorretto da un braccio accanto alla mensola dei liquori. Mentre uscivano dalla pizzeria, Giulia sottolineò che la magistratura aveva il timore che quel gruppo volesse aprire le contraddizioni sociali prodotte dalla Crisi Permanente.

"Ma te lo ricordi Gabriele, quello che hai sentito alla partita?"

"E chi se lo scorda," disse Giulia.

"Beh, una sera della settimana scorsa, uscito dall'ascensore, ha visto il suo garage con la saracinesca alzata. In silenzio ha raccolto una mazza svita-bulloni dalla stanza della caldaia. Mentre si avvicinava, dal garage è uscita una persona con il volto coperto e, quando l'ha visto attrezzato, è scappata verso il cancello. Ha gridato qualcosa e una macchina fuori si è messa in moto. Secondo lui era la voce di una donna."

"E magari una donna stava cercando di rubargli la macchina. Che c'entra però?"

"Gli hanno bucato tutte le gomme. E hanno abbandonato una specie di circuito elettrico a terra."

Giulia interruppe i suoi passi. "E che volevano fare?"

"Certo che voi donne è meglio se restate in cucina, eh?" Si fermò anche Matteo. Poi alzò le braccia e piegò l'indice e medio di entrambe le mani componendo delle virgolette in aria. "Que-sto-è-uno-sche-rzo," scandì come il robot di una fantascienza vecchia.

"E com'è che stavolta ti interessano queste aggressioni?"

"Mi sembra pericoloso, adesso."

"Oppure se toccano persone che conosci, simili a te, non sei più indifferente."

Matteo sorrise: "Fai una smorfia di disgusto troppo accentuata quando pronunci 'indifferente'. Te n'eri mai accorta?".

Giulia riprese a camminare lasciandolo sul posto.

Il cielo era di una granulosità malinconica. Quando arrivò allo scooter girò la chiave con un certo sollievo, ma il motore fece un rumore bronchitico. La batteria era stata cambiata dopo l'incidente, non gli mancava benzina, provarono a farlo partire in discesa, ma niente, alla fine dovettero arrendersi. Chiamarono il soccorso stradale che – per una serie di emergenze simultanee, o almeno così disse l'operatrice del numero verde – non sarebbe potuto arrivare prima di un'ora. Avevano gli occhi impreparati a quell'attesa. Giulia percepì un malessere fisico. Il silenzio occupò lo spazio che li divideva. Dopo un po' decisero di andare nel luna park abbandonato all'interno del boschetto, o meglio che la vegetazione negli ultimi dieci anni aveva inglobato. Entrambi ci erano andati spesso da piccoli e non avevano mai riflettuto su cosa fosse diventata quella macchia di colori sempre meno sgargianti che si intravedeva dalla strada. Camminarono nell'attesa della mano dell'altro: una deglutizione improvvisa, una forma di disagio a cui non sapevano dare nome.

Il cancello era divelto: con un po' di timore e le torce dei cellulari si fecero strada. La grande statua di ferro e ceramica di Paperino giaceva rovesciata in terra, dilaniata dal tempo, la riconobbero dal becco, il berretto e una zampa, le uniche parti che avevano mantenuto una forma. Lo scivolo era ricoperto di foglie e il baracchino in cui si faceva il biglietto per l'autoscontro era invaso da vegetazione rampicante. Salirono sulla pista ma sentirono uno strano ringhio provenire dalle vetture e rinunciarono a vedere di cosa si trattasse. Si accorsero con estremo stupore che il luna park era più piccolo rispetto ai loro ricordi infantili. Nel buio ascoltarono fruscii animali e languidi versi del vento, Matteo disse che erano molto buffi là in mezzo, circondati da "ricordi distrutti". Fece una pausa poi disse: "Strutti di Cordiri". Poi due pause più lunghe alle quali fece seguire: "Rutti dio stridi cd". E: "Ridi, dirò tutti scrosci". Quindi allargò le mani compiaciuto. Giulia bofonchiò qualcosa e continuò a camminare. Mentre uscivano illuminando la terra con le torce, Matteo le disse che anche il Paese ormai gli sembrava piccolo. Stava pensando di partire. Utilizzò le nuove parole prese in prestito. Parlava di cercare la sua identità in un posto che non lo schiacciasse con le aspettative esterne. Di mettere alla prova il suo talento. Giulia gli faceva notare che era tutto apprezzabile ma fumoso e chiedeva cosa intendesse esattamente. Lui le spiegò della possibilità di andare a Londra per scrivere sit-com.

"È qualcosa che ha a che fare con Leonardo?" disse Giulia.

"Tu mi hai sempre detto che ti faccio ridere."

"È quello che vuoi fare?"

“È quello che *so* fare, credo.”

“Se questo è il tuo desiderio...” Giulia increspò le labbra all’ingiù, come se avesse assaggiato un cibo avariato.

Matteo sbottò: “E invece tu che fai? Curi e assisti le donne. E salvi le puttane. Bello. E poi quando un maniaco uccide qualcuno, la colpa è di tutti quelli che non sono *giusti* come te”.

“Io non parlo con la voce di qualcun altro.”

“No, tu sei pura, infatti,” disse Matteo.

“Tu non sai che cosa *vuoi.*”

“E tu invece?”

Si fermarono vicino al cancello arrugginito. La luna conferiva forma e ombra alle giostre ma non riusciva a rivelarne i colori, il luna park alle loro spalle sembrava una cartolina seppia spiegazzata dall’umidità.

“Io lo so quello che vuoi,” disse Giulia.

“Certo. Lo sapete tutti. Pure mia madre lo sa.”

“Tua madre ha paura.”

Matteo le raccontò che cosa era successo: Clementina aveva teso un’imboscata, attaccato Leonardo e gli aveva mostrato la sua faccia senza denti, un’immagine che lo svegliava di notte.

Giulia ebbe il presentimento che le relazioni fossero un territorio di guerra sotto il quale i segreti riposavano come mine pronte a distruggerle:

“E a *questo* Leonardo hai chiesto perché con tua madre si sono lasciati, per esempio?”.

“Non mi interessa. Ognuno avrebbe la sua versione del passato. Devo stare bene io, solo così posso ascoltare anche gli altri...” Matteo sbuffò e appoggiò la mano sul cancello: “E alla mia età dovrei essere avviato, non dico ricco, ma avviato. E invece non succede, e passa il tempo e siamo tutti convinti che succede. È come andare al cinema a vedere *Batman* e dopo un’ora ti accorgi che ancora non hai visto—”.

Giulia lo interruppe: “Ancora con questo *Batman*! Ma sei sicuro che sei tu a voler vedere quel film?”.

“Dici che è prodotto dalla Warner *Fathers*?” Matteo atteggiò le labbra a un sorriso come se volesse rivelare la sua indifferenza alla rabbia di Giulia.

Giulia mise le mani in tasca. In un'annoiata posizione di attesa.

Matteo proseguì: "Non lo so come si riconosce un *vero* desiderio. Non lo so, ma non invecchierò sulla riva come mio padre. E non voglio fare la fine di Clementina. E sai che c'è? Finalmente qualcuno crede in me".

"Crede nel tuo sarcasmo. Che in realtà è proprio ciò che ti impedisce di rivelare le emozioni. Che ti impedisce di credere in *noi*," disse Giulia. E dopo una piccola pausa: "E poi: sei *tu* che devi credere in te stesso".

"Lo sai chi stiamo diventando, per colpa tua? Una di quelle coppie che perde più tempo a riflettere sulla vita passata che a vivere."

"Hai ragione."

"Ho ragione, certo che ho ragione!" sbottò Matteo, e poi la imitò con una voce in falsetto: "E se hai fatto questo significa che non ti vuoi bene, se hai risposto così vuol dire che nutri un'aggressività verso gli omosessuali, se... che palle! Anzi, che gonadi!". Matteo fece nuovamente il suo stupido ghigno sarcastico per sottolineare – Giulia ne era sicura – che usando "gonade" al posto di "testicolo" avrebbe evitato il sessismo implicito dell'esclamazione per rendere il tutto più gradevole a quell'ossessa che era.

Ma lei rimase impassibile: "Rifletto per non ripetere gli stessi errori. Come chi cambia partner ma finisce per ritrovarsi sempre con un traditore o un violento, e non è in grado di riconoscere lo schema costante dietro le sue scelte".

Matteo annuì: "Certo. Lo schema," poi aggiunse: "E cos'è che desidererei, secondo te?".

Giulia scrutò in silenzio il gigante che aveva davanti. Ingoiò aria e sospirò come una donna anziana abituata alle intemperie del mondo.

Nel frattempo videro che il carro-attrezzi era arrivato. L'uomo calvo e muscoloso alla guida era sceso. Gli andarono incontro e indicarono dov'era lo scooter. Matteo disse sottovoce a Giulia che secondo lui il tizio, sotto la giubba, indossava una canottiera a costine macchiata di sugo. Che probabilmente conservava sotto il sedile delle bottiglie di birra vuote per le risse stradali. E che iniziava le risse spaccando la prima bottiglia sulla sua testa. Poi avanzava brandendo il collo della bottiglia spaccata mentre pronunciava frasi bibliche sgrammaticate.

Giulia disse di andarglielo a dire in faccia per vedere se faceva ridere anche lui, quella caricatura *simpaticissima*.

L'operazione di carico durò per diversi minuti.

Matteo all'improvviso le disse: "Hai presente Costantino?".

"Tuo padre? Che c'è, non lo chiami più 'padre' adesso?" disse Giulia.

"Fammi finire: Costantino non parla quasi mai, non mi dice mai 'mi è piaciuto questo film'. Sembra silenzioso ma ha paura. Ha paura che mia madre lo divori appena parla perché magari, per lei, ha detto qualcosa di sbagliato. Si ritira nel silenzio e alza tutti i ponti con noi. E lo sai cosa? Ha ragione. Non parli più se sei costantemente *monitorato*."

"Quindi, se cerco di ragionare sulle azioni e le parole delle persone divento una agenzia di sorveglianza?"

"Io ti invidio. Hai le idee molto chiare. Su quello che vuoi, su che valori impostare la vita."

"Però le impongo agli altri."

"No, io però non ho le tue idee chiare. E tu invece pensi di sapere cosa sia giusto per me. Magari non me lo dici, però è chiaro che pensi di saperlo. Per esempio, non lo conosco a fondo Leonardo, e non penso di sapere chi sia veramente. Però voglio vedere Londra."

"Però la *senti* una persona. E senti anche un desiderio."

"Io no."

"Io nemmeno," disse l'uomo alle prese con un cavo metallico.

Giulia lo guardò torva e sorpresa allo stesso tempo.

Dopo un po' di silenzio l'uomo si accarezzò la pelata, entrò nell'abitacolo e alzò il volume della radio: la trasmissione di calciomercato uscì dal finestrino invadendo il buio.

In ogni modo, Giulia e Matteo si allontanarono di qualche passo.

"Come ti senti quando siete insieme?" proseguì lei.

"Non lo so: insommante, molluschio, colì colibrì, contruso, indebitito. Continuo con i miei tentativi o ho già superato di troppo la tua soglia di simpatia?"

"Non ne vuoi parlare?"

"No."

Giulia sospirò. Poi raccolse una forza al fondo di sé e disse con la sua voce più morbida: "Comunque, tu, *non hai bisogno di un padre*. Ti devi solamente fidare. Di te stesso".

"Sì," disse Matteo, con un'espressione annoiata come se Giulia fosse la psicologa di una rivista insulsa, bravissima a elargire banalità a persone grette, e brava anche a sfruttare la loro grettezza.

"E non ti mancheranno gli allenamenti di calcio?" continuò lei, stavolta un po' esasperata.

Matteo non rispose, alzò semplicemente le spalle.

"Io non posso stare con una persona che vuole stare sola," disse Giulia. I lampioni rivelavano i graffi dell'incidente sullo scudo dello scooter issato sopra la pedana. "Per me è finita. Anche perché non mi sembra che nessuno mi abbia invitato a seguirlo a Londra."

"Va bene," disse Matteo a mezza bocca. Era rivolto verso il boschetto.

Giulia guardava la sua nuca: "Sembra non ti interessi nulla del fatto che ci stiamo lasciando. Posso sapere cosa succede?".

Facendo un passo di lato, a Giulia parve di cogliere un guizzo delle sue labbra, un sorrisino trattenuto a stento.

Stava per dargli una spinta rabbiosa quando i rumori bruschi e definitivi dell'uomo del carro-attrezzi attestarono la conclusione del lavoro di fissaggio. Li chiamò con un urlo e chiese se volevano essere accompagnati, c'erano sedili a disposizione. Matteo disse di sì, Giulia non rispose, ma poi decise di salire. Nell'abitacolo proseguiva la trasmissione di calciomercato. Matteo e l'uomo al volante scambiarono qualche opinione dissonante su un giovane centravanti argentino e sul modulo migliore con cui valorizzarlo, Matteo lo avrebbe fatto giocare come *falso nueve* mentre il nerboruto era affezionato all'idea di punta classica, rapace dell'area di rigore.

Il sedile del carro-attrezzi mostrava la Grande Città dall'alto, e tuttavia era come se fossero divinità di seconda fascia, ancora impreparate ad altezze più elevate dove tutto, per Giulia e Matteo, sarebbe stato limpido.

Nell'odore di olio e sudore di quel grande abitacolo a Giulia sembrava che la violenza si propagasse come una frana. Sebbene fosse quasi impossibile capire il punto esatto da cui si staccava, la frana travolgeva le colpe, gli alibi e le ragioni di ognuno. Dietro il sorrisino di Matteo vedeva i detriti di decine di anni. Vedeva la ferocia sdentata di Clementina, percepiva la violenza fisica e classista di Leonardo, e probabilmente una violenza subita da Leonardo chissà quando. I denti messi in mostra da Matteo erano gli stessi di un pastore tedesco spaventato e pronto ad azzannare. Alziamo tutti una barriera fredda per proteggerci dalla violenza passata. Una barriera invisibile a noi stessi. A volte invalicabile, come un un prato disabitato e lurido protetto da un muro aguzzo di cocci di bottiglia. Sembra che dall'altra parte nessuno sia in grado di sporgersi abbastanza da riuscire a toccarci. E tutto diventa tragico e immensamente triste come la nuca immobile di Matteo.

3

Sebbene non abbia rimorsi, devo ammettere che non mi piace quello che sto scrivendo. Non mi piace osservarmi da fuori. L'aumento del mio reflusso gastrico mi sembra un segnale palese. E ovviamente non posso spiegare a mia moglie che questo dipende da alcuni punti oscuri del mio passato che vedo illuminati nelle pagine spietate del manoscritto. Ragionando su ciò che – tutti noi raggiunti dalla tela di ragno – abbiamo provocato e subìto, credo di aver intuito una cosa dell'animo umano: il dolore è un alibi. Il dolore provato dopo un trauma non ci cambia veramente, ci rende più efficaci. In fondo, credo che abbia la stessa funzione del successo sociale: non importa in quanto tempo, alla fine rivela chi siamo. Invece Clementina, dopo il tentato suicidio al fiume e l'aggressione fuori dal teatro, sperava che il dolore se ne andasse, almeno un poco. Tuttavia i giorni le erano passati addosso come un aspirapolvere, l'avevano sdrucita come uno straccio lasciandola inerte. I temporali e le lamate di freddo improvvise squarciavano i fili che il sole tesseva con pazienza sul Paese: non si poteva fare affidamento su nulla, perfino il cielo là fuori ti invitava a stare in guardia. Così Clementina guidava la sua Golf: consapevole del pesante dolore nel bagagliaio e incapace di trovare una discarica.

Fino a che – dopo alcuni episodi di tachicardia in cui doveva scappare da dovunque fosse e infilarsi sotto le coperte – si decise a varcare la soglia dello studio di uno strizzacervelli. Non riponeva la minima fiducia nella categoria, ma il bisogno era troppo forte e la sua idea era di utilizzare quel servizio come un viaggio in treno: riversare il dolore su uno sconosciuto e scendere alla stazione successiva. Si sedette per ben tre volte sulla poltrona morbida con fazzoletti sul tavolino accanto, e in terra, da qualche parte, un diffusore di un leggero aroma di lavanda, le tende color panna che si accendevano e spegnevano con l'alternanza di sole e nuvole, e un giovane barbuto di fronte a sé la prima volta, poi – le altre due volte, senza lavanda, ma con un rumore marino appena percettibile in sottofondo – con una signora spettinata e gioviale che le evocava immagini di mondi felici e possibili, senza però alleviare il peso nel bagagliaio. Clementina parlò della paura di perdere Matteo e della sua passione per i miti greci, indiani, cristiani e cincischiò alle loro domande. Uscì rassicurata: gli strizzacervelli non strizzavano niente. Non la attraversò il pensiero che in un'ora scarsa era difficile arrivare alle contraddizioni profonde di una persona, soprattutto se quella persona era molto abile a dipingere un'immagine di sé gradevole (capacità che Clementina evidentemente non utilizzava spesso, ma che, in qualche situazione, riemergeva con la stessa abilità universitaria della sua gioventù) e aveva la strisciante paura di essere la prima responsabile del suo stesso dolore. Di notte quel fardello la costringeva spesso a veglie durante le quali osservava l'avvallamento prodotto dal peso di Costantino nella sua porzione di letto. Le pieghe delle lenzuola convergevano verso la conca profonda occupata dal busto di suo marito. Sentiva il suo respiro lieve, senza rumori, un uomo che non faceva attrito con il mondo: una pianta che accoglieva Clementina sotto le sue fronde e prometteva ossigeno e riparo senza chiedere nulla in cambio, eccetto una breve manutenzione quotidiana. Durante una notte di insonnia feroce strinse la mano a pugno e la avvicinò alla testa del marito, le venne voglia di affondargli le nocche nella nuca: perché non ti sei mai chiesto chi sono veramente, da dove vengo? Ma poi perché avrebbe dovuto? Costantino non aveva mai domandato al mondo perché girava in quella maniera, per lui era naturale. Costantino era fotosintesi clorofilliana. Clementina non poteva certo aspettarsi che lui agisse in modo diverso da una betulla. Era sola. Matteo non la guardava in faccia, spesso cenava in un orario differente e, dal giorno in cui l'aveva aggredito ("Mi hai aggredito!" aveva detto proprio così, povero cucciolo...) fuori dal teatro, rivolgeva la parola esclusivamente a Costantino.

Era sola, forse per questo un giorno passò a casa di Giulia durante la riunione del gruppo di autocoscienza e lasciò un vassoio di biscotti scusandosi di non potersi trattenere perché aveva da fare delle commissioni. E un altro giorno ancora la incontrò al supermercato della Grande Città nel quartiere di Giulia e la salutò con calore affermando di essere andata lì esclusivamente per sfruttare alcune offerte. Quindi, ancora, suonò a casa di Giulia ma si dileguò giù per le scale non appena sentì i passi avvicinarsi alla porta. E quando la luce di maggio era forte e sbiancava i muri delle case, Clementina tornò là. Di nuovo, al fiume. Le sembrava l'unica maniera per svuotare il bagagliaio. Far rotolare tutto lungo la corrente, magari sullo scoglio. L'acqua era anche meno fredda: meno fatica all'ingresso. E stavolta avrebbe conservato le scarpe, perché lasciarle sulla riva? Ma mentre osservava i raggi di sole rimbalzare tra le fronde degli alberi per tuffarsi nel fiume, rivide la scimunita annaspare nell'acqua per salvarla. Goffa, incapace, probabilmente anche lei destinata quel giorno di febbraio ad arenarsi sul qualche ansa con la pelle blu più o meno gonfia. Clementina era sola, a parte la scimunita.

Il giorno successivo la aspettò fuori dalla Breakfree. La invitò a salire sulla sua Golf.

Giulia le propose di andare nella sala da tè nel quartiere dell'antico mercato.

Clementina sorseggiava il suo tè in silenzio. Poi prese a rigirarsi tra le mani lo zippo d'argento che aveva sottratto a Leonardo per la prima volta la sera della festa, e definitivamente prima di andare al Nord.

Giulia provò a dire: "Il Pu Erh è un tipo di tè fermentato. Da quello che ho capito è come se fosse invecchiato—".

"Io li conosco i buoni," la interruppe Clementina. "Ho pulito le case di chirurghi in missione umanitaria, capi dipartimento delle pari opportunità, professori di sociologia, attrici impegnate, dirigenti di onlus, e li conosco. È gente che dice 'se vogliamo scrivere insieme, dobbiamo conoscerci a fondo', non sono i volgari che ti mettono la mano sul didietro, sono la parte sana, la parte della cultura, della solidarietà. Non puoi accusare uno dei buoni."

"Perché bisogna accusarli?" disse Giulia.

"Sotto sotto, voi siete convinti di portare la fiaccola della civiltà in mezzo ai barbari che hanno già oltrepassato le porte. E volete un riconoscimento per questa fiaccola. Ve lo meritate, no?"

"Se io faccio parte dei buoni, allora questi buoni devono essere anche bugiardi. Non dovrei rispondere, credo." Giulia accennò un sorriso lieve.

Clementina inabissò gli occhi in qualche punto del tavolo di finto marmo. Aveva delle venature grigio-rosa e assomigliava in maniera disgustosa a un cervello passato sotto un rullo. O almeno fu quello che pensò prima di sospirare: "Lo avevo perfino rimpianto quando mi ero trasferita al Nord".

"Chi?" chiese Giulia.

"In tutti questi anni ho accatastato alibi per giustificare il mio silenzio." Clementina accese e spense lo zippo ripetutamente.

"L'alibi è dei colpevoli e lei—"

Clementina le parlò sopra: "Più passava il tempo e più diventava difficile rompere il silenzio. Iniziai a vedere il Demone. Era il tronco morto durante la passeggiata in montagna. Erano i denti di mia madre. Ero io". Le uscirono le prime lacrime, serpentelli che cercavano di infilarsi nella maglia. "E poi, se dicessi veramente cosa è successo? Tutti mi chiederebbero perché non l'ho fatto prima. 'Sei invidiosa e vuoi solo rovinare una persona che ce l'ha fatta.' 'Se soffrivi tanto, potevi parlare.' 'Ma non ti conveniva, perché avevi il tornaconto a stare con lui e quindi con il tornaconto niente vale più.' In realtà le voci di fuori le capisco, a fatica ma le capisco. Invece non capisco chi ero, non capisco se nella mia testa c'era qualcosa di rotto o se si è rotto adesso. Qui dentro è tutto nero."

"Eri una ragazza," disse Giulia, che sembrava aver compreso.

Clementina poggiò i gomiti sul tavolo e affondò la faccia nei palmi delle mani, come se, insieme alla luce, degli insetti le fossero entrati nel cervello: "Senza alibi. Vedo una donna docile. Piegata. E mi fa un po' schifo la donna che vedo". Quindi guardò Giulia in cerca di una risposta. Singhiozzò. Giulia tentò di abbracciarla, ma Clementina la respinse e continuò: "E dopo tanti anni. Vederlo di nuovo. E mi sento debole. E Matteo nelle mani di quell'uomo". Si fermò. Sembrava essersi resa conto della sala da tè, delle pareti rosa e dei ricami dorati di un'eleganza brutta, antica. "Ho avuto troppa paura del fiume gelato. Paura di spaccarmi la testa su un grande sasso senza morire bene. Essere trascinata dalla corrente con la testa aperta e soffocare con lentezza nelle anse argillose, paura di essere sbranata piano da piccoli pesci." Quindi tirò su la schiena mostrando il viso rossastro e rigato dallo stropicciamento.

"Ma sei stata forte," disse Giulia con voce flebile.

Clementina fece una piccola pausa in cui ingoiò aria: "Ma non devo morire, io".

"No, Clementina. Io sono qua. Quando—"

"Deve morire lui." Clementina cambiò posizione sulla sedia.

"No. Non servirebbe," disse Giulia troppo in fretta, mangiandosi le parole.

"Tu fai parte della stessa tribù. Brava con le parole. Buona con i selvaggi."

"I selvaggi."

"Sì, le *lavoratrici* sessuali, le *collaboratrici* domestiche. Usate le parole sbiadite, voi," sorrise Clementina.

Giulia strizzò gli occhi mostrando una smorfia di totale incomprensione, poi disse: "Non si può rispondere alla violenza con l'odio. Non porta da nessuna parte".

"Io faccio le pulizie. Uno stupratore di meno è pulizia."

"Non servirà a niente. Nemmeno a lei."

"Non mi credi."

"Lei non soffrirà meno, nel caso Leonardo morisse. Invece, se elaborasse il dolore, se ne parlasse, probabilmente sarebbe un inizio. E poi ci sarebbe la giustizia per punirlo."

"Frasi mollicce, da Grande Città. Se non puoi usare la violenza non puoi *cambiare il mondo*. Non sei tu con queste pinzillacchere in testa?" disse Clementina.

Giulia sussultò, le cadde un po' di tè dalla tazza: "Non è vero".

Clementina si rimise seduta con la schiena dritta: "Non ti piace ma è vero. Il nazismo e la schiavitù non sono stati combattuti solo a parole. Mio padre non sarebbe finito in un campo di concentramento se i nazisti fossero stati sterminati prima. Mio padre parla sempre del professore che recitava Dante a Gross-Rosen, ma non credo che mio padre stia meglio di quell'uomo".

"Non servirà a niente. È un sollievo momentaneo," insistette Giulia.

Clementina tornò a fissare il finto marmo del tavolo. Passò più volte il pollice sopra la rotellina dello zippo. Produsse qualche scintilla isolata. Ricordò la stanza con le persiane chiuse, il divano marroncino dell'appartamento nel centro storico. Ricordò che una luce forte (del sole che filtrava tra le persiane o di una lampada?) illuminava i bordi del fumo di tutte le sigarette che Leonardo fumava dopo le sue violenze. Sperò che Giulia facesse quello che le stava chiedendo senza parlare, cioè stringerle timidamente le mani tra le sue. Decise di farlo lei.

Le raccontò l'intera storia. Riuscì a chiamare *violenza* la violenza. Percepì che la bocca del Demone lasciava pian piano la presa. Divenne piccola. Si sentì spossata da una stanchezza antica. Le orride pareti della sala da tè rivelavano quanto l'abitudine rendesse tutto accettabile.

Le braccia aperte di Giulia si chiusero su di lei. La strinsero. Le massaggiarono la schiena mentre Clementina era un terremoto silenzioso: "Eri una ragazza. Non sei colpevole. Anzi, la sensazione di essere colpevole è un'altra ferita che hai subìto come vittima".

Clementina odorava la maglia di Giulia su cui affondava il viso. Disse piano: "Matteo non deve sapere nulla".

Giulia continuò a stringerla a sé. Chiunque fosse entrato in quel momento avrebbe fatto fatica a distinguerle da due vasi di piante che si intrecciavano tra loro alla sommità delle fronde.

4

Attraverso il tempo formiamo delle convinzioni dentro di noi che non mettiamo più in discussione. Un giorno decidiamo che non balliamo alle feste, un altro che ci piace il colore giallo ocra, un altro ancora che siamo socievoli. Non ricordiamo quando le abbiamo formate, ma meno ne indaghiamo l'origine, più si cristallizzano. Giulia era convinta – di una convinzione antica, ormai diventata carattere – di essere in grado di tenere unite le persone. La ragnatela prodotta dall'incidente sul vetro continuava a propagarsi e lei tentava di non farlo esplodere, o, se non altro, ne assorbiva le schegge taglienti: Clementina e Matteo.

L'aveva osservata in faccia un secondo prima di volare via dal suo scooter. L'aveva ascoltata farneticare, in un letto bagnato di sudore, di una passeggiata in montagna in cui gli alberi vibravano. L'aveva scorta immobile di fronte a un fiume invernale. L'aveva vista da giovane, sorridente e intrappolata dentro foto color seppia. L'aveva ascoltata comandarle di sorvegliare Matteo. Aveva letto la sua favola. L'aveva subìta mentre irrideva il suo gruppo di autocoscienza e le dava della bugiarda. L'aveva raggiunta dentro un fiume per tentare di salvarla. Era la prima volta che aveva a che fare con una persona anziana. Di solito le donne del centro antiviolenza non superavano i quarant'anni. Sopra una determinata età le donne – perché appartenevano a una cultura tremendamente patriarcale e perché non volevano più ricordare – non denunciavano né chiedevano aiuto. Clementina era stata coraggiosa.

Matteo invece era diventato la sua nuca ferma e i denti rivolti verso il boschetto. Pronto per salpare insieme a Leonardo. Per sfruttare al massimo la sua temperatura fredda e ironica: in grado di preservarlo dalla violenza di un insulto, di un'umiliazione, e altrettanto efficace da tenerlo a distanza dalla profondità di un affetto vero. Il dolore che Giulia aveva provato a contatto con la sua indifferenza non l'abbandonava e la spingeva a riflettere su come la violenza si ripercuote sempre su chi ci sta vicino; gli abusi di Leonardo e la mancata elaborazione di Clementina erano ricaduti, come il pulviscolo di neve dopo l'impatto al suolo di una valanga, su Matteo.

All'inizio dell'estate Giulia si sentiva prosciugata: il sole risuonava nell'azzurro ininterrotto e lei si chiuse in casa davanti a documentari su dinastie e civiltà del passato. Dopo averne visto uno sugli Han e un altro sui Vichinghi, si preparava a vedere come se l'erano passata gli Aztechi. La sua concentrazione era una città bombardata: con un occhio scorreva sul cellulare i vecchi messaggi di Rudolf, con l'altro vagava per il suo bilocale senza trovare nulla su cui soffermarsi. Eppure riuscì a capire che quando Cortés era arrivato in Messico con il suo drappello di banditi spagnoli, gli Aztechi – che non immaginavano le sue intenzioni – gli avevano concesso fiducia e, benché superiori numericamente in maniera schiacciante, erano stati messi in catene. Giulia capì che gli Aztechi non studiavano il passato, non esploravano e quindi non stringevano patti con le altre tribù dell'America Centrale. Che infatti si allearono con gli spagnoli. Gli Aztechi insomma erano conservatori, rinchiusi in se stessi, e avevano pagato a caro prezzo il non aver alzato la testa per allargare gli orizzonti. Forse tutte le donne erano Clementine azteche e ingenue che non prevedevano l'arrivo di predatori cinici come Leonardo/Cortés? Allungò la mano verso il tavolino per prendere una sigaretta e le apparve – come se non lo avesse abbandonato proprio lei là sopra da tanto tempo – il braccialetto di plastica consumato dall'asfalto durante l'incidente. Non lo indossava da un po'. Era il braccialetto di Blessing. Un'accozzaglia di scritte fluo accanto a un crocifisso stilizzato. Lo portavano le cristiane pentecostali provenienti dalla Nigeria. Accese la sigaretta e poco dopo mandò un messaggio a Lotte.

Il giorno successivo andò al bowling della Piccola Città e, mentre aspettava seduta ai tavolini del bar, si stupì della grande frequentazione di quel posto: coppie novelle ancora nella forma esatta dell'amore, famiglie e comitive di studenti che ciondolavano tra il bar e le piste. I ragazzi più grandi si muovevano a petto in fuori e urlavano sguaiati occupando spazio quasi militarmente. La musica in sottofondo teneva insieme strike, baci e frullati di frutta sparsi sui tavolini. A Giulia sembrava di entrare in un telefilm americano di trent'anni prima, forse la provincialità dolciastra e furiosa poteva essere riassunta tutta in quella scena.

Lotte arrivò, si sedette e appoggiò sul tavolino il cellulare con la foto di Leonardo che le aveva inviato Giulia. Ci puntò l'indice sopra: "Pensa te, l'ho visto anche pochi giorni fa". Quindi raccontò che Leonardo – che sarà stato, mercoledì? Giovedì? – l'aveva prima fatta accomodare sul letto gigantesco della sua villa e poi le aveva detto che le avrebbe *spolverato* le lentiggini dal viso. L'aveva accarezzata dolcemente. Poi le era montato sopra e aveva iniziato a sgocciolare sudore su di lei lodandola per i suoi occhi di gatta. Il corpo grosso, lento e flaccido scivolava dentro di lei con un prurito di sabbia. Per fortuna si era svuotato in fretta. Si era sfilato il profilattico e si era alzato quasi subito alla ricerca delle mutande. Quindi era andato in bagno dicendole di rivestirsi. Leonardo l'aveva anche invitata a mangiare fette di pane con avocado, salmone e olio di oliva. Lotte ne aveva addentata una e gli aveva fatto un cerchietto con pollice e indice sormontato dalla cresta delle altre tre dita: buonissimo. Poi, proseguì Lotte, lui le aveva fatto il suo solito discorsetto sul fatto che lei era una ragazza che si poteva ancora salvare dal suo mestiere, che poteva ancora prendere a calci il destino. Leonardo aveva estratto il portafogli e gonfiato la mano con mille euro: "Perché non li prendi e stavolta ci provi?". Lotte aveva preso solo due biglietti tra i venti disponibili e gli aveva sorriso scuotendo la testa: "Sto bene qui". Leonardo le aveva detto: "Poi te ne mando ancora, se mi spedisci una cartolina da un altro posto. Non ti va di ricominciare?". Insomma la solita scenetta, niente di nuovo, disse Lotte prima di chiedere a Giulia se quell'uomo fosse tra i denunciati, perché lei non se lo ricordava. Giulia fece di no con la testa e chiese per quale motivo offrisse soldi per andarsene. Lotte sapeva solo che due ragazze avevano preso i soldi e si erano trasferite all'estero. Lui le aveva contattate e loro gli avevano risposto e mandato foto del paese e dei loro rispettivi lavori *onesti*. Un'altra ragazza invece aveva preso i soldi senza partire e quando Leonardo l'aveva rivista le aveva fatto una scenata tremenda dopo averla portata nella villa, non per i soldi ma perché "non si lasciavano scappare le occasioni e la gioventù". Le aveva dato uno schiaffo all'improvviso, poi si era scusato e l'aveva riaccompagnata allo stradone senza nemmeno farci sesso. Quello, continuò Lotte, era l'unico episodio violento che era riuscita a rintracciare nella vita di quell'uomo.

Poi la prostituta si afferrò tra indice e pollice la manica della camicetta, disse che era di Blessing, un capo costoso. Giulia rispose di non ricordarlo e Lotte confermò che era ovvio: faceva parte di una serie di spese pazze che Blessing aveva fatto nell'ultimo periodo, quello in cui era ritornata a lavorare dopo essere scappata dalla Breakfree. Lotte e le amiche più strette si erano divise il suo guardaroba. Giulia suggerì che le spese pazze le avesse fatte con i soldi di Leonardo. E Lotte disse che proprio là voleva arrivare: era possibile, ma era anche possibile che avesse ricevuto un regalo da un altro cliente o anche che avesse dilapidato i suoi soldi invece di mandarli alla famiglia che in qualche maniera l'aveva ricattata, che si fosse pentita insomma, chissà. Quindi ribadì quello che le avevano confermato anche le altre dello stradone: era un ottimo cliente, pagava sempre, era gentile e offriva spesso stuzzichini. Giulia le disse che Matteo aveva notato in casa sua un braccialetto molto simile a quello che le era stato regalato da Blessing. Lotte disse che probabilmente anche quello di Leonardo era stato il regalo di qualche collega nigeriana, tutte le nigeriane indossavano quei braccialetti orrendi.

5

Accadde durante uno di quei giorni azzurri e faticosi. Mentre Giulia stava parlando con l'avvocato della Breakfree delle nuove regole per il permesso di soggiorno, una ragazza irruppe nell'ufficio brandendo il giornale. Giulia provò a dirle che si sarebbero esercitate nella lettura più tardi, ma Mary sventolava le pagine con una faccia da bambina vittoriosa.

"Solo un secondo!" insistette.

Giulia lesse la notizia su cui Mary puntava il dito: una telefonata anonima ai poliziotti aveva suggerito di inviare qualche pattuglia nel boschetto indicando che nei pressi dell'albero cavo avrebbero trovato una sorpresa; la voce aveva aggiunto di stare attenti alle api che nidificavano su un altro albero a pochi metri. E infatti avevano trovato il loro collega, l'agente di polizia stradale Mimmo Cantireni, proprio là. Avevano dovuto chiamare degli apicoltori che si erano presi cura dell'alveare per evitare che le api guardiane si scagliassero contro i soccorritori. Il poliziotto aveva solo due punture di api, in compenso era pieno di ematomi, completamente inondato di sangue. Ma era vivo. Gli inquirenti avrebbero scoperto in seguito che il sangue era di un suino. Appeso al collo aveva un cartellino con la scritta STUPRATORE. Un piccolo indizio, non proprio una rivendicazione, ma qualcosa che poteva permettere alle forze dell'ordine di accorciare il raggio delle indagini. Mary aggiunse: "Così si fa!", e uscì dalla stanza.

Più tardi, Giulia approfittò del fatto che le ragazze erano tutte impegnate fuori – chi con i corsi di sartoria, chi in prefettura, chi a studiare grammatica – per prepararsi delle fette biscottate con un bicchiere di latte. Si fissò sulle strane sfumature di luce riverberate dal miele spalmato. Quindi ritenne di essere un po' frastornata: quanti minuti aveva passato in quella contemplazione? Si alzò per andare a sciacquarsi la faccia. Clementina le aveva detto che uno stupratore in meno significava pulizia. Che le sue parole sbiadite non avrebbero mai cambiato il mondo. Infatti Giulia era rimasta là – gentile, cerbiattesca e non violenta – mentre Blessing fuggiva. Era rimasta pura. Forse aveva ragione Matteo: lei non li comprendeva, eppure credeva di sapere cos'era giusto per gli altri. Lei si nutriva delle risate di Matteo, della speranza delle donne alla Breakfree, ma non concedeva a nessuno di stare al suo stesso livello. Aveva due modalità con le persone: il giudizio e il salvataggio. In ogni caso, Giulia si trovava sempre in alto per tendere una mano e avvicinarle a sé o per battere un martelletto e condannarle al distacco. Se Blessing fosse rimasta una donna che si divertiva con programmi televisivi idioti, l'avrebbe accettata completamente? Era così? E se avesse desiderato la vendetta pura e semplice per l'omicidio di cui era stata vittima? Per l'appunto adesso Mary si era esaltata per quell'atrocità sul giornale. Giulia si schiaffeggiò le guance e tante goccioline d'acqua raggiunsero lo specchio. *Stupratore*. All'improvviso le venne in mente quello che le aveva detto Matteo prima che entrassero nel luna park: era stata una donna a introdursi nel garage di Gabriele, lasciando un congegno preparato a metà. Si asciugò, uscì dal bagno, aprì il suo lap top e fece una ricerca sommaria sulle strane aggressioni dell'ultimo periodo (la stessa che ho fatto io qualche tempo fa in emeroteca). Quindi provò a chiamare Aurora, ma senza successo, forse aveva accompagnato qualche ragazza in prefettura e non poteva rispondere. Scese in strada, infilò le chiavi nel quadro dello scooter con difficoltà – colta da improvviso tremore alla mano – e andò a casa. Entrò e aprì il cassetto di un mobiletto all'ingresso. Rovistò finché non trovò il foglio con la lista dei denunciati per violenze e abusi trafugata da Joy. Combaciavano. Erano tutti lì! I suoi pensieri appuntiti piombarono su Lotte. Si diresse nuovamente alla sede della Breakfree. Giulia richiamò Aurora, che stavolta rispose: aveva bisogno di parlarle, immediatamente. Aurora le disse che sarebbe arrivata più tardi. Giulia disse che l'avrebbe raggiunta, ovunque si trovasse, credeva che le aggressioni fossero riconducibili al loro gruppo di autocoscienza. Aurora traccheggiò un po' prima di rivelare che si trovava nella Piccola Città. Le disse che la aspettava al bowling.

Che cosa stava facendo nella Piccola Città, al bowling? Quando Giulia arrivò, Aurora era su una pista e le consigliò di prendere un paio di scarpe, avrebbero parlato giocando. Giulia finalmente riuscì a raggiungerla dopo aver ritirato malvolentieri l'attrezzatura. Si fermò davanti all'amica tenendo le dita infilate in una boccia e usandola per cadenzare le sue frasi: le era venuto il sospetto, le disse, che dietro le aggressioni ci fosse Lotte. E forse qualcun'altra. Le mostrò che tutte le persone colpite erano nella loro lista. Il notaio, che si era rotto un polso scivolando sull'olio, era nella lista di Joy perché in gioventù era stato condannato per violenza sessuale. Ludovico Soave, il rivenditore di mobili vintage, perché accusato di ricatti sessuali. Adolfo Cruciani, il dottore sommerso di ghiaccio, non era stato condannato, doveva ancora affrontare il processo, ma c'erano delle accuse terribili sulla possibilità di aver abusato di alcune donne dopo averle anestetizzate nel suo studio medico. L'assessore Berlesi era stato condannato per aver promesso dei posti di lavoro, prima del suo ingresso in politica (quando dirigeva un'azienda al Nord), in cambio di prestazioni sessuali. L'impiegato Charlie Orsini invece, un cattolico zelante, era stato condannato per stupro e violenza domestica. Il giornalista Pierre Frizzi, il tizio ritrovato in una vasca colma di feci, aveva adescato con regali e poesiole riprovevoli delle adolescenti che poi aveva massaggiato e palpato, anche lui non era stato condannato: il processo era ancora in corso. Infine il poliziotto di due giorni prima, l'unico con quel cartello rivelatore, era stato assolto tre volte in seguito alla *misteriosa* ritrattazione di prostitute che lo avevano accusato di violenze all'interno della caserma. "La stessa caserma che dovrebbe indagare su Blessing," aggiunse Aurora. Ma Giulia fece un cenno d'assenso rapido, e continuò a parlare in maniera concitata, come se dovesse evitare un'imminente catastrofe, mentre Aurora seguiva con occhio placido la sua boccia in movimento, probabilmente temendo che le arrivasse un colpo improvviso. Inoltre Giulia le raccontò che Gabriele – uno che conosceva il suo ex, Matteo – aveva evitato un attacco in garage da parte di una ragazza, lui non era nella lista ma era un fatto di cui Giulia aveva parlato con Lotte. Ricordava quel giorno alla rimessa con Vinz? Non vedeva Aurora il filo che univa tutte le aggressioni che, guarda caso, erano iniziate proprio quando Lotte si era unita al gruppo?

Aurora si espresse con una smorfia abbastanza indefinita, come se avesse raccolto tutte le energie per pensare a quella domanda e poi le avesse lasciate scorrere via con un respiro di impotenza. In silenzio guardò due bocce che rotolavano quasi in sincrono sulle altre piste, una otteneva lo strike, l'altra sfiorava appena un birillo facendolo cadere. Quindi disse: "Perché credevi fossi qui?".

"Non ho capito," disse Giulia, che invece temeva di aver capito benissimo.

"Lo vedi l'uomo con la barba sulla pista numero tre?"

Aurora ammise che lei e Lotte erano le autrici di quegli attentati. Erano loro che studiavano quotidianamente i movimenti degli abusatori, ne prendevano nota e poi sceglievano il momento giusto per agire. L'idea iniziale era stata quella di interrogarli, poi entrambe avevano avuto paura di essere riconosciute. L'ultima sanzione ai danni del poliziotto – il cartellino STUPRATORE – era un modo per iniziare a rivendicare politicamente le aggressioni, affinché generassero un dibattito intorno alla violenza maschile.

"Ma perché?" disse Giulia.

"In tanti anni alla Breakfree ho capito una cosa: gli uomini hanno paura degli autovelox, del cibo cancerogeno, delle controindicazioni dell'aspirina. Ci vuole la paura per farli indietreggiare."

"Ma cosa dici. Cosa?" Giulia si sentì invasa da una tristezza sconfinata. Come se avesse perso definitivamente qualcosa, anzi si fosse accorta solo in quel momento di averlo perso chissà quando.

"Lo sapevo. Non te l'ho detto prima perché sapevo che l'avresti presa male."

Giulia la interruppe: "Ma non ci pensi al nostro gruppo?".

"Io penso a come combattere la violenza sulle donne."

"Con ghiaccio, sangue e merda..."

"Ti ricordi il professore, quello che fantasticava sulle punizioni nel campo di concentramento? Quando siamo andati al pranzo di Natale e—"

"Sì, mi ricordo!" Giulia la interruppe di nuovo.

"Bene, ho continuato a domandarmi perché Clementina avesse infilato le Furie nella sua favola strana. Adesso credo che la vendetta sia il sogno a occhi aperti di ogni donna abusata, violentata o uccisa."

"I morti non sognano," sentenziò Giulia, la pedanteria come rifugio al caos intorno a sé.

"Poi, Lotte un giorno mi ha confidato la sua totale sfiducia nella polizia. Io le ho chiesto che cosa avrebbe fatto lei. E quando le ho parlato del contrappasso le si sono accesi gli occhi. Se vuoi ti spiego in base a cosa scegliamo la sanzione e come—"

"No, no. Lo spiegherai alla polizia," disse Giulia. Poi si fermò a osservare la palla da bowling: risplendeva dell'unto sebaceo delle tante mani che l'avevano stretta. Sfilò le dita dalle fessure e portò la mano al naso e le sembrò di sentire l'odore di tutti i precedenti giocatori. La lanciò via con la forza della collera che aveva trattenuto. La boccia rimbalzò pesantemente e si infilò in una delle scanalature laterali alla pista. "Cazzo!" sibilò. "Cazzo, ma non ci pensi a Joy? Al fatto che perderà il lavoro e sarà incriminata per sottrazione di documenti ministeriali per queste idiozie?"

"Joy ci tiene informate sulle indagini. Ovviamente non partecipa alle azioni, ma è stata abbastanza felice quando abbiamo sanzionato il poliziotto della sua caserma, se proprio lo vuoi sapere."

"Hai rovinato tutto." Giulia osservò l'uomo con la barba, l'obiettivo di Lotte. "E lui che cosa—"

Aurora la interruppe: "Lo farai tu se vai a denunciarci da chi non ha mosso un dito per Blessing".

"Hai rovinato tutto." Giulia guardò l'amica e fece di no con la testa. Le diede le spalle, strinse le lacrime tra gli occhi e attraversò il bowling, tra gli schiamazzi festanti di una comitiva di studenti delle scuole medie.

Questo scontro tra le due amiche è trascritto molto chiaramente nell'interrogatorio svolto dal giudice delle indagini preliminari, anche se – va detto – nella dichiarazione di Giulia non c'è traccia del ruolo di Joy. Ha cercato di proteggerla per evitare che venisse incriminata come connivente. È dall'inchiesta successiva che ho potuto apprendere il ruolo della mediatrice e, in questo senso, ho modificato leggermente il dialogo riportato nella trascrizione.

6

Non sono mai riuscito a individuare la scaturigine del Male in nessuna storia. Non riesco a trovare un confine chiaro tra il carnefice e la vittima che si sente in diritto di rispondere con altrettanto Male all'offesa subìta. Voglio dire: non credo esista un carnefice puro, privo di un passato di persecuzioni. Potrei parlarvi di quello che è successo nella mia infanzia, di alcuni amici di mio padre, ma a chi servirebbe? Giusto al mio coraggioso e ingenuo psicoterapeuta. Oppure potrei sostenere che il Male non ha causa. A volte mi verrebbe persino da dire che c'è solo buio e nessuna voce amica intorno. Che sono solamente uno dei tanti che ha ricevuto la visita di un imprecisato diavolo.

Tuttavia una cosa la so: quando dicono che uno stupro è stato la conseguenza di una passione furiosa e ingestibile, vi stanno mentendo. Non c'entra l'istinto. Io l'ho preparato per giorni. L'ho immaginato. Pianificato come si pianifica un assalto. Ho visto le sue difese sguarnite quando parlavo di entrare in contatto con i nostri corpi, come se fossimo attori. Mi ricordo la sua schiena diventare dritta, in allerta. Quando affrontavo certi argomenti, assumevo la maschera dell'uomo esperto, perfettamente consapevole dei dettagli di alcuni giochi. Altre volte invece, di fronte ad altre allusioni, mostravo un sorriso innocuo e assecondavo il suo puerile tentativo di evitare educatamente l'argomento. Clementina era irreprensibile nell'evitare aggressività o maleducazione, come se le buone maniere la potessero salvare dal Male. In me, lo devo ammettere, produceva uno strano effetto: nelle mie fantasie ero un padrone dai costumi liberali che colonizzava il corpo di una contadina. Mi piaceva l'idea che non possedesse il vocabolario per riconoscere la mia sopraffazione. Che sapesse che c'era qualcosa che non andava ma non riuscisse a identificarla. Che piano piano, nel dolore, trovasse il piacere e la necessità della sottomissione alla mia rigida disciplina. Mi rendo conto di un'altra cosa: persino quando, in seguito, lei mi cercava per il sesso, io mi eccitavo solamente se la immaginavo resistere. Ho ritrovato questo appunto: *Lo stupro non cerca il piacere tramite un potere, ma cerca il potere stesso.* Non so da quale libro provenga, però c'è qualcosa di astratto in questa frase, qualcosa che mi viene immediatamente da respingere, forse come qualsiasi discorso sul potere che parla del potere come male-in-sé che non abbia la giustificazione di essere pronunciato da un ragazzo di sedici anni. E se, invece, tutta la sessualità fosse imperniata sulla violenza e sull'inganno? La femmina che si nasconde, si tira indietro, chiede timidamente aiuto e il maschio che la rincorre, la spoglia e la prende. Molte donne urlano "no! no!" mentre godono, e altre ancora hanno fantasie di violenza. Qualcuno afferma che le fantasie di violenza maschile e sottomissione femminile siano il frutto *solamente* di un immaginario patriarcale. Mi chiedo, tuttavia, come potremmo sostituire le fondamenta mitiche della nostra sessualità, quale altro Apollo e quale altra Dafne? Non voglio trovare alibi per le mie violenze. Ho letto molto in questi ultimi anni e ho capito che i nostri fantasmi di sottomissione devono rimanere fantasmi. Se qualcuno, contro la nostra volontà, li rende reali ci spezza qualcosa dentro. Ci mette di fronte al Male.

Ho letto molto e mi piacerebbe che questo romanzo fosse un modo per onorare i valori di Gerard. Forse i figli servono a mostrarci che alcune parole ci sembrano retoriche solo perché abbiamo esaurito le emozioni per credere. Da quando è morto, non sorrido più mentre pronuncio la parola *verità*. Inoltre, in un costante dialogo con il suo ricordo, mi sono domandato più volte il significato della parola *giustizia*. Quand'è che, per esempio, una persona dev'essere messa in condizioni di non nuocere *più* alle altre? Quando è possibile la rieducazione? Anzi, esistono colpevoli che non possono essere rieducati ma solo oltraggiati e colpiti? E le vittime vengono veramente risarcite dalla giustizia dello Stato? E quando un reato, uno stupro per esempio, non può essere dimostrato (soprattutto a distanza di anni) cosa è la giustizia? Come affermava Gerard: in fondo non ci siamo evoluti così tanto dalla legge del taglione del codice di Hammurabi. Sì, magari in alcuni paesi non c'è più la pena di morte, o addirittura l'ergastolo è considerato inumano, tuttavia rimane sempre la volontà di far soffrire il colpevole e di separarlo dal resto della comunità. Si dice sia per una questione di deterrenza: gli altri componenti della società vedono cosa succede se picchi qualcuno, per esempio, e ci pensano due volte a farlo. In più di due millenni abbiamo utilizzato fondamentalmente due forme per riparare i danni di un reato, per trattare il Male: la vendetta e il sacrificio. Ma a qualcuno interessa ciò che passa la vittima? O invece la società si ritiene soddisfatta *purché il colpevole venga ucciso o recluso o rieducato*? Questa frase è un appunto preparatorio della tesi di Gerard. Dopo aver trovato il coraggio di aprire i suoi libri, sono riuscito a inseguirlo in quello che desiderava. Ho trovato le tracce dei suoi discorsi. Nella mia nuova casa non esiste più la sua stanza ricostruita, è come se fosse evaso dalla mia gabbia, però lo sento più vicino. Grazie a Gerard, ora mi rendo conto che c'è qualcosa che non funziona, cioè non funzionerebbe neanche se io venissi arrestato, con tutto ciò che ne consegue. La vittima, i familiari della vittima, rimarrebbero là, immobili, più o meno soddisfatti nel caso venissi punito severamente ma con la stessa grave lacerazione. Per questo – come racconterò più avanti – ho provato a chiederle perdono, sinceramente.

Eppure, allo stesso tempo, anche se questa potrebbe essere l'ultima occasione di onorarne il valore, comprendo di non essere all'altezza dell'idea di giustizia di Gerard. Sto tentando di farlo sul piano letterario, con il cuore, in luce, ma nelle buie viscere qualcosa si muove altrimenti. E non è la nausea o il reflusso gastrico durante la scrittura, no, è la verità che ho visto quando – dopo aver letto più volte il manoscritto – mi sono inabissato nel mio animo: sarei, ancora una volta, disonesto se vi dicessi che sicuramente non rifarei quello che ho fatto se mi trovassi di nuovo nelle stesse condizioni.

7

Durante i primi giorni d'estate non c'era un angolo che si salvasse dall'odore dei fiori, dalle frustate del sole e dai ragazzini che calavano come un esercito schiamazzante per giocare dal dopopranzo al tramonto tra l'ultimo perimetro di asfalto e l'inizio della campagna.

In ufficio piantarono un vecchio ombrellone da bar sul terrazzino delle sigarette: invece di fare ombra creava una sauna nicotinica. Dopo il caffè si radunavano quasi tutti là e Matteo, come al solito, si esibiva nelle sue barzellette trascinando tutti nella risata. Non aveva raccontato a nessuno che lui e Giulia si erano lasciati, ma un giorno il collega più anziano lo intuì, forse per il tema femminile delle sue battute, chissà. Lo prese da parte con le sue dita gialle di tabacco e lo portò via dall'ombra affumicata dell'ombrellone per spiegargli quale sarebbe stata la forma finale dell'amore. Senza troppe premesse disse: "Sapere che qualcuno sapeva che tu assumevi semi di lino per fare la cacca regolarmente".

Sembrava una stronzata cinica, eppure era tutto lì; dopo i primi anni passionali, il tuo partner serviva a questo, a confermare la tua esistenza ascoltando che il traffico quella mattina era stato intenso, che la zanzara ti aveva svegliato nel cuore della notte, che avevi trovato un'offerta speciale sul salmone e che il caffè da qualche mese lo prediligevi amaro. A chi raccontavi tutte queste cose se non avevi la fortuna di essere una star mitomane intervistata da una rivista? Quindi, se riuscivi a vivere senza un complice e a superare il gelo delle domeniche solitarie, si poteva benissimo fare a meno del cosiddetto amore. Tuttavia il collega non ce l'aveva fatta, per questo si era risposato quando erano trascorsi appena tredici mesi dal divorzio. Mentre osservava il suo doppio mento sudato, Matteo si sentì in ottima forma, come se anni e anni di allenamenti si fossero radunati sul terreno di gioco per consentirgli, dopo una corsa testa a testa sulla fascia, di anticipare in scivolata l'avversario ed evitare che andasse a rete. Insomma, era convinto di poterci riuscire.

La luce di giugno mostrava piccole crepe perfino sulle mura esterne del centro commerciale, l'edificio della Grande Città dove gli abitanti meno colpiti dalla Crisi cercavano di dimenticarla. Eppure, da mesi durante la notte la scritta gigante in cima si svelava solo a metà, come una riga incompleta di un cruciverba luminoso. Matteo attraversò lo spazio asettico e raggiunse Leonardo, seduto a un tavolino del bar al centro della struttura di vetro e acciaio. Entrarono nel primo negozio e iniziarono a valutare gli abiti adatti per la nuova avventura londinese. Durante tutto il tempo Matteo cercò il sole tra le vetrate della struttura. La frase di Giulia, "tu non hai bisogno di un padre", era diventata un pugno che bussava continuamente alla sua tempia. Era trascorso un mese da quella giornata di luna park e carro-attrezzi, eppure: *toc toc*, mentre provava una camicia, *toc toc*, mentre andava in bagno, *toc toc*, mentre ascoltava il commesso. Quando Leonardo lo accompagnò in un negozio di valigie, il discorso divenne articolato e fastidioso: *toc toc* le emozioni ti spaventano, quindi ti rinchiudi, ti proteggi dalla possibile gioia o dal possibile dolore con una fuga preventiva. I suoi giudizi gli suscitavano un'irritabilità duratura perché, in fondo, non riusciva a confutarli come parziali. Li vedeva aleggiare intorno a sé pronti a inchiodarlo al muro qualora si fosse comportato come gli stessi giudizi suggerivano. A volte ipotizzava che fossero abbastanza casuali e si domandava se in realtà fosse lui ad aderire a quelle descrizioni dopo averle ascoltate.

Non riuscì a scegliere il trolley, né a liberarsi delle nocche arroganti di Giulia sulla tempia. Mentre si trovava nella cabina di prova cercando di infilare nervosamente un paio di pantaloni, gli arrivò sul cellulare un videomessaggio da un ragazzino della sua ex squadra: *Mister, ci manchi tanto! Ti faremo il "gegenpressing" ovunque andrai...*, corredato da tre cuori. Il video, girato dentro lo spogliatoio, mostrava la squadra sudata e terrosa dopo la partita, un tripudio di urla scomposte e magliette agitate al vento mentre qualcuno saltava ripetutamente sulle panche e qualcun altro faceva capolino dalle docce spruzzando acqua dalla bocca su chi capitava a tiro, dita a V verso l'inquadratura, e poi tutti insieme intonavano all'unisono "se-mi-fi-na-le!" strappando un piccolo sorriso a Matteo: la squadra era arrivata tra le prime quattro degli esordienti regionali e voleva che il suo vecchio Mister tornasse. Ma il

Mister con il frigorifero a tracolla cosa *sentiva*? Un giorno uno di loro gli aveva detto che era un padre migliore del padre vero, perché ascoltava senza tirare il cellulare al muro e non prendeva a calci le sedie. Benché fosse stato evidentemente messo a confronto con uno psicopatico, a Matteo aveva fatto piacere. *Toc toc* forse perché hai bisogno del giudizio positivo di ogni essere vivente, e allo stesso tempo lo temi? Forse per questo sei stato con una vivisezionatrice come me? E, ancora, per questo ti serve l'approvazione di Leonardo per credere nel tuo talento? *Toc toc* eppure lo sai che non ti serve un padre, mi hai sentito anche se ostentavi un ghigno annoiato e lontano, no?

Quando uscirono dal centro commerciale Matteo accennò alla sua incapacità di comprendere le donne. Lo fece con un sorriso, attendendosi un'espressione di complice concordia. Invece Leonardo si fermò con solennità sull'acciottolato. Il sole basso del tramonto delineava la sagoma della sua ombra lunga diversi metri. La faccia stupefatta di uno scandinavo che scopre il tepore mediterraneo. Partì con un'arringa stralunata non si sa bene rivolta a chi: "Se vuoi che te la dica tutta, anch'io fatico molto ad avere rapporti. Dopo la mia storia con Elis frequento prostitute. Credo che molte donne siano stupide. Preferiscono continuare piuttosto che provare a cambiare. Non ce l'ho con le donne. Con le donne stupide, ce l'ho".

Matteo credeva che si stesse prendendo gioco di lui. Assunse lo stereotipato atteggiamento dell'attore che regge un teschio in mano e rese grave la sua voce: "C'era un'epoca in cui il patriarcato brillava e misoginia non era parola, ma *natura* delle cose," e mosse la mano nel vento con enfasi ridicola.

Leonardo proseguì imperterrito: "Esatto. Allora aveva senso l'atto, anche puramente provocatorio, di mostrare seni, cosce e capelli corti, era veramente un'espressione di libertà contro regole femminili scritte da mano maschile. Ma oggi è quantomeno sospetto che questa libertà consista sempre in vestitini aderenti, rossetti, minigonne, tacchi e mai, che so, una salopette, un maglione sformato, dico per dire. Quanta gioventù buttata via a inseguire cosa? La bellezza. Per avere l'attenzione di uomini che non ripagheranno mai l'assenza di un padre".

Matteo capì che non c'era nessuna ironia nelle sue parole, e disse: "Meno male che gli uomini non sono stupidi invece...".

"No, non fraintendermi, odio le donne stupide quanto gli uomini stupidi, sia chiaro. Solo che le donne stupide a volte cercano di supplire alla stupidità con il mistero della seduzione. E con la bellezza. Gli uomini stupidi invece cercano di supplire con la forza fisica o con il successo sociale. Ma la responsabilità più grande degli uomini stupidi è quella di ridere o di assentire alle idiozie delle donne stupide perché – molto spesso – sperano di andarci a letto. A causa di ciò le donne si compiacciono della loro presunta simpatia o intelligenza e non si sforzano di migliorarsi, perché nessuno dice loro chiaramente che sono delle idiote. Cosa che invece ai maschi stupidi capita, e a volte, se si sforzano, grazie a queste critiche anche virulente, diventano un po' meno stupidi." Leonardo aggrottò le sopracciglia, come se si fosse reso conto in quel momento di essere andato in una direzione imprevista e non richiesta.

A Matteo sembrò di vedere la pelle della sua faccia scivolare verso il basso. Come se un burattinaio avesse smesso di tenergli gli zigomi e l'arco sopracciliare. Era difficile definire cosa era sbucato fuori. Ma non se ne curò, né ebbe voglia di indagare. Anzi, Matteo arrivò a una conclusione soddisfacente: in breve, le donne erano una serie di bolle di plastica. Sua madre era una donna accentratrice, prepotente, a tratti violenta; Giulia era un'ascoltatrice, accogliente e solidale. Tuttavia entrambe governavano le decisioni degli uomini intorno a loro, perché supponevano di conoscere le emozioni e sapevano chiamarle per nome. Leonardo, probabilmente, non si era lasciato governare, per quello era finita la storia con la madre. Sul petto di Matteo il piccolo frigorifero riusciva a conservare tutto a temperature accettabili: dopo qualche metro di camminata in silenzio, parlò della gioia che gli avrebbe dato vedere le partite della Premier League allo Stamford Bridge, lo stadio più antico d'Europa.

8

Il grappolo infuocato dell'estate cadde dal cielo e si spappolò sulla Piccola e sulla Grande Città. Il gruppo di autocoscienza femminile spostò il suo appuntamento nella casa di Grazia, dotata di un condizionatore efficiente, in grado di mantenere le donne unite mentre sul balcone il bocchettone sputava acqua sporca e le vespe si adoperavano sui loro nidi minacciosi e grossi come pugni.

Joy prese Giulia da parte per chiederle un favore: qualora fosse andata alla polizia a denunciare le *sanzioni*, avrebbe voluto saperlo prima. Le spiegò poi che nessuna del gruppo avrebbe potuto collegare i nomi della sua lista alle aggressioni: aveva già provveduto a depennare i nomi coinvolti. Infine non aggiunse nulla per dissuadere Giulia dal suo intento.

Lotte aveva deciso di non partecipare più alle riunioni: le era passata la voglia, non arrivavano i risultati sperati per Blessing e, inoltre, temeva ogni giorno di più che i papponi la scoprissero. Mentre le altre del gruppo la invitavano ad aver fiducia, Aurora e Giulia rimanevano in silenzio. In ogni modo, Lotte fu irremovibile. Dopo la sua partenza ci fu una discussione sull'efficacia del metodo e Grazia, che con l'arrivo dell'estate aveva sostituito le sciarpe colorate con collane di semi, propose di ritornare sulle sfide interiori e abbandonare l'indagine. Sia Aurora che Giulia contribuirono ad approvare la sua idea. Nessuna all'interno del gruppo notò, o volle rimarcare, che si rivolgevano la parola con indifferenza ostentata.

Il cielo di giugno, ancora alleggerito dal vento, lasciò il posto all'orizzonte febbricitante di luglio e agosto che straziava le nuvole di calore fino a tarda sera, quando il sole sgocciolava rugginoso verso l'altro emisfero. La polizia si era messa seriamente al lavoro per trovare i responsabili dell'aggressione a Mimmo Cantireni, con perquisizioni e fermi di vecchi malavitosi sempre informati e spesso confidenti che – secondo quanto riuscì a intuire Joy in caserma – non dissero nulla (d'altronde, come potevano?). I giornali, durante l'estate vacanziera della politica e dell'economia, si buttarono sulla storia, dissotterrando qualche particolare della vita del poliziotto ma senza indagare a fondo sulle accuse – probabilmente infondate? Fango sulle forze dell'ordine? Contro di lui solo ritrattazioni, vendetta personale quindi? – scritte sul cartello. Qualcuno della cronaca nera tentò di collegare l'evento alle aggressioni precedenti, ma a nessuno venne in mente di scavare nei trascorsi giudiziari delle vittime. I moventi si spostavano con notevole rapidità dall'esoterismo alla crisi dei legami sociali.

Eppure, la notte stava partorendo le sue figlie. Quello che nessuno sapeva, neanche le artefici delle aggressioni (o *sanzioni*, come preferivano chiamarle), era che il mito esiste al di là della nostra consapevolezza. Ha la forma di una voce che riecheggia dalla notte dei tempi: una storia che non si inventa, piuttosto si tramanda. Quando evochiamo questa forza è difficile, forse impossibile, fermarla. Infatti Giulia attraversava i giorni e i dubbi in bilico costante, il suo scooter rallentava di fronte alla caserma della polizia, ma lei non riusciva mai a scendere dal sellino, riacquisiva velocità fendendo l'aria calda e cinerea di quell'estate. Quindi ascoltava Clementina e cercava di darle il conforto necessario, entrambe inconsapevoli del rullo di tamburi che risuonava dai millenni passati e annunciava le Furie. A volte dal boschetto si alzava fumo oscuro, forse provocato da qualche sigaretta disattenta o forse no, e i Canadair faticavano a contenere gli artigli delle fiamme. In ogni modo, gli abitanti ascoltavano solo l'elettricità indaffarata degli insetti e non il lieve incrinarsi dei rami da cui scoccavano gli uccelli che davano loro la caccia.

Come fai a spaventare una donna che non è più sola?

1

Clementina doveva ammettere che la scimunita era una persona preziosa perché, quando precipitava nei suoi ricordi scuri e aveva bisogno di parlare, le rispondeva al telefono perfino in orari complicati. Durante l'estate i suoi nervi si ammorbidirono: si riconciliò perfino con l'infanzia nella terra coltivata, con le bestie che puzzavano di caldo, pelle e letame, con il vagito di ore infinite nella notte in cui nasceva il vitellino umido, gracile, schifoso, con i discorsi dei nonni sul grano, con i denti neri e la guerra come un alito bollente alle spalle, la guerra che non sapeva perché era piccola, con le pagine di scuola sotto le unghie marroni e la cinta, la bacchetta, e con le pietre e le piccole guerre con gli altri bambini lerci, con il sapore di vittoria e di umiliazione anche se non conosceva quella parola. Durante la pausa pranzo al parco con alcune colleghe "collaboratrici domestiche" (come avrebbe detto Giulia), mentre una mano stringeva un panino, Clementina si concentrava sull'altra che tagliava l'aria in tutte le direzioni dei suoi discorsi. Si sentiva leggera: osservava la mano libera senza recriminazioni per le righe del tempo e dei detersivi. E com'era bello guidare la sua Golf e sentirne la zigrinatura dei pedali: freno, frizione e acceleratore, senza fretta, una guida ponderata che non suonava il clacson quando rallentavano, che il semaforo e il traffico potevano anche essere amici. Non perché aveva la radio ma perché calcolava esattamente il tempo e ci metteva sopra altri dieci minuti di sicurezza per gli imprevisti. Le strade erano più libere con la chiusura delle scuole e, al ritorno dal lavoro, si attardava volentieri alla ricerca delle sfumature di tramonto più belle. La sua vita sembrava essere stata rassettata, asciugata, lucidata. È vero: alcune giornate erano molto più dure di *prima*, piene di incursioni non gradite; si scopriva a tremare mentre faceva la doccia, le veniva da vomitare quando Giulia accendeva una sigaretta e lasciava scorrere le lacrime quando finalmente Costantino prendeva sonno. Però, finalmente, sapeva da dove proveniva quella voglia di piazzare dinamite alle radici del mondo.

Uno dei giorni in cui dal boschetto giungeva il fumo nero e il rombo dei Canadair, volle Giulia accanto per il nuovo taglio di capelli. Il suo arruffato caschetto rossiccio si sarebbe trasformato in un innovativo *pixie* color prugna. Mentre sfogliavano riviste in attesa del turno, disse a Giulia che le dispiaceva che lei e Matteo si fossero lasciati. Sebbene il figlio non le parlasse molto, la sera stava quasi sempre a casa e probabilmente non si vedeva nemmeno più con Leonardo. Insomma, tutto considerato, l'incidente davanti al Drago Dorato aveva contribuito più a riparare che a distruggere. Clementina tornò persino a varcare la soglia del cimitero della Piccola Città dopo diversi mesi: pianse di fronte alla tomba della madre e provò a raccontarle la verità. Anche per questo ringraziava la scimunita, che in quel periodo, sebbene Clementina non se ne accorgesse, era decisamente distratta. Quando uscirono dal parrucchiere e si ritrovarono nell'aria pregna di cenere e umidità, Clementina le disse che ancora non si sentiva pronta per condividere la sua storia in pubblico, tuttavia promise che avrebbe partecipato agli incontri del gruppo. Inoltre le suggerì di controllare la mail perché si sarebbe rimessa a scrivere e le avrebbe inviato il finale della sua vecchia favola.

La sera stessa però i suoi nervi tornarono a vibrare e il fumo oscuro adombrò i suoi pensieri. Si era appisolata presto, tra le mani un romanzo con il quale aveva cercato di non pensare al biglietto che aveva trovato. L'abat-jour era acceso e il sonno era cullato dal ronfo regolare di Costantino. Alle undici sentì la porta di casa sbattere e si svegliò improvvisamente. Si tirò su a sedere con le ginocchia piegate: il sogno le aveva lasciato la sensazione che i suoi piedi fossero sopra i ciottoli del fiume. Il suo cuore smise di singhiozzare mentre ascoltava Matteo che spostava una sedia in cucina e che, probabilmente, rovistava nella dispensa. Si prese il tempo per ripercorrere il sogno prima che si dileguasse: lei e Leonardo ancora giovani su una spiaggia di sabbia rossa; il mare si prosciugava e rimaneva un'immensa distesa umida piena di pesci morti e una balena all'orizzonte che rotolava su se stessa producendo piccoli terremoti. La sabbia diventava bollente e li costringeva a correre fin sotto l'ombra di un albero dal tronco giallo. Il refrigerio durava poco, perché dall'albero uscivano mosche giganti e tafani che li inseguivano pungendoli senza pausa. Ricoperti di punture sanguinanti scoprirono che lo sciame non li seguiva nella distesa umida. Si mettevano a spingere dei sassi enormi e li facevano rotolare e cozzare uno contro l'altro per un tempo lunghissimo che riempivano litigando e rinfacciandosi gli errori commessi durante la vita. Poi la loro voce si strozzava e diventavano corteccia e foglie: due alberi dentro un mare prosciugato. Alcuni avvoltoi si poggiavano a divorare le loro foglie lasciandoli nudi, mentre la balena nera, incuriosita, avanzava verso di loro. Il cetaceo spalancava le fauci e lasciava uscire tre vecchie scure con nidi di serpenti come chioma, abbaiavano e svolazzavano con ali di pipistrello. Le Furie si avventavano su di lei e la annusavano. Dopo alcuni istanti di terrore puro Clementina le accarezzava, le ammansiva e poi faceva loro un cenno della testa in direzione di Leonardo, e comprendeva che non servivano parole. All'orizzonte, nella distesa di mare prosciugato i genitori, Nello e Piera, si stringevano la mano e sembravano angeli.

Clementina si alzò e si lavò il viso a lungo con acqua fredda. Poi percorse il corridoio, aprì la porta e trovò Matteo seduto in cucina davanti a una ciotola colma di biscotti al cioccolato. Li spezzava con il cucchiaio e cercava di amalgamarli nel latte producendo una poltiglia disgustosa.

"Hai quasi trent'anni, ti sei dimenticato?" disse Clementina senza salutarlo.

Matteo non rispose e continuò nella sua operazione con gli occhi inabissati nel latte, attenti come chi sa bene com'è che vanno le cose laggiù, nel centro bianco e liquido del mondo.

"Ti fa male la pancia. Lo sai come va a finire."

Con il cucchiaio usato come una paletta Matteo prelevò un pezzo di biscotto ancora solido, lo portò alla bocca e poi si adoperò per trasformare il resto nella tazza in una pappa scura e dolce: "Mmm," fece il verso in maniera plateale come se si rivolgesse a una bambina per rivelargliene la segreta bontà.

"Era tanto che non uscivi di sera."

"Mmm. Sto ragionando sui problemi storici del Paese: infrastrutture fatiscenti, assunzioni per amicizia, appalti determinati dalle solite bustarelle del cazzo—"

"Non si dice ca... mi hai capito?"

"Non riesco a lavorare come vorrei. In questo Paese," disse Matteo, e si rituffò nel pappone di biscotti, di una consistenza poco rassicurante. La testa era china, il mento sfiorava il centro della tazza, una palla da golf enorme tenuta ferma dalle mani poggiate ai lati delle tempie.

Clementina lasciò passare il tempo. Il silenzio si riversò nell'aria. Un liquido che iniziò a riempire la stanza e a salire verso la gola. Respirò forte mentre continuava a guardare il figlio. Si accarezzò i capelli: "Io riesco, tuo nonno riesce, anche tuo padre a suo modo riesce. Dopo quello che abbiamo passato, i sacrifici, i soldi che non bastavano mai... a volte tutto ferisce come un campo di concentramento, tutto. Ma credi che c'è qualcuno che ti premia per questa lamentazione?".

Matteo si alzò e versò ancora latte nella tazza. Con il cucchiaino rimosse il fondo appiccicaticcio, infilò dentro altri tre biscotti, li ruppe e poi amalgamò: "Hai presente quando mescoli le tue bustine per l'osteoporosi? Rimane sempre un po' di polverina in fondo al bicchiere. Anche se dovessi agitare per un'ora".

"Interessante, figliolo."

"È così, una sensazione di inutilità. Una sensazione che non va via."

"Questa sensazione non c'è. Hai capito? Sennò non parleresti dei miei problemi alle ossa e di polverina che non si scioglie."

"Non funziona in questo Paese, mamma. Ma tu che ne sai, che fai le pulizie?"

Clementina sorrise in maniera allarmante: "Stai facendo un giro lungo, eh?".

"Tu *non* sai cos'è questa sensazione. Giro lungo? Quello che hai fatto tu per trovare un parrucchiere punk?" Matteo sorrise quasi a fatica e poi sembrò afflosciarsi. La sua faccia diventò la parete interna di un pallone che si sta sgonfiando. Mosse il cucchiaino sul bordo della tazza.

"*Io* ne ho passate tante ma nessuno me l'ha dato il motivo, a me. Ti alzi, c'è il cielo nuvoloso, apri la finestra, respiri smog ma vai avanti, e lo trovi, se vuoi, il motivo per restare. Diamine, quanto ci metti a dirmi di questo?" Clementina appoggiò il biglietto aereo per Londra sul tavolo della cucina, dalla parte opposta a quella in cui sedeva Matteo.

Matteo rituffò lo sguardo nella tazza: "Te lo volevo dire".

Clementina gli si avvicinò. Quindi afferrò la tazza con la schifezza marrone. La osservò da vicino come se cercasse un pelo al suo interno. E all'improvviso la scagliò con forza nel lavandino.

La tazza si spaccò in due ma una delle due metà proseguì la corsa contro il muro e fece deflagrare schegge e fiotti di biscotto ovunque.

"E pensa che nemmeno la bevo tutta la polverina per le ossa, eh," sorrise Clementina, le mani ruvide che assorbivano e ingoiavano la luce del lampadario.

Matteo balbettò due sillabe arrese.

Lei lo travolse: "Alzati e vatti a fare una corsa. Torni e ti fai la doccia. Vai a dormire, ti alzi e lo rifai. E lo rifai. Finché non capisci quanto sei fortunato a lavorare al Comune. E a vivere qua!".

“E invece qual è stato il tuo motivo per vivere al Nord?” disse Matteo con una voce grave e lontana.

“Comunque era una battuta, prima. Quella sulle medicine per le ossa. Stavo riprendendo quella cosa che dicevi sulla polverina che avanza in fondo al bicchiere,” disse Clementina.

“Mamma, senti, io non lo so cos’è. Non lo so davvero. Ma sei come rotta, dentro.”

“E non lo pulisci qua il casino dei biscotti?! Se tuo padre si taglia?”

“Sei stata tu,” disse Matteo.

“Io forse sono rotta, ma non sono stupida. Vai con Leonardo?”

Matteo si alzò e la sovrastò di alcune decine di centimetri: “Tu invece, non mi devi raccontare niente?”.

“Tu là non ci vai.”

“Sto andando a Londra per lavoro. Perché qualcuno ha creduto nel mio talento.”

“Certo. Lui crede sempre nel talento degli altri.”

“Che significa,” disse Matteo assumendo un colorito viola per nulla rassicurante. “Mi dici che cazzo significa? Mannaggia la puttana infame! Cazzo!”

Clementina fece un singulto. Si guardò intorno come se si fosse persa nella sua stessa casa. Chi era quel ragazzo che ormai era un uomo e che per lei doveva rimanere bambino? Chi era che sfidava l’ordine familiare pensando di trovare libertà distruggendo le catene e trovava solo la distruzione stessa che per un po’ sarebbe bastata ma poi no, poi sarebbe rimasta solo la solitudine nelle mani sbagliate, la solitudine muta perché la vergogna di te risucchia le parole? Clementina aveva sempre avuto timore che suo figlio parlasse la voce di Leonardo, ma dietro quel turpiloquio ostentato, dietro il viso somigliante a Leonardo, probabilmente c’era lei stessa. C’era la paura che anche Matteo finisse accompagnato da qualche Demone con le zanne incrostate di sangue. Anzi, no, non era una paura: stava succedendo! Ma, adesso, lei era un’altra. Adesso lei non si sarebbe comportata come aveva sempre fatto. Prese la scopa e la paletta. Iniziò a pulire in terra. Quindi, con un tono di voce improvvisamente morbido, chiese a Matteo che lavoro avrebbe svolto. Lo ascoltò mentre con meticolosità raccoglieva da terra i pezzi di ceramica. Si sorprese mentre, fermando le operazioni di pulizia, lo guardava con i lineamenti placidi:

"Non hai il diritto di dire parolacce, quello no. Parteciperai alla scrittura di sit-com? Io non ci avevo pensato. Forse per te è giusto. Ed è giusto che ti metti in gioco in un altro Paese".

"Non ho capito," disse Matteo.

"Hai parlato con tuo padre?"

"Ancora no."

"Parlagli, digli che gli vuoi bene. E non accennare a Leonardo."

"Quindi? A posto così?"

"Hai trent'anni. Sono io che devo risolvere i miei problemi."

Matteo appoggiò le mani sullo schienale della sedia. Piegò il busto in avanti. Come se la vera risposta di sua madre fosse fuggita via e stesse nell'aria di fronte a lui. Poi disse:

"Perché tu non hai creduto nel tuo talento?".

"Perché non ne avevo abbastanza. Forse era più ambizione che talento."

"Ma non mi vuoi raccontare quello che è successo trent'anni fa?"

"Mi sembra che Leonardo ti abbia raccontato già abbastanza."

"In realtà è tutto in ciò che ti ho appena detto."

"Perché il resto non è importante. Adesso però ho bisogno di dormire." Clementina si voltò e si chiuse la porta alle spalle. Lungo il corridoio, poco prima di entrare in camera, si appoggiò al muro con le mani aperte. Al buio respirò una profonda arrendevolezza al senso delle cose. In piedi accanto al letto percepì il respiro del marito. Si sistemò vicino a lui – che non aveva sentito niente, o aveva finto? – sperando che i suoi sogni fossero spenti. Poi osservò il lavoro della luce fioca: colava sul comodino, sulle lenti impolverate degli occhiali, sul tappeto lanuginoso, sullo specchio limpido e sul portagioie della madre. Sentì Matteo chiudere la porta della sua camera. Quindi si alzò inquieta, infilò una mano nella cassettiera e sfilò l'elastico dalle foto color seppia. Si piegò per cogliere il cono di luce dell'abat-jour. Le fece scorrere velocemente tra le mani, come se stesse contando delle banconote. Si rialzò in piedi, si sentì circondata da tutte le cose e da tutte le persone, ma sola. Come lo era stata *quella* volta. Tutti intorno a lei avevano capito cosa stava succedendo, ma niente e nessuno le aveva teso la mano. Certo, lei era un'altra persona. Certo. Eppure adesso, con gli occhi puntati dentro lo specchio in penombra, vedeva benissimo che il colore viola dei suoi capelli era svanito, era sgocciolato via, scolato attraverso i lineamenti del suo viso immobile e crespo.

2

L'aria intorno alle palazzine liberty era densa del vapore emanato dall'asfalto. Giulia era ferma al semaforo e appoggiava lo sguardo in lontananza, lì dove il grigio della strada iniziava a fondersi nell'ovatta bagnata dell'atmosfera, la fine del lungo viale che l'avrebbe portata al pranzo da Tonino e Rita. Parcheggiava lo scooter, saliva le scale e l'apertura della porta blindata le rivelava e le soffiava addosso il menu del giorno. Il sabato estivo era identico al sabato primaverile che l'aveva preceduto e a quello autunnale che l'avrebbe seguito: Giulia partecipava al documentario sempre identico della propria dinastia senza perdere una puntata. Come va il lavoro? Non vi siete più sentiti con Matteo? Lo sai che nel palazzo sono diventati tutti nonni tranne me e papà? Hai le occhiaie per colpa del tuo lavoro, lo sai che a me e mamma non dispiacerebbe se iniziassi a interessarti della tabaccheria? Ma adesso le domande le scivolavano addosso come il sudore di qualche ragazzo che incontrava la sera, dopo aver preso appuntamento su un sito d'incontri. La cena, la birra e l'eventuale sesso avvenivano nella sua camera anecoica: nessuna eco dentro di lei e il blocco del cellulare dopo il terzo incontro (aveva infatti stabilito la regola del tre: il massimo consentito prima di un ipotetico coinvolgimento). Arrivava spesso in ritardo alla Breakfree e aveva ricevuto già due richiami. Quando, al centro di identificazione, spiegava le condizioni alle ragazze vittime di tratta, insisteva con occhi severi sulla durezza del percorso, sui possibili ricatti familiari e sulla necessità di impegnarsi nei corsi che la Breakfree avrebbe proposto loro. Fu lì che con grande stupore incontrò Vinz. Il fratello di Aurora era venuto a mostrare il permesso di soggiorno di un ragazzo afghano che lavorava con lui in carrozzeria e che era stato arrestato durante un controllo perché aveva dimenticato a casa i documenti. Aurora non lo voleva aiutare, disse, e quindi toccava a lui destreggiarsi nei meandri di quella burocrazia complicata. Giulia gli spiegò i passaggi fondamentali e la sera si rotolarono sul letto insieme e piacque a entrambi, cosicché in quell'estate si premurarono di ripetere l'operazione diverse volte (e lei decise di violare la regola del tre dopo appena un mese dalla promulgazione) senza troppi fronzoli né chiacchiere di contorno. Giulia sentiva di poter dormire nelle stesse lenzuola per millenni e alzarsi con lo stesso sospiro arreso prima di arrabattarsi per un caffè. La sua vita in quell'estate stava diventando simile al Paese in cui era tornata: un letto sfatto.

La calura aveva svuotato buona parte della Grande Città e Giulia festeggiò il ferragosto con i genitori: mentre la madre giudicava l'abbigliamento informale di un ministro paparazzato sulla Costa Azzurra e il padre puntava la forchetta contro il conduttore del telegiornale, Giulia si alzò in aria ancora una volta, raggiunse il soffitto e dall'alto vide loro tre: chiacchieravano e dissentivano amabilmente, gli spigoli del tavolo non dividevano né tagliavano più. Vide se stessa indossare il mento della madre e gli occhi del padre, il decoro come eredità, il lamento come soluzione al rimorso; vide se stessa con la pelle meno duttile e i capelli più grigi, quasi soddisfatta delle *rimostranze* presentate nel corso della vita, un po' delusa dal mondo disattento che non le aveva ascoltate, seduta a una tavola impeccabilmente apparecchiata mentre dal televisore il mondo illuminava la sua cucina di catastrofi socio-ambientali e lei sorseggiava vino bianco sussurrando a qualcuno accanto "Oh, io ci ho provato, eh" con un garbo delizioso. E nemmeno quando la sera dopo rimase a osservare le bollicine rabbiose prodotte dallo spray (che le aveva portato Vinz) sulla lussuosa macchina dei genitori e sulla loro seconda macchina – l'ex baluginante Ford Fiesta – ottenne sollievo. Eppure decise di svuotare la bomboletta, ogni sera uno sfregio su una macchina diversa, aspirando l'olezzo tossico del prodotto (aspettando che qualcuno la fermasse, le inveisse contro?), e quando la buttò nel cassonetto non ne sentì la mancanza né provò dispiacere per le decine di macchine vandalizzate.

Solo quando incontrava Clementina percepiva che l'anno trascorso dall'incidente aveva avuto un senso. Era cambiata, era fragile e a tratti trasparente: i suoi occhi si erano svuotati di lacrime e le brillavano addosso. Dal parrucchiere, nella sala da tè, in casa sua, lungo il fiume, la voce di Clementina era l'unico suono a cui prestasse attenzione, sebbene, nel momento in cui Giulia decideva di chiudersi, nemmeno lei riuscisse a oltrepassare le pareti della camera anecoica. Trascorsa una settimana da ferragosto constatò che non c'erano state più aggressioni, sembrava che Aurora e Lotte avessero interrotto la loro sequela. D'altro canto, Giulia non varcò mai la soglia della caserma per il timore di trasformare in martiri gli uomini infimi che le avevano subite. O almeno così si raccontava. Eppure i suoi sogni tenui erano lacerati dagli artigli di un'aquila furiosa che la svegliava nel cuore della notte: Blessing. E solo l'immagine degli abusatori ricoperti di sterco o schiacciati dall'airbag della macchina ammansiva l'animale e faceva riaddormentare Giulia. Una mattina in cui si era svegliata particolarmente turbata, aprendo la mail trovò il finale della favola di Clementina:

la ragazza Orfana si era ribellata agli Ignavi, i sacerdoti del Cielo, dopo averne subìto le angherie. Si era quasi lasciata morire di fame. Le Furie l'avevano protetta dalle zanne insanguinate del Demone. Le avevano messo in mano una fiaccola con cui far divampare l'incendio nella foresta e distruggere la stirpe degli spietati sacerdoti del Cielo. I fantasmi dei morti per mano degli Ignavi si disposero lungo il perimetro del loro villaggio sacro e inneggiarono alla vendetta. Le Furie sorvolavano la foresta e il loro canto riecheggiava nell'aria. L'Orfana seppellì la collana di denti dei genitori defunti, chiamò al suo seguito i capi di tutte le tribù ed entrò nel villaggio degli Ignavi con la fiaccola in mano. Guidò il corteo fino al tempio del Cielo, si fermò e aspettò. Anche i sacerdoti aspettavano, tuttavia la bocca sanguinante del Demone non apparve in loro difesa perché era stata intrappolata dagli artigli delle Furie. Quindi, i sacerdoti furono costretti a riconoscerle il diritto di parola. La ragazza parlò: non avrebbe perdonato ma non avrebbe bruciato il villaggio. Puntò la fiaccola a terra e, lentamente, tracciò un cerchio intorno al tempio di quercia. Ordinò alle Furie di sospingere il Demone al di là delle nuvole cosicché diventasse un pianeta che gli esseri umani in futuro avrebbero potuto osservare o ignorare. Ordinò agli Ignavi di liberare gli esseri umani senza lingua imprigionati nella grande caverna sotto il tempio. I sacerdoti aprirono la caverna, gli esseri umani uscirono alla luce e riabbracciarono i parenti. Tuttavia le Furie non erano soddisfatte: volevano versare il sangue degli Ignavi ed estinguere il seme della loro stirpe. Per vendicare la memoria dei fantasmi afferrarono i sacerdoti più spietati e li dilaniarono a morte. Il coro dei parenti si unì all'inno dei fantasmi e le Furie si prepararono a dare la caccia a ogni colpevole. Mentre il caos avanzava, l'Orfana si spogliò davanti a tutti e mostrò le cicatrici che solcavano profondamente il suo corpo. Entrò nella caverna e ne uscì lasciando orme scure alle sue spalle, la linea del sangue le lambiva già le caviglie. Parlò ancora: la caverna adesso non era più una prigione, ma sarebbe diventata presto una vasca colma di sangue se le tribù avessero estratto i pugnali assecondando gli inni al terrore. Le tribù dovevano scegliere tra la guerra civile – in cui il caos, il terrore e la vendetta avrebbero riempito l'anima di ognuno – e una nuova esistenza del tempio – in cui nuove lenti per osservare e nuove leggi per governare sarebbero state costruite in assemblee comuni. Gli esseri umani rinserrarono i pugnali e discussero per giorni in un'assemblea senza caste, senza un Demone di guardia, senza i valori immutabili di Cielo. Nel frattempo le Furie bevvero il sangue ancora vivo dei sacerdoti uccisi, li seppellirono dandoli in pasto ai fantasmi, quindi bruciarono le cime degli alberi, attraversarono le nuvole di fumo scuro e soffiarono il terrore nel cuore di ognuno per ricondurlo alla vendetta.

Quando le tribù decisero per una nuova esistenza, l'Orfana tentò di placare le Furie e offrì loro una dimora permanente nella grande caverna sotto il tempio. Promise che sarebbe stata sempre aperta e che, prima di ogni assemblea, i rappresentanti delle tribù si sarebbero fermati lì davanti per un minuto intero senza mai abbassare lo sguardo. Le Furie minacciarono di infuocare tutta la foresta, sorvolarono il villaggio cantando il terrore, e quando calò il buio afferrarono l'Orfana e si fusero con lei nella notte. Il mattino dopo riapparvero all'interno della grande caverna mentre l'Orfana si presentò di fronte all'assemblea con nuove vesti e la collana dei genitori defunti. Parlò: le Furie erano le fondamenta del tempio. Avrebbero ricordato sempre agli esseri umani le forze che avevano addomesticato: il terrore, il caos e la vendetta. Sarebbero state pronte a uscire dalla caverna, a imperversare, qualora le leggi fossero state ingiuste o gli esseri umani fossero diventati talmente superbi da dimenticarle. Ma se le tribù avessero osservato e rispettato le forze più antiche, da quel momento i fantasmi sarebbero tornati tra i morti e i figli avrebbero evitato la guerra civile. Sul tempio venne incisa la frase RICOMINCIARE, SENZA VENDICARE E SENZA DIMENTICARE.

La favola di Clementina si concludeva con una domanda retorica: "Chi, tra i mortali, può essere giusto, se non ha memoria del terrore?".

3

Durante una seduta il mio psicoterapeuta mi ha parlato del disturbo dissociativo d'identità, o qualcosa del genere. È una strategia di sopravvivenza che adoperiamo inconsapevolmente dopo aver vissuto un trauma. È come se la nostra personalità andasse in coma e ne subentrasse un'altra in grado di prendere le redini della nostra esistenza. In grado di vivere come se niente di rilevante fosse accaduto. Una sorta di pilota automatico che non ha nessuna idea della strada percorsa fin là. Però, a un certo punto, la personalità precedente riemerge dal coma e tenta di scalzare il supplente dalla poltrona su cui si era accomodato.

Secondo Matteo il terremoto di luce di quel sole estivo mostrava la rivoluzione in arrivo nella sua vita, perfino gli incendi nel boschetto erano benvenuti, perché avrebbero rigenerato alberi più forti e un verde più rigoglioso. Eppure, nonostante Clementina si fosse dimostrata comprensiva e sembrasse accettare la sua avventura londinese, il buco osceno della sua bocca sdentata lo invitava a rimanere in guardia.

Divideva il suo tempo tra lo studio dell'inglese, gli amici e sporadici incontri con Leonardo per definire gli ultimi dettagli del viaggio. Giocava molto a basket e a calcetto, sudava e beveva birra, crollava a letto stanco, e quando arrivava al lavoro i vecchi impiegati del Comune lo avvertivano che bisognava tenersi stretto il posto fisso, soprattutto in tempi di Crisi Permanente, e mentre lo avvisavano il loro doppio mento si imperlava di sudore. Nel terrazzino delle sigarette le sue barzellette scoppiettavano come sempre. In questa solitudine parecchio rumorosa non si confidava con nessuno. Evitava Clementina perché temeva che, pronunciando qualche parola sbagliata, cambiasse idea e cominciasse a fargli di nuovo la guerra per Leonardo. Evitava Costantino perché credeva che le sue fragili energie fossero dedicate a mantenersi in piedi accanto alla tempesta della moglie. Evitava Giulia perché, in fondo, al di là della loro separazione, la riteneva in grado di fargli esplodere la testa (*toc toc* nuovi e ancora inediti? No, grazie). Matteo abitava un'estate meravigliosamente sospesa, osservando gli altri con la malinconia leggera e preventiva di chi sta per partire – in cui qualsiasi cosa fosse accaduta non sarebbe stata una zavorra – e immaginando un futuro in cui supponeva che tutti i nuovi incontri londinesi sarebbero stati tremendamente allegri e corroboranti. Un futuro senza bolle di plastica, quindi: senza nessuna domanda che indagava la risposta precedente che feriva sentimenti intimi che bisognava condividere perché illuminavano una patologia psichica che confermava un vissuto familiare che colpevolizzava il femminile e allenava una dinamica malsana senza affrontarla e non rientrava nel cazzo di manuale della buona architettura emotiva.

Gli ultimi grappoli dell'estate si spiaccicavano sulla Piccola e sulla Grande Città. Ormai mancava pochissimo a settembre. Il telegiornale stava mandando in onda un servizio sulle aggressioni misteriose, che sembravano ricominciate: "E stavolta la vittima è uno studente universitario. È stato intrappolato in—", Leonardo spense il televisore e andò alla porta. Era Lian in persona, venuta alla villa per consegnare il cibo. "Buon appetito e buon viaggio," disse. Aggiunse di farle sapere se lì a Londra avrebbero trovato un ristorante migliore del Drago Dorato. Leonardo stava per rispondere, ma si limitò a un sorriso. Poi entrò in casa trascinando con sé l'alone di spezie del cinese che strabordava dagli involucri argentati. Matteo quindi lo aiutò a trasferirli nella ceramica in tavola e, prima del brindisi, si alzò per lavarsi le mani.

Leonardo si era scordato di chiudere a chiave la stanza: Matteo sbagliò di nuovo porta ed entrò in un luogo che aveva l'odore calmante e piovano dei fiori. Accese la luce e gli apparve un pavimento diverso, al posto del parquet erano state messe delle piastrelle di graniglia di diversi colori: bianco, blu, arancione, rosso scuro. Un materiale quasi desueto che non aveva nulla a che fare con il resto della villa. Foto di famiglia incorniciate sulle mensole, un poster dei Radiohead con la scritta FITTER HAPPIER MORE PRODUCTIVE, due coppe sportive, libri di storia e diritto in inglese, una scacchiera di marmo grigio e rosa appoggiati sulla scrivania. Aggrappati sui comodini c'erano diversi vasi di gardenie e begonie tra cui spiccavano delle orchidee quasi superbe. E in terra una chitarra classica riposava su un supporto di legno. Matteo era incantato dal silenzio, si sentiva come se fosse precipitato in un'altra dimensione. C'era una sacca con una mazza da golf e una da cricket. Si avvicinò e notò che la mazza da golf aveva l'asta un po' storta. Quindi afferrò la chitarra, quasi distrattamente, ci passò sopra il polpastrello producendo un suono sgrammaticato. Poi arrivarono i passi imponenti e la voce grassa di Leonardo: doveva uscire da lì immediatamente. Matteo si scusò e rimise la chitarra a posto. Tornarono a tavola in silenzio. Leonardo appoggiò la fronte sui palmi delle mani mentre il vapore del riso alla cantonese saliva verso il soffitto. Emise un sospiro lungo, il sospiro di chi si arrende alla sentenza implacabile delle cose.

Matteo provò a rompere goffamente il silenzio: "Ti sei veramente stufato degli involtini primavera, eh?".

Leonardo sollevò i gomiti da tavola. Tirò fuori il cellulare. Con l'indice lento degli anziani, scrollò la schermata e trovò quello che cercava. Fece partire un video: Gerard e un amico passeggiavano per la Tate Modern passandosi di mano il cellulare e recensendo a turno il quadro che avevano di fronte. Forzavano le interpretazioni in maniera ironica. Matteo osservò per tre minuti quei ragazzi di cui non sapeva nulla passeggiare all'interno del museo su uno schermo stretto da una mano tremolante.

"Lo ha girato un amico di Gerard poco prima della sua morte. Ogni volta che lo guardo, mio figlio è diverso dal Gerard che ricordo. Lo modifico ogni giorno."

"Tuo figlio?"

"Modifico la sua voce, il modo di preparare un'argomentazione, un piccolo tic della spalla destra, tutto è diverso nei miei ricordi," disse Leonardo con una voce corta, come se le corde vocali stessero per lacerarsi.

"Quindi quella stanza..."

"Il mio ricordo è sbagliato. Simile, ma sbagliato. A tratti

mi sorprendo ancora se guardo il video dopo tanto tempo. È come se il tempo ci facesse deformare chi non c'è più. E io ho cercato di tenerlo in una prigione, ecco. Ma non funzionava." Leonardo massaggiò il riso con la forchetta nel tentativo di allargarlo fino ai bordi del piatto. Ne fece cadere un po' sulla tavola e fermò l'operazione. "Per questo ho ricostruito la sua stanza universitaria. Identica a com'era. Non c'è nulla di diverso. È per questo che Elis se n'è andata."

Gli raccontò la storia del suo lutto.

Matteo osservò la disperazione in silenzio, sembrò ingoiare dell'aria e poi pronunciò un flebile "mi dispiace".

Il silenzio li avvolse in un tempo indeterminato, poi, con una fatica che non sembrava essere in grado di sopportare, Leonardo disse: "Quindi, ho paura che tu sia come la scacchiera di marmo nella stanza di Gerard. Una cosa che non si deteriora con il tempo. Anzi, una cosa che non mi accorgo che si deteriora perché posso averla sotto i miei occhi".

Nello spazio sconfinato che li divideva, i ravioli alla griglia, gli spaghetti con le verdure, il pollo al limone avevano elargito tutto il calore nell'aria. Sostavano freddi sulla tavola, come elementi di una natura morta.

Leonardo seguì Matteo verso la porta d'ingresso. Si scusò farfugliando sillabe da un mondo straniero. Riuscì a malapena a salutarlo con una stretta di mano.

Erano uomini che tornavano distinti.

Gli ultimi schiamazzi dell'estate avevano svegliato una persona dentro Leonardo. Il terremoto di luce sbiancò le immagini osservate fino a quel momento. Si mise seduto sul divano e contemplò – chissà per quanto tempo – i rimasugli della cena. *Shhh, shhh.*

Matteo ricordava il bambino che era stato, quando negli spogliatoi di calcio non aveva capito una barzelletta sporca e gli altri lo avevano deriso. Cosa sentiva? Qualche giorno dopo provò a chiamare e a mandare un messaggio a Giulia, ma non ottenne risposta. Pian piano, si abituò a quella solitudine completa. I suoi ragionamenti, incontaminati perché privi di contraddittorio, lo portarono a credere che *lui* aveva scelto così, che in fondo qualsiasi decisione diversa presa in precedenza era una sorta di debole accordo con se stesso. Una convenzione che il tempo avrebbe potuto spazzare via. Si disse quindi che lui era fatto così: non aveva bisogno di un padre, né di una complice, sebbene, per la prima volta, il fumo scuro che si alzava dal boschetto gli apparisse come un presagio.

4

Aurora e Lotte erano tornate a colpire: l'ultima domenica di agosto, uno studente universitario era stato legato nudo sul terrazzo di una palazzina di otto piani della Grande Città. Il quartiere dell'antico mercato era quasi vuoto, spopolato di gente fuggita al mare. Il ragazzo fu ritrovato bruciacchiato dal sole da una condomina che finalmente, verso sera, aveva sentito le urla. Sul pavimento del terrazzo qualcuno con una pennellessa aveva scritto in caratteri rossi molto grandi STALKER.

Il treno fendeva la campagna e sullo schermo del suo cellulare Giulia osservava la foto appena postata da Rudolf. La scritta recitava *L'amore significa amare tutti senza condizioni*, l'immagine lo mostrava mentre sollevava un bambino nigeriano sorridente sopra la sua testa. Nelle reazioni sottostanti si contavano centinaia di cuori, decine di messaggi di solidarietà e complimenti. Possibile che nessuno notasse le maniche del camice bianco arrotolate proprio a metà del bicipite, il sorriso innaturalmente bianco e i capelli spettinati ad arte, gli occhi ammiccanti e compiaciuti che non guardavano il bambino ma il fotografo, nessuno notava che la luce di quella foto era tutta sul bel narciso Rudolf che alzava in aria il suo trofeo bontà? Giulia rialzò gli occhi e fuori dal finestrino guardò la campagna punteggiata di capannoni e baracche. I fili d'erba stavolta erano giallognoli e assetati. Il vagone era gonfio di comitive in ciabatte, asciugamani e altoparlanti stereo che colonizzavano lo spazio con ritmi di raccapricciante banalità. Eppure, appena il treno aveva abbandonato la banchina della Grande Città, il suo mal di testa era zompettato via appoggiandosi su quelle note ottuso-ottimiste. Si rigirava la sigaretta tra le dita e sentiva il respiro offuscarsi per la voglia di accenderla. Mentre il treno rallentava e le comitive si accalcavano alle porte in attesa del sibilo di apertura, desiderò tornare definitivamente in quella camera anecoica in cui era stata nella sua adolescenza.

Quando scese alla stazione di Lido dei Ciliegi ritrovò i ristoranti di pesce che esibivano tutti l'aggettivo "freschissimo". I manifesti dei concerti erano stati appena affissi e ancora scintillavano di colla. I nomi delle strade avevano perso il battesimo di Matteo. Fuori da un'edicola, una locandina mostrava i titoli dei giornali sul ragazzo sequestrato sul terrazzo. STALKER, praticamente era la firma di Aurora e Lotte. La caserma di polizia di Lido dei Ciliegi non era lontana da lì, nel pomeriggio sarebbe andata a denunciarle, borbottò tra sé, come se volesse convincersi. Aspirò la sua sigaretta con picchi di furore, allungò il passo e arrivò al mare: una distesa di ombrelloni e asciugamani stinti e persone color mandorla brillante.

Giulia riuscì a guadagnare un tavolino al bar della spiaggia e sorseggiò un succo di pera con ghiaccio. In quel momento i latrati delle Furie ruppero il silenzio. Come se le divinità volessero mostrare, solamente a lei, l'ingiusta conclusione della favola di Clementina. I bagnanti si frangevano sulle onde, giocavano a racchettoni, leggevano e improvvisavano campi di pallavolo sul bagnasciuga. In quella danza di corpi seminudi Giulia osservò con un certo fastidio la gioia del ragazzino che, in quel momento, spiccava il salto dalla battigia per andare a colpire la palla di testa e si schiantava in acqua con il sorriso che diventava spuma. Quando arrivò al fondo iniziò a succhiare aria dalla cannuccia rumorosamente e poi a mordicchiarla. Forze così antiche erano state ridotte a un monito per gli esseri umani, quasi un souvenir emotivo. Invece: il caos e la vendetta avrebbero dovuto distruggere la tavola delle leggi umane quando l'ingiustizia manteneva il suo tiepido regno e gli Ignavi restavano intatti. Le Furie sorvolavano la spiaggia, scendevano in picchiata, divellevano le mura e riducevano la camera anecoica di Giulia in calcinacci. Una folata di vento sulla spiaggia fece volare una maglietta da un telo a un altro mettendo in contatto un gruppo di adolescenti maschi con un altro di femmine. Il suo cellulare squillò mostrando il numero di Matteo, Giulia percepì come un piccolo sussulto di gioia ma lo appoggiò con lo schermo rivolto in basso come se da lì avesse potuto osservarla. Se avesse risposto, lui avrebbe sfoderato una battuta e lei avrebbe sorriso. In fondo era così comodo dimenticare il passato, per questo le coppie preferivano un benessere momentaneo e le battutine sulle relazioni disfunzionali piuttosto che la difficile ricerca dell'amore. Matteo squillò una seconda volta e Giulia disabilitò la suoneria con uno sbuffo di fastidio. Eppure, come le aveva detto lui, in quel momento intuì di essere una giudice inutile che ripartiva la giustizia su un mondo che la ignorava, divertendosi tantissimo a pochi metri da lei. Una giudice educata, esattamente come i suoi genitori, che provava a cambiare-il-mondo con i "permesso!" e i "disturbo?" mentre le donne venivano insultate, violentate e uccise. Tutti quei sermoni sull'ironia di Matteo come mezzo per evitare di interrogarsi a fondo sui suoi desideri le sembravano come la sabbia che adesso le si era impiastricciata sulle mani sporche di succo. Fastidiosi come la vespa che svolazzava inebriata tra i tavolini del bar. Estrasse un'altra sigaretta, puntò gli occhi sulla linea ballerina d'orizzonte che divideva il cielo dal mare. Ascoltò i latrati delle Furie e un rullo di tamburi millenario. Dal momento che Vinz ancora non si vedeva in giro, tirò fuori dallo zaino i fogli stampati della favola di Clementina. Planarono sul tavolino macchiandosi di succo di frutta e rimasugli antichi. Dopo aver riletto per un po', prese una pagina e iniziò a scrivere sul retro:

IL TEMPO DELLA VITA È BREVE. LO TRASCORRIAMO GOVERNATE DAI NOSTRI TIRANNI: IL SILENZIO E LA DOCILITÀ.

RACCONTIAMO VOLENTIERI L'ESISTENZA BUONA DI GESÙ, TUTTAVIA NON CI SOFFERMIAMO A FONDO SULLA SUA MORTE ATROCE. ABBIAMO DIMENTICATO LA CRUDELTÀ DI DIO.

E ABBIAMO DIMENTICATO COME È INSORTA LA GIUSTIZIA.

IN ORIGINE IL CIELO RICOPRIVA INTERAMENTE LA TERRA E NEL MONDO ERA SEMPRE NOTTE.

SU RICHIESTA DELLA MADRE, IL FIGLIO CASTRÒ IL PADRE. LA TERRA PRESTÒ UN FALCETTO A CRONO CHE EVIRÒ IL CIELO. CON QUESTO GESTO SEPARÒ I GENITORI: TRA CIELO E TERRA SI FORMÒ LA LUCE. E UNO SPAZIO LIBERO NEL QUALE SI POTEVA RESPIRARE. CRONO PRODUSSE LO SCORRERE DEL TEMPO. LA POSSIBILITÀ DI CRESCERE, FARE UNA FAMIGLIA.

DALLE GOCCE DI SANGUE SCHIZZATE VIA DAL TAGLIO DEL PENE ERETTO DI CIELO NACQUERO LE FURIE. POSSIAMO OSSERVARE IL CIELO STELLATO GRAZIE ALL'EVIRAZIONE CHE LO PRODUSSE.

DOBBIAMO A UN GESTO VIOLENTO LA LIBERAZIONE DELLA TERRA. E DA QUEL GESTO ANCORA ZAMPILLA LA FURIA DI CUI ABBIAMO BISOGNO: CI RICORDA CHE LA GIUSTIZIA ABITA SULLA VENDETTA.

IL TEMPO DELLA VITA È BREVE. SE VIVIAMO È PER CALPESTARE I NOSTRI TIRANNI.

NOI NON DIMENTICHIAMO. NOI STILLIAMO DALLE FERITE E OSSERVIAMO LE STELLE.

E VI ORDINIAMO DI NON CACCIARE FUORI DALLA CITTÀ LA POTENZA DEL TERRORE.

OGGI RITENIAMO NECESSARIO CHE LA PAURA SI SIEDA SOPRA I PENSIERI: CHI TRA GLI UOMINI PUÒ ONORARE LA GIUSTIZIA SE NON HA NULLA DA TEMERE?

SIAMO INSORTE. SIAMO PRONTE ALL'AGGUATO E SIAMO LUCIDE COME ARTIGLI RIPULITI DAL SANGUE.

5

La prima domenica di settembre la temperatura era accettabile e un vento leggero spettinava il silenzio. Le anse del fiume erano lì, a ricordarle l'infanzia avventurosa con Nello a caccia di creature fantastiche. Durante quell'estate, con la scrittura dell'ultima parte della favola, Clementina sentiva di aver domato il passato: il Demone era un pianeta innocuo e le Furie erano sottoterra.

Sfilò lo zippo d'argento dalla borsa, lo accese e aspettò che il vento lo spegnesse. Caricò il braccio all'indietro, pronta per lanciarlo nel fondale fangoso. Sarebbe stato ignorato dai pesci e corroso da una ruggine predatoria. L'estate successiva l'avrebbe trovato qualche bambino durante una gioiosa sessione subacquea. Sul fondo era incisa la scritta *Zippo - Bradford - 196...* qualcosa, era vecchio di cinquant'anni, probabilmente il bambino ci avrebbe fatto qualche soldo. Eppure il suo braccio non si muoveva. Le sue dita iniziarono a giocare con lo zippo facendolo rotolare su se stesso. Lo rimise in tasca.

Era veramente possibile domare le forze antiche che abitano l'animo umano? E se dopo una fatica estenuante per farle accomodare in una caverna, riverirle e promettere loro eterna memoria, qualcuno rompeva il patto, risaliva la linea del tempo e tornava per portarti via la tua cosa più preziosa?

Osservando meglio, notò che il fiume era immobile; era il mondo intorno che sgorgava e oltrepassava i suoi argini: il caos, il terrore e la vendetta si riversavano in acqua.

6

Clementina scelse di non chiamare Giulia: forse la scimunita aveva visto la notte che ingoia un po' di luce, ma non conosceva l'oscurità, il nero che rifrange i raggi di sole, la tenebra impenetrabile. Ed era meglio che rimanesse inconsapevole. Come lei, d'altronde, lo era del fatto che Leonardo e Matteo non si sarebbero più visti.

Aprì il cassetto e tirò fuori il coltello con affilatura a V doppia che aveva preso con i punti del supermercato. Lo brandì di fronte alla finestra nella speranza che scintillasse di luce solare, ma la lama si manteneva opaca. Clementina infilò il coltello nella borsa, raggiunse la macchina, si tolse le scarpe e rimase ferma per un tempo impreciso nell'abitacolo caldo. Le sue mani sul volante erano di nuovo intermittenti. Scese dalla macchina e si avviò a piedi alla fermata del bus. Quando salì a bordo e si sedette si stupì dell'aria condizionata, della pulizia in terra e della mancanza del bigliettaio: erano molti anni che non prendeva un mezzo pubblico e per qualche motivo aveva immaginato che sarebbe arrivata la stessa corriera della sua giovinezza.

Suonò al videocitofono rompendo la quiete mattutina e attese per un pezzo davanti alla villa osservando i molti alberi che la circondavano. Poi il cancello si aprì con un clangore fastidioso. Avanzò lentamente, vide la Jeep parcheggiata e trovò la porta di casa aperta. Varcò la soglia, lo trovò seduto con le braccia aperte come ali sullo schienale del divano e le gambe accavallate; una posizione che suggeriva una comodità ostentata. Sul tavolino di marmo una bottiglia di liquore color miele e un bicchierino con un rimasuglio. Una palla di fumo sfrangiato appena sbuffata dalla bocca di Leonardo: stringeva una sigaretta tra l'indice e il medio della mano destra, senza spostare il braccio la scuoteva con il pollice scrollando la cenere alle spalle del divano. Si guardarono come se non fossero passati trent'anni dall'ultima volta in cui si erano ritrovati da soli. Clementina spostò una sedia davanti al tavolino. Leonardo si chinò in avanti per un sorso di liquore, quindi portò la sigaretta alle labbra per un'altra boccata e riallargò le braccia appoggiando nuovamente la schiena. Sembrava tranquillo, come se l'attendesse e Clementina fosse in leggero ritardo. O come se attendesse chiunque.

Clementina parlò con gli occhi bassi sul tavolino. Le parole le uscirono scattose: "Te lo ricordi quando me l'hai dato, questo?". Poggiò sul tavolino il biglietto da visita color pergamena sul quale risaltava ancora perfettamente in inchiostro blu scuro *Leonardo Garbi, sceneggiatore*.

Leonardo con uno sforzo si chinò ancora, lo strinse tra i polpastrelli, un movimento appena percettibile gli disturbò la linea dritta delle labbra chiuse. Poi riempì il bicchierino di liquore e lo fece scivolare verso Clementina: "Non mi fai compagnia?".

"Lo sai, il giorno successivo alla festa," Clementina continuò con la testa bassa mentre stringeva la borsa in grembo, "ho scritto l'ultimo foglietto. Per anni ho riempito una scatola di foglietti gialli con la scritta *Mia madre è una stupida contadina*. Così, quando mi sgridava, io guardavo la scatola e stringevo i denti. Mi sentivo vittoriosa e rigida, come una crosta di sangue. A volte mi faceva malissimo con il battipanni, però io sopravvivevo là, su quei foglietti. Quando è morta e sono tornata a vivere qui, ho ritrovato la scatola in garage: erano tutti là dentro, ma ordinati in piccole pile. Era stata mia madre a farlo, chissà quando."

Leonardo sorrise: "Carina".

"Ti fa ridere?"

"Cosa vuoi?"

"Sono contenta che ti fa ridere anche se non è di Matteo. Te lo ricordi lui, almeno? È *mio* figlio." Clementina pronunciò l'ultima frase con una voce trattenuta e improvvisamente strappata dalla rabbia.

"Lo so. È tuo figlio."

"Perché gli hai messo in testa Londra?"

"Non mi dovevo intromettere."

Clementina trattenne lo stupore per l'ultima affermazione di Leonardo. Sentiva le narici occluse da tutto il fumo nella sala. Aprì la borsa e ci rovistò dentro per un po'. Estrasse lo zippo d'argento e lo posò sul tavolo accanto al bicchierino.

Leonardo disse: "Sì, Clementina, sono un vecchio".

Lei fece cigolare la rotella e lo zippo produsse una fiammella insistente nell'aria: "Dopo averti conosciuto, non ho scritto più foglietti per mia madre. Lo sai perché?". Fece una piccola pausa che non produsse alcun turbamento nell'espressione vacua di Leonardo. "Perché sentivo che finalmente potevo scappare. Ancora più lontano delle mie amiche. Ero ambiziosa e per la prima volta, per la prima volta, mi sentivo *compresa*. Nessuno prima mi aveva *compreso*, tantomeno i miei genitori, ma questo lo sai. Non dovevo più fingere con te.

Credevo di essere. Credevo. Ero ambiziosa e. Non ce la faccio..." Iniziò a respirare rumorosamente e a tremare. Si guardò intorno come se la villa potesse pioverle addosso. Poi appoggiò le mani sulle cosce e riaffondò lo sguardo in basso cercando di inspirare ed espirare con regolarità.

Leonardo si alzò. Tornò poco dopo con una bottiglia d'acqua e un bicchiere. Lo riempì e lo passò a Clementina.

Lei sorseggiò e vide la mano di lui afferrare lo zippo e accendere un'altra sigaretta.

"A volte non c'è un motivo per quello che ci è accaduto," disse Leonardo. "A volte c'è solo buio e nessuna voce amica intorno. Io sono solamente uno dei tanti."

La mano incerta di Clementina posò il bicchiere. Si sforzò e la voce le uscì in tanti frammenti: "Tu. Non sai. La paura". Le cadde la borsa in terra e si chinò per raccoglierla, ma non ci riuscì. Eppure, come se combattesse una battaglia, parlò ancora: "Paura che quando dai fiducia. Finisci tradita. Credevo di essere compresa. Invece. Nascondevo lividi a mia madre. Lividi che erano colpa mia. Perché ero tradita. Sporca e tradita ma l'avevo voluto io. Non potevo...". Clementina cercava di tenersi ferma afferrando la seduta, ma tutta la sedia traballava sulle quattro gambe. Si alzò e il tremito continuava a scuoterla come un panno al vento.

"Vuoi sederti qui?" disse Leonardo, e batté con il palmo sul divano.

Clementina fece un passo indietro, inciampando nella borsa.

Leonardo si alzò con un sospiro. Nonostante l'età il suo corpo era ancora imponente. Nei raggi di luce mattutina sembrava un alto ufficiale di un esercito sconfitto che manteneva una schiena dritta da sfida ma incapace di controllare la pazzia che vibrava rossa nei capillari degli occhi. Fece qualche passo verso la finestra e si fermò rivolgendole le spalle. Come se il colloquio con il soldato semplice fosse finito.

Clementina immaginò che la villa fosse un punto fermo mentre il mondo intorno continuava a muoversi e invadere il fiume. Che in quella sala dai colori tenui la linea del tempo si fosse arrestata. Frugò nella borsa. Provò a brandire il coltello ma le sue dita tremanti strinsero la lama. Sentì il metallo affondare dentro la pelle. Poi riuscì a stringere il manico e lo estrasse. Ma non era in grado di camminare. Il coltello, stretto in mano, si agitava davanti alla sua faccia come un tergicristallo. Fece un passo.

Lui continuava a contemplare immobile il giardino alberato, assente, come se fosse solo. All'improvviso disse: "Sei stata incapace di ricominciare. Questo è successo. Sei mai andata negli ospedali pediatrici? Vai a vedere i genitori come ci provano. Come hanno fede in un dio sordo. O nei reparti oncologici? Il tuo dolore non è l'unico dolore del mondo. Sei stata incapace—".

Clementina lo interruppe: "*A volte c'è solo buio...* io voglio sapere cosa si prova. Perché un po' invidio chi fa del male e non si ricorda". Teneva il coltello più fermo ora, e la voce si era fatta di nuovo solida. "Un po' ti invidio. Voglio vedere se ci riesco. Con te. Fare una cosa terribile e poi sputare aforismi, 'a volte c'è solo buio...', magari riesco anch'io."

Si bloccò con la lama a mezz'aria.

Decise di non avanzare più.

Leonardo si voltò e la vide, statua con coltello. Aprì gli occhi come se non l'avesse mai vista. Dal suo sguardo non emerse paura, ma stupore. E quindi disappunto.

Clementina tremò più forte. E lasciò cadere il coltello in terra. Crollò in ginocchio. Cominciò a piangere. Le mani sulla testa come sotto una pioggia improvvisa.

Leonardo prese il coltello e lo infilò nuovamente nella sua borsa. Quindi si avvicinò al tavolino, bevve un bicchierino di liquore e ne porse un altro a Clementina. Dopo un po' lei lo portò alla bocca. Il taglio sulla sua mano macchiò il vetro di sangue. Inghiottì in un sorso solo.

"Ti chiamo un taxi, va bene?"

"No, no. Scusa," biascicò Clementina.

Lui la guardò a lungo. Come se fosse affamato e lei fosse cibo avariato.

"Chiamo una persona." Clementina alzò la mano con il cellulare stretto tra le dita.

Leonardo alzò le spalle e, con la borsa in mano, andò a sedersi nuovamente sul divano. La stessa posizione in cui Clementina lo aveva trovato.

Tenendo il cellulare pigiato sull'orecchio, Clementina vagò per la sala. Si fermò di fronte a una porta spalancata sulla camera di Gerard: "Pronto," disse, e la sua voce si spezzò di nuovo in frammenti, "mi dovresti venire a prendere". Si affacciò sulla soglia e notò un pavimento differente dal parquet che rivestiva la villa: piastrelle di graniglia colorate, di quelle che andavano di moda ai tempi del Mafioso. "Sì, esatto. No, sto bene, però dovresti venire subito. Ti do l'indirizzo." Entrò nella stanza e assottigliò la voce: "Va bene, Giulia. Lo lascio acceso," poi la rialzò e pronunciò una serie di convenevoli mentre osservava i vasi di gardenie e begonie. Fece scivolare il cellulare nella tasca dei pantaloni senza spegnerlo. La stanza era la stanza di un ragazzo. Non ci voleva molto a capire che fosse il figlio di Leonardo. In una foto sorridevano su uno sfondo marino. Un'altra mostrava il ragazzo a cavallo con uno sguardo abbastanza indeciso sul da farsi. Il ragazzo era anche un bambino di tre anni appoggiato a una bicicletta con le rotelle. Alcune orchidee erano appassite ed emanavano un sentore dolciastro. Suo figlio era morto? Sentì i passi di Leonardo ma non si mosse, cominciò a sfogliare un diario e si soffermò su alcune pagine gonfie di lettere fino ai bordi, non c'era spazio bianco a fare da cornice alla scrittura.

Leonardo arrivò alle sue spalle: "Sono un uomo solo". Ingoiò un po' d'aria mentre osservava la stanza. "Frequento prostitute. Sono giovani. Regalo loro dei soldi perché possano cambiare, sfruttare la vita. Almeno loro. Perché c'è tempo per cambiare, anche se ti è capitata una disgrazia. Anche se hai incontrato il Male, anche se, per esempio, sei stata portata qui e ricattata per vendere il tuo corpo. C'è tempo."

"Quando è successo?" chiese Clementina accennando alla stanza.

"Invece tu non sei cambiata. Credi che i problemi siano

esterni a te. I genitori, la povertà contadina, un uomo come tanti che ti ha preso con la forza secoli fa. Eppure eri ambiziosa. Lo sapevi che sarebbe successo quello che è successo." Leonardo entrò nella stanza, afferrò una cornice e la osservò passando il polpastrello dell'indice sulla faccia luminosa della foto. "Vattene Clementina, vattene. Mi fanno schifo tutti i vecchi che non hanno sfruttato la loro vita. E i giovani che non colgono le occasioni."

"Tu non sai niente."

"Lo sai perché non mi hai colpito, prima?"

"Tu non sai i lividi. E gli incubi."

"Non mi hai ucciso perché sai che lo volevi anche tu."

"No."

"Eri stupida."

"Non ti uccido perché non sei più la mia vita. E non lo sarai."

Leonardo la interruppe alzando la voce: "Eri una stupida contadina".

"Non vuoi sentire quanto eri importante per me? Non vuoi sentire quello che è successo dopo di te?"

"L'hai già detto... la fuga... l'essere *compresa*. Adesso ti capiscono?"

Clementina lo osservò con più attenzione. Si soffermò sulla sua faccia sgualcita e rossastra. Quindi sul busto piegato in avanti come un albero infetto.

"E hai ragione. Sei un vecchio solo. Nel buio."

Leonardo alzò leggermente la parte destra del labbro superiore. Ma rimase in silenzio, il disgusto scolpito in faccia.

Il citofono suonò. Si girarono entrambi come rettili.

Clementina uscì dalla stanza, recuperò la borsa dal divano, disse: "Io vado".

Leonardo rimase nell'odore dei fiori appassiti. Pronunciò qualcosa che arrivò a Clementina come un brusio flebile.

Clementina masticò qualcosa che non c'era; strinse i denti e decise che era finita lì. Andò alla porta. Non riuscì a smuovere la maniglia. Sentì di nuovo il respiro corto impadronirsi di lei e dei suoi movimenti. Sentì l'odore di fumo stantio. Chiuse brevemente gli occhi, girò la maniglia e aprì. Il cuore batteva con un ritmo straniero, come dopo l'incidente. Doveva fare la pipì. I piedi la guidarono veloci verso la Ford Fiesta dei genitori di Giulia. Entrò in macchina, tirò fuori il coltello con affilatura a V doppia e lo lasciò cadere sul cruscotto, come un oggetto che scottasse. Quindi diede una pacca sul braccio a Giulia e fece un cenno con il mento verso la strada. Subito iniziò a piangere, poi si voltò indietro, guardando dal lunotto come se temesse di essere inseguita: "Io non sono quell'abuso, lo hai detto tu, no? Se mi vendico, vuol dire che sarò sempre fondata su quello. Lo hai detto tu, no?". Giulia provò a dire qualcosa, ma Clementina proseguì con l'indice sollevato: "Mai la terra beva il sangue scuro dei suoi cittadini, mai più il sangue che chiama sangue, ma a gioia corrisponda gioia. Per i mortali questo è il rimedio... e non ricordo più," si fermò con una faccia divisa, sulle labbra un sorriso e gli occhi in allarme, "ma adesso ricomincerò a scrivere, adesso, oddio che bella l'aria," e sporse la testa interamente fuori dal finestrino – era in stato di shock –, e quando la rinfilò nell'abitacolo poggiò la mano sopra il coltello: "Io potevo affondarlo nella sua gola, *volevo* affondarlo nella sua gola. Bucarlo anche dopo la morte. Affondarlo e tagliare i tubi idraulici della gola. Invece non l'ho fatto. Ho solo un taglietto sulla mano e non ho ucciso nessuno. Anche se lui un po' mi ha ucciso anni fa, io non l'ho ucciso. Che bella l'aria. È grazie a te se sono qui. È grazie a te se non l'ho ucciso. Perché io ci credo a quello che hai detto: io non sono quell'abuso. E adesso ricomincerò... Ma stai bene? Sei spaventata?".

"Sono molto contenta," sorrise Giulia, e atteggiò le labbra con garbo perfetto.

Clementina non si accorse del suo distacco e durante il viaggio le raccontò dello zippo, della stanza del figlio e dell'atteggiamento di Leonardo, arreso e protervo.

"Ricominciare senza vendicare e senza dimenticare. È grazie a te!" Quasi urlò mentre i suoi occhi invadevano il bosco intorno e ne ingoiavano i riflessi. Nessun nuovo incendio si era sviluppato in quel settembre fresco, e tutto sembrava perfetto nella sua meraviglia di chiaroscuro frastagliato. Quando le chiese con un altro guizzo di voce se le era piaciuto il finale della favola, Clementina non vide la faccia di Giulia mentre pronunciava: "È molto bella, si sente la sofferenza e la capacità di non farne risentimento e vendetta", i lineamenti come impalcature che cercavano di tenere a bada qualcosa.

7

A volte mi piace pensare che la ragnatela di vetro che riaffiorò dalla memoria quando pensavo di morire contenesse già tutti i filamenti della trama. Appena prima del buio comatoso, insieme alle immagini del mio passato mi apparve una premonizione: Matteo dietro l'oblò di un aereo. A settembre sembrava che l'estate si fosse arresa in fretta: il vento suggeriva già l'utilizzo di una giacca dopo cena. Giulia guidava lungo l'autostrada che conduceva all'aeroporto e stringeva un piccolo segreto in bocca. Ancora una volta non riuscì a rivelargli di Clementina, però ascoltò il racconto di Matteo. Lei possedeva la versione completa, dotata di un'ironia che lui avrebbe apprezzato: il figlio che era andato in una villa a regolare i conti sul futuro con un uomo con il quale la madre, a distanza di pochi giorni, nella stessa villa, li aveva regolati sul passato. Il vento serale dai finestrini diradava il ricordo del loro ultimo incontro al luna park.

"Sei coraggioso a partire comunque."

"E tu sei coraggiosa a girare con la macchina sverniciata," sorrise Matteo.

"Ti stavo facendo un complimento."

"Ho già firmato il contratto di stage con la casa di produzione."

Il cellulare di Giulia squillò ma lei ignorò la chiamata. Poi chiese: "E Leonardo?", sbuffando una nuvoletta di fumo prontamente risucchiata dal finestrino.

"Quell'uomo dovrebbe farsi vedere da qualcuno."

“Non ti aveva mai detto niente del figlio morto?” disse Giulia.

“No. È stato inquietante. Io forse sono coraggioso, ma sono contento che mi hai richiamato.”

“È difficile affrontare il mondo da soli.”

“La stanza del figlio è in un’altra dimensione. Come se il tempo si fosse fermato. Lui lo ha fermato. Con le cose che appartenevano al figlio. Tutto è vecchio e pulito. Talmente pulito che il vecchio sembra nuovo. Solo qualche fiore è appassito, e una mazza da golf è storta. Ci sono dei giocattoli senza un graffio. Probabilmente li ha fatti restaurare.”

Giulia controllò i segnali dell’autostrada sporgendosi goffamente in avanti. Quindi disse: “E *tu* come ti senti?”.

“Una volta mi hanno raccontato questa storia: ci sono dei cani che sviluppano una specie di depressione. Gli cade il pelo, mangiano poco. Nessuno capisce cosa succede. Alla fine, un veterinario scopre che sono tutti cani accolti in casa da padroni ai quali è appena morto un altro cane. Quindi, non so come, percepiscono di non essere adeguati. Percepiscono di rendere infelici i proprietari. In realtà sono quegli idioti che trasmettono quell’emozione, perché sotto sotto vogliono che il cane sia identico a quello precedente. Infatti quando lo vedono muoversi e reagire in maniera diversa manifestano inconsciamente la loro delusione.”

“Ho capito. Ti rendi conto però che hai detto le parole ‘inconsciamente’ ed ‘emozione’?”

“Ma è venuta a trovarti la signorina Ironia in questo periodo?”

“Sì, mentre ti laureavi in psicologia a un talk show.”

Matteo sorrise e con la mano fendette l’aria fuori dal finestrino: “Senti questa, allora: più ci penso e più mi sento un giocattolo di quella stanza. Probabilmente un giocattolo di ultima generazione, a risparmio energetico e con l’autoapprendimento da intelligenza artificiale, mica no. Però, ecco, questa storia mi fa incazzare di un’incazzatura strana”.

“Ci credo.”

“Perché allo stesso tempo non è facile incazzarmi con lui.

È come se dentro avesse una parte che sopravvive solo dimenticando e un'altra invece, consapevole del lutto, che va avanti aiutando altri ragazzi a farcela. Visto che il figlio Gerard non ce l'ha potuta fare."

"Può essere," disse Giulia, improvvisamente con voce annoiata.

"Volevi che dicessi incazzare cazziando l'incazzatura sulla cazzuola scazzottata?"

Lei elargì un sorriso di cortesia.

Matteo la guardò stringere il volante con una mano sola mentre piegava la sigaretta nel posacenere.

"Sei strana. Ma non so dire perché. Non capisco se non vuoi darmi confidenza per come è finita tra noi o c'è qualcos'altro."

"Ti sto ascoltando," disse Giulia con lo stesso tono vuoto.

Quando arrivarono alla zona delle partenze, scesero dalla macchina e, mentre Matteo tirava giù il trolley, lei gli porse un involucro argentato con il fiocco. Matteo scartò e con un sorriso fece sventolare uno zuccotto con l'effigie di Batman.

Giulia disse: "Sono sicura che ce la farai. Senza Leonardo e senza *Warner Fathers*".

"Diventerò un grande *comedian*?"

"*Sentirai* quello che vuoi fare. Devi solamente fidarti. Di te stesso."

Matteo atteggiò una delle sue facce deformate, ma, ancora una volta, Giulia sorrise appena, senza abbandono.

Non si baciarono. Lei lo accompagnò con lo sguardo mentre le porte automatiche lo assorbivano nel terminal partenze della Grande Città.

La coperta violacea del tramonto lasciava spazio alle luci urbane che punteggiavano lontano, oltre il finestrino. Il rombo imponente di un decollo scosse l'abitacolo mentre sullo schermo del cellulare appariva per la seconda volta il numero di Vinz. Giulia attese la fine degli squilli, poi digitò quello di Joy.

Puntò dritto alla periferia della Grande Città. Entrò nella via della famiglia di Aurora. Si immaginava occhi curiosi dietro le finestre delle palazzine. Quando suonò al seminterrato, la sua *collega* le aprì la porta con un lieve ritardo e non la fece entrare rimanendo ferma sulla soglia. Giulia le chiese se fosse impegnata con qualcuno, Aurora le chiese se fosse accompagnata dalla polizia. Si guardarono negli occhi.

"Se vuoi dirmi qualcosa di Vinz, non mi interessa—"

"Figurati se sono qui per tuo fratello," la interruppe Giulia.

"Quindi?"

"Posso entrare?"

Era uno spazio più grande del suo bilocale, ma anche più buio. Si sedettero sul divano già sformato in due punti. In effetti sul tavolino erano posati due calici colmi a metà di vino bianco e una scatoletta di plastica trasparente piena di puntine da disegno. Giulia fece un cenno in direzione della porta chiusa che dava sulla camera da letto, Aurora la ignorò invitandola a tirar fuori il motivo della sua visita.

Giulia si accese una sigaretta: "Vorrei dormire di notte, mica ci riesco. Vorrei tanto, ma lei mi sveglia. Mi dice: il tempo della vita è breve, se viviamo è per calpestare i tiranni. Vorrei tornare a dormire, in silenzio, e lei mi dice: il tuo tiranno è proprio il silenzio".

"Lei, sarebbe?" disse Aurora.

Giulia bevve da un calice, senza l'invito dell'amica: "E il tiranno è anche fuori. C'è un uomo che ha abusato e violentato. Un uomo che vive in pace, come un sacerdote nella sua chiesa".

"Purtroppo sono tanti, questi tiranni."

"È Blessing che mi sveglia. Vorrei dormire di notte e lei arriva come un'aquila, il volto da cane e gli artigli lucidi. Gli artigli quasi brillanti. E io penso che non è giusto, e poi penso di aver trovato la soluzione per lei. Per farla riposare. Almeno Blessing, soddisfatta perché il tiranno è calpestato. Hai capito di chi sto parlando?"

Si aprì la porta della camera e uscì Lotte, che senza dire una parola tolse il calice a Giulia e si versò dell'altro vino. Buttò giù un sorso e si mise in ascolto incrociando le braccia.

"Hai capito che sto parlando dell'assassino?" Giulia ripeté la domanda continuando a guardare Aurora. Quindi raccontò di Matteo, della stanza di Gerard e dell'unica cosa storta dentro quella stanza: una mazza da golf.

"E questa cosa è compatibile—" provò a chiedere Lotte.

"Ho già telefonato a Joy," la interruppe Giulia. "E sì. Una mazza da golf potrebbe essere stata l'arma del delitto."

"Allora perché non vai alla polizia?" chiese Aurora.

Giulia si alzò dal divano con un sospiro. Prese l'asta con il gancio e aprì il vasistas in alto che rivelò le scarpe di qualcuno che passeggiava là fuori. Poi mostrò la sigaretta ad Aurora, che scosse la testa su e giù. Giulia l'accese e disse: "Il padre biologico di Matteo, l'uomo che vive in pace, si chiama Leonardo". Guardò Lotte. "Ottimo cliente, molto gentile, bravo con i tramezzini avocado e salmone."

Lotte disse: "Come fai a sapere che Blessing ha comprato i vestiti nuovi con i soldi—".

"Che lui le aveva dato per cambiare vita? Non lo so con certezza. Come non so che il braccialetto dai colori fluo lo ha preso da Blessing. E che ha usato la mazza per ucciderla. Non lo so." Giulia soffiò il fumo in alto: "Però lo so".

Il silenzio si riversò come una materia densa sul divano, nei calici, sul tavolino, e salì verso il soffitto a occupare ogni pertugio. Fuori la pioggia tintinnò il primo autunno sul vasistas. Le scarpe acceleravano il passo.

"È un po' fragile, la tua ricostruzione," disse Aurora.

"E non so nemmeno *perché* l'ha uccisa. Però vorrei dormire la notte. Soprattutto, vorrei far riposare Blessing."

Aurora si accese all'improvviso: "Ma è lui... intendo dietro la favola di Clementina?".

"È uno stupratore."

Le ragazze si lanciarono rapide occhiate triangolari. L'odore dei loro corpi, le ombre dei calici, la polvere sottilissima sul divano, tutto sembrava emanare un rumore impercettibile, furtivo e inquieto.

Lotte rientrò nella camera e ne uscì con una grande mappa incollata su un pannello di sughero. Era una carta geografica in scala 1:250.000 su cui erano affisse diverse puntine da disegno. La poggiò in terra, quindi prese una puntina dalla scatola trasparente sul tavolino e attese l'indirizzo.

8

Nel buio Leonardo riconobbe subito l'odore di casa sua. I polsi erano stretti tra loro, forse una cordicella. In testa sentiva un dolore diffuso che rimbombava come i rintocchi di un orologio a cucù arrugginito. Gli occhi si abituarono all'oscurità e indovinarono le sagome degli oggetti del suo studio, il portapenne sulla scrivania, la lampada da tavolo, la libreria. Le persiane erano chiuse, le luci dei lampioni accarezzavano fioche il pavimento. Che ore erano? Forse lo avevano picchiato? Una rapina. I ladri erano ancora dentro, li sentiva. Di solito non fanno nulla, al massimo ti torturano se hai una cassaforte, di solito se ne esce vivi, spaventati ma vivi; destinati in futuro a saltare in aria a ogni cigolio, ma vivi. I rintocchi continuavano, dovevano averlo steso con un colpo in testa. I ladri di solito aspettano che esci, invece. Era seduto su una sedia, anche le caviglie legate con delle manette e un bavaglio sulla bocca. Se cadeva in avanti si spaccava la faccia, sul fianco la tempia, non ci pensano a queste cose? Passi nel corridoio. Di nuovo silenzio. Il sudore bruciava gli occhi.

La porta si aprì, la luce si accese: entrarono tre persone in passamontagna e iniziarono a rivolgergli domande su Blessing. La voce di tre donne, nervose, elettriche. Una di loro stringeva la mazza da golf di Gerard. L'altra continuava a ripetere: "Era il suo, me lo ricordo!", stringendo in mano un braccialetto sgargiante. Volevano che ammettesse di essere l'assassino della prostituta nigeriana. Ripetevano le loro supposizioni infantili come se disponessero del filmato di una telecamera a circuito chiuso dell'omicidio. Una di loro lo schiaffeggiava in momenti esatti, sembrava addestrata a questi interrogatori, probabilmente lo era. Leonardo continuò a negare di avere ucciso Blessing con una mazza da golf, nemmeno la conosceva questa Blessing, il braccialetto era stato un regalo di un'altra prostituta dello stradone. E poi il movente: aveva ucciso una prostituta perché aveva speso dei soldi che lui le aveva regalato?

"Era di Blessing, me lo ricordo!" insisteva l'isterica del braccialetto.

"Oh! Silenzio!" disse l'altra, che afferrò l'isterica e le bisbigliò qualcosa, l'ultimo frammento di frase a voce più alta: "In molte ce l'hanno uguale. Te l'ho già detto".

"Procediamo, intanto," disse la terza, che si srotolò una fune dal braccio e poi aggiunse: "Prendete la vernice all'ingresso," e iniziò a stringere un nodo intorno alla caviglia di Leonardo.

Nel frattempo la donna del braccialetto uscì dalla stanza.

"Cosa volete fare?" disse Leonardo, ma con una voce stanca, come se ciò che stava succedendo non lo riguardasse.

"La scritta la facciamo sul divano, va bene?" disse una di loro ignorandolo.

L'altra donna accennò con il mento alla terza e disse: "Ma perché non scriviamo la sua teoria e la diffondiamo ai giornali? Così la polizia sarà costretta a indagare".

"Certo, come no: le forze dell'ordine seguono spavalde la pista suggerita da un messaggio anonimo di personaggi che si sono introdotti nella villa di un ex sceneggiatore per appenderlo nel suo studio. Mi sembra plausi—"

L'urlo di Leonardo dilaniò l'aria. Il fendente era stato improvviso. Era il coltello con affilatura a V doppia, quello che Clementina aveva dimenticato sul cruscotto della Ford Fiesta. Giulia continuava ad affondare la lama nella carne quando le altre due le si gettarono addosso bloccandole le braccia. Dopo un lungo minuto di lotta affannosa, si ritrovarono avvinghiate sul pavimento. Un'intera mensola della libreria sgravata di una vecchia enciclopedia: i volumi erano sparpagliati in terra. La lama scura del coltello gocciolava sotto la scrivania. Leonardo ancora legato, riverso in terra, le spalle appoggiate sullo schienale, la faccia rivolta al soffitto e lo sguardo che guizzava a destra e a sinistra. Le tre donne si alzarono in piedi. Una di loro aveva i fori del passamontagna spostati sulla tempia, lasciavano uscire una ciocca di ricci. Se lo sistemò, quindi guardò le altre due che la fronteggiavano. Accadde in quel momento: le tre donne iniziarono a respirare insieme, con lo stesso ritmo, emisero una cantilena dapprima impercettibile e poi profonda, grave, come se avessero esaurito la parola e potessero esprimersi solo sforzando la gola. Si voltarono verso Leonardo e iniziarono. Con il coltello, con la mazza da golf, con i volumi polverosi, lo colpirono con ogni oggetto a disposizione.

A Leonardo apparvero le immagini sature dell'incidente di Clementina, la ragnatela sul vetro del Drago Dorato, i pomeriggi annoiati dell'infanzia in compagnia dei pirati. Quindi il tempo divenne ambiguo e intorno a sé tutto fu buio. Tornò nel vuoto scuro del caos primordiale, dove tutto era privo di confini. Anche se è difficile spiegare cosa significhi "tutto" e "privo-di-confini", da lì osservò la Terra e, subito dopo, il Cielo che la avvolgeva e la stringeva nella notte.

Al di là del vetro della sua camera d'ospedale – profumata di disinfettante e invasa da un sottile e inespugnabile olezzo di urina –, un temporale trascinò la Grande e la Piccola Città dentro un autunno feroce. La terra assetata assorbì l'acqua, riempì le fessure e divenne morbida. Quindi dal bosco si formarono fiumiciattoli che invadevano la strada principale, alcuni tombini esondarono e il grigiore delle nuvole iniziò a impiastricciare le cose. Nei campi le pozzanghere divennero piccoli laghi di superficie che scoppiettavano sotto la mitraglia della pioggia fitta. Nella Grande Città chiusero le scuole e le stazioni della metropolitana, e qualcuno rimase intrappolato nelle cantine. Le macchine sostavano abbandonate e, a volte, si muovevano sole e ubriache, soffiate dalla tempesta lungo le strade gonfie d'acqua veloce. La protezione civile con l'aiuto di molti volontari tentò di alzare gli argini del fiume. Tuttavia, una notte l'acqua scavalcò e si riversò per chilometri nell'entroterra costringendo centinaia di persone ad abbandonare le case a valle della Piccola Città. Solamente a fine ottobre si cominciò a ricostruire. Il governo del Paese dichiarò lo stato di emergenza. La Crisi Permanente sarebbe potuta diventare devastante nel territorio straziato dall'inondazione se non fossero arrivati sostanziosi aiuti finanziari da istituzioni sovranazionali e privati cittadini.

Quando Leonardo riaprì miracolosamente gli occhi non riconobbe l'odore, solamente il tenue azzurrino della parete gli offrì un indizio. I tubicini colorati e la luce gelata che sprizzava da chissà dove gli attestarono chiaramente la sua permanenza in un ospedale. Al di là del vetro della camera scoprì le strade lucide e lavate dal diluvio. Quindi scoprì che Lian aveva avvertito la polizia quando, il giorno successivo all'aggressione, non aveva risposto alle sue chiamate: si era preoccupata perché aveva saltato la sua cena settimanale al Drago Dorato. Soprattutto, scoprì di essere uscito da uno stato comatoso profondo di scala GCS 4 durato un mese. Nessun movimento oculare, nessuna risposta motoria a qualsivoglia stimolo. Il fatto che non fosse sprofondato in uno stato vegetativo indefinito fu etichettato come un piccolo miracolo dal personale medico.

9

Quando ne fu in grado, Leonardo raccontò agli inquirenti di aver resistito a dei ladri incappucciati che volevano a tutti i costi conoscere l'ubicazione di una cassaforte inesistente. Se ne andarono dall'ospedale ma non erano affatto convinti delle sue risposte, e lo furono sempre meno con il trascorrere del tempo, quando nel Paese, ma anche in altre nazioni del Sud Europa e a poco a poco su scala globale, la società si incrinò definitivamente, scossa da forze che fino ad allora erano rimaste sopite o – come scrisse qualche opinionista favorevole al contro-terrore – ben amministrate.

In poche parole, le Furie iniziarono a diffondersi. Giulia, Aurora e Lotte erano state solo il primo manipolo. E l'impiegato Charlie Orsini, il dottor Adolfo Cruciani, l'assessore Leopoldo Berlesi e tutti gli altri poterono ritenersi fortunati di averle incontrate all'inizio della loro ascesa, quando erano dedite a contrappassi di natura prevalentemente goliardica. La magistratura finalmente trovò il filo che collegava tutti gli uomini colpiti: la maggior parte di loro erano stati denunciati o condannati per abuso e violenza sessuale. Va detto che il ritrovamento del manifesto scritto da Giulia – "lucide come artigli ripuliti dal sangue" – agevolò abbastanza questa intuizione. La polizia lo trovò per la prima volta ai piedi di Leonardo ancora rantolante nella sua villa, eppure, quando lo interrogò al riguardo, lui rispose che si trattava semplicemente di un suo testo su cui forse i ladri erano inciampati. Non poteva immaginare che sarebbe diventata la rivendicazione con cui le Furie firmavano le loro azioni, ma quando la polizia tornò nella villa per fare quattro chiacchiere aveva già cambiato casa.

Gli inquirenti non persero tempo con la paternità autoriale del testo perché intanto le aggressioni si erano moltiplicate ed erano diventate feroci; sebbene all'inizio la magistratura fosse riuscita miracolosamente a non far trapelare la minaccia ai giornali per evitare l'allarme e la possibile emulazione di una specie di nuovo terrorismo, la notizia si diffuse e accadde: molte donne cominciarono a domandarsi quanto erano effettivamente dispiaciute per uno stupratore accoltellato. E quanto per un molestatore colpito a sprangate. Tante dissero che quella era una giustizia maschile e vendicativa, altre parlarono per la prima volta delle violenze che avevano subìto nella loro vita, altre ancora si domandarono se non era il caso di formare un gruppo d'assalto. Molti uomini si chiesero se il loro passato sarebbe stato oggetto d'indagine, altri iniziarono a guardarsi le spalle, altri ancora a interrogarsi in gruppo su ciò che stava succedendo: qualcuno invocò l'autocoscienza maschile per snidare dentro di sé comportamenti sessisti considerati naturali, qualcun altro suggerì l'esigenza di formare squadre di contro-terrore, per rimettere le cose a posto e punire le puttane isteriche.

Ma cosa accade quando le donne non hanno paura? Quando parlano, invece di trattenere in silenzio? Come fai a spaventare una donna che non è più sola? E come si ferma una storia che soffia la sua forza primordiale dalla notte dei tempi? È opinione comune che non furono le Furie le forze telluriche che scossero la terra all'inizio del terzo millennio, che si trattò piuttosto di un più elevato livello di educazione, di una rete storica di associazioni e collettivi femministi sempre pronta a soccorrere-denunciare-rivendicare, dei mezzi di comunicazione che utilizzarono un altro linguaggio per rappresentare la violenza di genere, di pacifiche mobilitazioni che riempirono le piazze con amore e determinazione, dei governi che promossero diritti e opportunità. Tuttavia, nessuno può negare con certezza che gli assalti di donne decisamente vendicative contribuirono per la prima volta a sottolineare la questione o – come disse Giulia durante l'interrogatorio successivo al suo arresto – a problematizzare la dinamica di potere tra i generi. In ogni modo, la storia e la sua interpretazione rimangono tuttora aperte.

Custodire ciò che fa tremare

1

Sebbene ancora oggi non siano stati in grado di bloccare tutti i gruppi di Furie, a due anni di distanza dal tentato omicidio di Leonardo gli inquirenti arrestarono Giulia. Ai magistrati suggerì la sua teoria sull'assassinio di Blessing: un misogino settantenne – con un passato di abusi sessuali nei confronti di almeno un'altra donna, e con un lutto ancora bruciante – uccide una giovane prostituta a cui aveva consegnato una cospicua somma di denaro, una possibilità di inventarsi una vita migliore, qualcosa che il figlio non avrebbe più potuto cogliere e che la donna non aveva sfruttato, deludendo le aspettative riposte in lei. Ipotizzò che Blessing avesse giocherellato distrattamente con la chitarra nella stanza di Gerard. La stanza dove tutto era nuovo e restaurato, nella quale Leonardo avrebbe sferrato diversi colpi di mazza da golf in preda a una rabbia terribile e che poi avrebbe pulito con cura, prima di – probabilmente durante la notte – trascinare il corpo di Blessing nel boschetto. E poi avrebbe tenuto la cosiddetta arma del delitto in casa perché era un ricordo di Gerard. E avrebbe conservato – chissà per quale motivo – anche il braccialetto. Insomma, nella ricostruzione di Giulia Leonardo brillava come un Cattivo cinematografico, il personaggio che nei fotogrammi finali viene punito dalla giustizia, dalla vendetta o dai suoi rimorsi.

Eppure c'è un motivo per cui nelle nostre storie cerchiamo il finale in cui Eichmann, Gambadilegno o Joker vengono sconfitti e noi torniamo a vivere la nostra vita confortati di stare dalla parte giusta della morale: perché nella vita reale non va così. Nella vita reale accadde che le tre Furie, spaventate dalla possibile morte di Leonardo, decisero di disfarsi in maniera abbastanza meticolosa degli oggetti che avevano usato per colpire, tra cui la mazza, finita in qualche gigantesca discarica di rifiuti chissà dove. I magistrati scoprirono che i nuovi proprietari della villa di Leonardo avevano reso il pavimento della camera di Gerard simile a quello del resto della casa, di cui avevano rinnovato il parquet scegliendo un altro legno e una decorazione a spina di pesce: dai rilievi nel resto della villa non erano emerse tracce di sangue, a parte quello versato da Leonardo dopo le coltellate. Convocarono Leonardo che rispose in modo molto collaborativo e ammise che nel passato c'era stata una relazione *conflittuale* con Clementina (ma nulla di paragonabile alle accuse tremende che gli aveva rivolto Giulia). Poi concluse con uno sguardo tragico, malinconico e allusivo: cosa poteva saperne una ragazza intatta come Giulia? Aveva mai seguito ragazzi con la stessa andatura di Gerard con la consapevolezza che non erano lui ma affidandosi a un Dio benevolo per brevi attimi? Cosa poteva sapere dell'invidia che prova per gli altri chi resta in vita dopo la morte del suo unico figlio? E dell'odio per gli anziani bifolchi che continuano a vivere una vita inutile accesa solo da qualche nipotino e da proteste per la decurtazione della pensione? O della disillusione nei confronti di ragazzi talentuosi che escono dall'università alla ricerca di un lavoro sicuro ma infelice? Cosa poteva sapere dell'animo umano una figlia del terrore, della vendetta e del caos? Cosa poteva capire dell'idea di giustizia riparativa con cui Gerard avrebbe voluto indossare la toga da magistrato?

2

Adesso ho un nuovo nome sulla carta d'identità. Ho una nuova moglie e una società di documentari che mi dà diverse soddisfazioni: nonostante sia una piccola realtà, stiamo già avviando coproduzioni importanti. Sto provando a ricominciare, sebbene sia molto difficile immaginare che ci sia vita vera dopo Gerard. Ce la metto tutta. Ogni giorno. Nella mia nuova casa non c'è più nulla che gli sia appartenuto. Ho scelto di tenere solo i suoi libri di giurisprudenza e di seguire le sue tracce su quelle pagine. Provo a onorare la sua memoria come posso. Ho iniziato con due passi importanti: il primo è stato mantenere la promessa fatta a me stesso prima di precipitare nel buio, quella di scrivere questa storia. Grazie a Gerard mi sono imposto di essere giusto – non sorridete –, di scrivere la verità.

Avevo iniziato a trascrivere i miei ricordi subito dopo la mia uscita dal coma, ma è stato soltanto nella nuova casa che ho cominciato a dare forma al testo. Ho utilizzato ovviamente tutte le confidenze che mi aveva fatto Matteo nel periodo della nostra frequentazione sul rapporto con la madre e con Giulia. Quindi ho fatto un abbonamento all'emeroteca digitale e ho rintracciato le prime aggressioni che, lo ammetto, all'epoca non avevo notato; gli articoli sono stati una fonte notevole di dettagli che avevo completamente dimenticato. Subito dopo l'arresto di Giulia, per leggere in tempo reale la sua confessione mi sono avvalso di una vecchia amicizia, un avvocato avvezzo ai corridoi del palazzo di giustizia della Grande Città che ha dato una bella somma a un cancelliere per fotocopiare quelle stampate di nascosto. L'interrogatorio mi è stato molto utile perché Giulia ha rivelato tutta una parte della storia di cui ero all'oscuro, oltre a mostrarsi inopinatamente emotiva anche in un contesto in cui – lo si capisce benissimo dalle richieste un po' brusche del giudice – avrebbe dovuto essere più strettamente fattuale. Qualcuno sosterrà che l'ho fatto per capire la direzione delle indagini, per vedere se lei avesse tirato fuori il mio nome, ma non è andata così, sebbene ancora una volta debba ammettere che mi ha preparato alle possibili domande del magistrato: in fondo si è trattato solo di risparmiare, e far risparmiare, tempo.

Il secondo passo che ho fatto grazie a Gerard è stato ragionare sul dolore che avevo causato. Prendere atto della vittima, l'invitata al tavolo della giustizia a cui, come a un bambino, si concede un breve diritto di parola prima che parlino i grandi. Come scriveva mio figlio, al di là del rito punitivo e sacrificale c'è qualcuno che si prende cura della vittima? E se dovesse essere il colpevole, se solo lui potesse ricucire il tessuto lacerato della società? Ho chiesto perdono a Clementina: ero dispiaciuto per quanto era successo. *Era successo...* Forse la mia lettera è stata un po' troppo impersonale? Eppure volevo offrire il mio cuore. Le ho scritto che ero cambiato, ma preferivo evitare di parlare con un giudice o fare una dichiarazione a un giornalista o sui social: speravo che fosse tra me e lei, senza mediazioni, perché non volevo perdere di nuovo tutto (la mia famiglia e la mia società di documentari) a causa di una punizione – mediatica o giudiziaria che fosse – che non sarebbe servita a nulla. Per questo non le rivelavo il mio nuovo indirizzo, pregandola di rispondere via mail.

Mentre mi dimenticavo della mia lettera di scuse, ho finito di scrivere questa storia, soddisfatto per aver adempiuto al mio compito di onorare Gerard. E all'improvviso, quando mi preparavo a cercare un editore, dopo tre anni di silenzio, Clementina mi ha inviato un malloppo di fogli scritti a mano: la storia della sua vita. Mi rivelava i suoi tormenti interiori, in maniera cruda, quasi sfacciata. Confesso che non sapevo nulla di quelle maree inquinate dentro il cuore, di quegli alberi neri che offuscano il futuro e dei Demoni del silenzio. È ciò che sto cercando di scrivere qui: la mia forma di riparazione – comunque in odore di codardia, mi rendo conto – è riportare la voce della vittima che non ha avuto voce. È da quel manoscritto che ho visto gli effetti delle mie azioni sulla sua vita. Quindi, ho preso una decisione importante al fine di raccontare la verità: ho buttato quasi tutto ciò che avevo scritto fino a quel momento. Era una sorta di autobiografia consolatoria in cui gli altri erano turisti del mio sguardo. Ho deciso che dovevo allontanarmi, osservarmi con gli occhi altrui. Alla fine ho utilizzato la terza persona perché mi risultava più semplice – non essendo uno scrittore professionista – raccontarmi come un personaggio tra gli altri. Ho provato inoltre a mettermi nei panni di Clementina nello stesso modo in cui, nella prima opera teatrale della nostra Storia, i Greci vincitori si misero in quelli degli sconfitti: *I Persiani*. Ancora una volta l'autore è Eschilo, di ritorno dalla battaglia di Salamina dove probabilmente uccise molti nemici. Sì, lo so che la mia non è stata una guerra, piuttosto una tirannia. Tuttavia, penso di avere il diritto di raccontare chi è morto sotto i miei colpi. Qualcuno la definirà una meschina forma di appropriazione, per me è l'unico modo di andare avanti. Non so se sono stato in grado, né quanto sia possibile accettare le mie parole.

In ogni modo non ho capito come abbia fatto Clementina a trovare il mio indirizzo, a conoscere il mio nuovo nome e tutt'oggi una lieve inquietudine accompagna le mie giornate. Inoltre, continuo a domandarmi: questo romanzo è una forma di giustizia riparativa o sono soltanto parole vili per evitare di affrontare una condanna nella vita reale?

3

Sono uscito definitivamente dalla vita di Matteo. Ciò che so di lui lo devo al mio avvocato e ai producer del network britannico a cui ho chiesto informazioni. Quindi mi sono limitato a immaginare la seguente scena, che in ogni modo rispecchia fedelmente i fatti principali.

Matteo è riuscito a mettere a frutto il suo talento. Ha partecipato all'ideazione e alla scrittura di diverse serie comedy e dramedy. Stava quasi per diventare uno showrunner, una figura professionale importante, emersa prepotentemente con l'ascesa del seriale televisivo di qualità, una figura statunitense e britannica che il cinema europeo cerca ancora perché non l'ha formata. È tornato nella Piccola Città. Quindi è andato in carcere a trovare Giulia.

Dopo i convenevoli, forse alcune lacrime, Matteo le ha chiesto come stava. Immagino si portasse spesso la mano alla tasca della camicia, senza accorgersene, quasi a sorvegliare la novità scritta sul foglio. Ma aspettava a parlarne, timoroso di essere troppo egoista. Così, dopo averle chiesto come trascorreva le giornate là dentro, il silenzio è sceso tra loro.

Giulia lo ha interpretato come una domanda che lui non riusciva a porle, e ha detto:

"Voglio essere chiara: non mi dispiace per Leonardo. Né per gli altri. Anzi, sono contenta".

"Sei contenta," ha ripetuto Matteo.

"Per una volta, ho il coraggio di non chiedere permesso. Di essere colpevole."

Matteo si massaggiava la base del collo, si grattava una guancia e si meravigliava di un nuovo freddo negli occhi di Giulia.

"La giustizia affonda le radici nella violenza, nella vendetta. Solo dopo, quando il conflitto ha prodotto i suoi figli, quando ha fecondato un nuovo equilibrio, solo dopo si dirà che la vendetta è pericolosa per la società," ha detto Giulia.

Matteo ha osservato lo spazio unto delle postazioni alla sua destra. La prima era vuota, nella seconda una detenuta parlava a una ragazza di cui poteva essere la madre. Matteo non riusciva a sentire nulla del loro dialogo, eppure in una scena scritta per una sit-com aveva immaginato diversamente quella situazione. Il mondo si ritraeva in una dimensione che il suo sguardo non era in grado di raggiungere.

"Comunque, volevi raccontarmi qualcosa?" ha chiesto Giulia.

"Magari un'altra volta."

Lei ha notato lo sguardo scivoloso, quasi indifeso: "Scusami, non parlo tanto qua dentro. Raccontami".

Matteo ha rivolto un altro sguardo alla sua destra, probabilmente alla porta. Poi si è deciso: ha estratto il foglio dalla tasca e l'ha schiaffato contro il vetro divisorio. Forse a Giulia sono venuti in mente l'incidente e il ragno che il suo corpo disegnò sulla vetrina del Drago Dorato, o forse no, forse ha provato semplicemente a leggere: "Visti i risultati degli esami sostenuti dai candidati...".

"Ho preso l'abilitazione come allenatore professionista. E ricomincerò presto con i miei ragazzi."

"E Londra, la *comedy*?" ha chiesto Giulia.

"È quello che mi suggerivi al luna park, no?"

"Non hai bisogno di un padre. Questo suggerivo."

"Ho anche affittato una casa nel quartiere dell'antico mercato." Matteo aveva gli occhi incendiati di felicità.

"Ma così rinunci al tuo talento," ha detto Giulia.

"Ho capito. Anzi, credo di aver *sentito*."

Giulia ha sorriso e il freddo ha abbandonato i suoi occhi.

Per un momento, a Matteo è sembrato che la luce di quella sala colloqui fosse quella dei sogni e che a breve si sarebbe svegliato accanto a lei.

"Tua madre è contenta?"

"Credo di essere andato a Londra per punirla. Per avermi tenuto nascosto Leonardo. E mi aspettavo una guerra al mio ritorno."

"Te la sta facendo pagare..."

"Mi aspettavo una guerra che non c'è stata. Non so se è contenta, però è strana," Matteo ha dato un'occhiata ai ricci spenti di Giulia, "e anche tu, sei strana."

Lei si è lasciata sfuggire un sorriso cortese, più un'incrinatura delle labbra che altro: "Le persone cambiano. Tu sei cambiato. E io anche, sai? Prima con Aurora discutevamo, non eravamo d'accordo, ma rimanevamo sorelle". Si è fermata, lo sguardo perso sulle proprie mani che indugiavano sulle irregolarità del tavolo. "Adesso lei si è pentita di ciò che abbiamo fatto. Io no. Lo so—"

"No, tu sei contenta," Matteo l'ha interrotta, stavolta più provocatorio che incredulo.

"Lo so che la vendetta è pericolosa. Per questo la mettiamo sotto terra." Giulia ha rivolto le mani verso di sé chinando appena il capo: "E mettiamo in prigione chi la compie.

Ma se serve a fondare una nuova giustizia per le donne, sì. E sono contenta che molte donne non accettino più in silenzio. E che in futuro gli uomini avranno un po' di paura". Giulia distendeva i lineamenti come se fosse stata in grado di vedere quel periodo.

"Non capisco," ha sorriso Matteo prima di proseguire: "Magari è perché sono un uomo...".

Giulia ha emesso un sospiro di fastidio.

Lui ha rinfoderato il sorriso: "Ecco, non ti sembra troppo perfetta questa idea? Non assomiglia alla camera anecoica?".

Giulia ha reclinato leggermente la testa all'indietro, sembrava che volesse osservarlo meglio, quindi ha allargato le braccia come se tutto fosse evidente e Matteo fosse bendato: "La camera anecoica è quella dei miei. Quella che stavamo diventando noi. Che c'entra?".

Lui ha alzato le spalle.

"Io sono sicura delle mie emozioni." Giulia lo ha detto a voce un po' troppo alta.

"Però non sei sicura che sia stato Leonardo."

"Con Blessing?"

"Con chi, sennò?"

Giulia ha ripreso a strofinare il tavolo. Ha trattenuto le sillabe in gola. Poi ha detto: "Tutti gli uomini *sanzionati* sono responsabili di abusi o violenze sessuali. Dell'omicidio no, non sono sicura".

Matteo ha osservato ancora la coppia che parlottava alla sua destra. La detenuta e la figlia si capivano? E se si capivano, si ferivano? Forse ognuna aveva paura che l'altra fosse troppo fragile per la verità. E cosa sapevano del passato altrui, e cosa tenevano nascosto? Una di loro rimpiangeva l'infanzia, quando tutto sembrava pulito e magico, come una pozzanghera che rifletteva il cielo limpido sopra un campo di calcio e nessun pensiero poteva scavalcare le righe bianche che delimitavano il gioco. Delle loro parole Matteo percepiva solo un brusio, una vaga cadenza dialettale. C'era una possibilità per chi voleva vivere senza farsi troppo male?

Alla fine dell'ora di colloquio Matteo e Giulia si sono alzati. Lui si è messo in punta di piedi, ha piegato le braccia in alto ed è riuscito a raggiungere le mani protese di lei al di là del vetro. Giulia si è lasciata accarezzare le dita dal suo calore prima che una guardia li richiamasse.

Il loro amore era lontano nel tempo. La sua forma era probabilmente più simile a qualche ciuffo di nuvola che a qualcosa di solido. Chissà cosa succede oggi. Chissà se Matteo va a trovarla spesso. Chissà se il loro affetto potrà andare oltre i loro confini.

4

Volevo chiudere il romanzo in questa maniera: "Ciò che mi ha permesso di cambiare vita, di trovare un'altra partner, di scrivere ancora, è stato la possibilità che la vita si riaccendesse di nuovo; come in certe mattine londinesi quando Gerard gattonava fino al letto ed Elis lo issava in mezzo a noi per riempirlo di baci, coccole e solletico mentre il sole accarezzava le tende della camera come una promessa".

Tuttavia, una piccola considerazione nel manoscritto di Clementina mi ha fatto riflettere: mi ha suggerito di valutare attentamente la mia insistenza nel voler onorare la memoria di mio figlio. Potrebbe essere un tentativo di difendermi dalle accuse con una retorica del dolore di natura ricattatoria. O un tentativo di difendermi dalla mia stessa memoria. Ecco, io non credo di essere un assassino. A differenza di quanto ho sostenuto in sede giudiziaria, posso adesso ammettere che conobbi Blessing e la portai nella mia villa, più volte, anche dopo la sua fuga dalla Breakfree. Eppure ricordo con precisione l'ultima volta che la vidi sul mio letto e che la riaccompagnai allo stradone. Ovviamente, come non ho avuto nessuna voglia di chiarire la mia posizione agli inquirenti, non ho nemmeno voglia di approfondire la questione con il mio psicoterapeuta, con il rischio di finire in un'analisi estenuante sulla possibile rimozione eccetera eccetera. Quello che posso dire adesso è che durante alcune albe solitarie, quando il freddo ancora non vuole abbandonare la casa, mi metto davanti allo specchio del bagno e osservo i taglietti di un rasoio lento: il mio viso diventa un territorio di guerra e non riesco a capire bene chi ci sia là dentro. Sono la malinconia di Gerard o la violenza su Clementina? Le piccole ferite si rimarginano in poche ore e io torno in mezzo agli uomini che non si voltano.

Dal manoscritto capisco che Clementina ha molta meno paura di me di trascorrere il tempo in solitudine. Suo padre è morto: davanti alla tomba ha compreso che Nello non aveva mai rinunciato a un destino di mezzo secolo prima. È vero che una volta che si viene torturati si rimane torturati, e si perde per sempre la fiducia nel mondo. Tuttavia, Clementina sa anche che c'è un appagamento indicibile nell'abitare la disfatta inflitta dalla nostra storia. Adesso, con tutta la fatica del mondo, lei sta provando a spingere il suo destino un centimetro più in là.

So che presta molta attenzione al velo di silenzio che ricopre le foto di famiglia, e all'acqua profonda in cui sono immersi gli occhi degli estranei. È incredibile, pensa, che non sappiamo quello che gli altri hanno dentro, il modo in cui ci scivoliamo addosso, ci evitiamo e ci graffiamo rimanendo un mistero l'uno per l'altra. So che si trova nel punto in cui le candele si sono spente e nel buio sta per affiorare qualcos'altro. Che non ne ha il coraggio, ma dopo tanto tempo sente nuovamente la voglia di abbracciare gli altri. Dal momento che i genitori di Giulia non vogliono che vada a trovarla in carcere, le scrive: nel giardino del cimitero ha alzato un piccolo tumulo di sassi, e quando va a portare i fiori a Piera e a Nello ne lascia qualcuno su quella tomba improvvisata immaginando che sia di Blessing. Si sente sdolcinata per questo, ma è un'altra donna. Si sente responsabile per Giulia e per ciò che Giulia ha contribuito a diffondere. Non importa che Clementina non si sia vendicata di Leonardo, non importa che l'Orfana abbia domato le Furie, in ogni modo ha lasciato a Giulia un'eredità terribile: nelle parole del manifesto spira il fumo oscuro che Clementina ha trattenuto per decine di anni. Aspetta che esca dal carcere perché è la persona che desidera abbracciare più di ogni altra. Per riprendere il loro discorso davanti a un tè e stringerle la mano. Soprattutto per scorgere ancora, oltre la cortina del fumo oscuro, gli occhi della scimunita. È merito suo se Clementina ha dato un nome alla violenza subita e l'ha osservata senza diventarne parte: le Furie ora abitano la caverna sotto il tempio e sono la memoria del mio crimine. È merito suo se Clementina ha scelto di essere un'altra. Giulia ha risposto una volta sola alle sue lettere, con una frase che conosce bene: *Chi tra gli uomini può onorare la giustizia se non ha nulla da temere?*

A volte, quando viene invasa dal ricordo del mio abuso, Clementina parcheggia la Golf sul ciglio del boschetto e s'incammina. Con la fatica dei nuovi acciacchi si sdraia in una radura. Accosta l'orecchio a terra, chiude gli occhi e ascolta la cantilena millenaria. Ascolta i battiti e tenta di custodire ciò che fa tremare.

Ringraziamenti

Per i preziosi consigli ringrazio: Letizia Russo, Carlo Maddalena, Sara De Angelis, Francesca De Masi, Andrea Esposito e Peppe Fiore.

Indice

13 Cosa è la vendetta
15 Le finestre erano chiuse
68 Questo sacrificio segreto
117 Le conseguenze delle mie azioni
148 Il lieve incrinarsi dei rami
182 Come fai a spaventare una donna che non è più sola?
221 Custodire ciò che fa tremare

233 *Ringraziamenti*